不到最后·没有真相

欧洲十大犯罪推理小说作家作品系列

（冰岛）阿诺德·英德里达松

《沉默的墓地》*Silence of the Grave*

《罪夜》*Reykjavik Nights*

《瓮城谜案》*Jar City*

《诡异海岸》*Strange Shores*

《暴怒》*Outrage*

即将出版：

Voices

The Draining Lake

Hypothermia

Black Skies

Arctic Chill

诡异海岸

[冰岛]阿诺德·英德里达松 著
杨元刚 赵巧云 译

STRANGE
SHORES

新华出版社

图书在版编目（CIP）数据

诡异海岸 / (冰) 阿诺德・英德里达松著；杨元刚，赵巧云译.
北京：新华出版社，2016.12
书名原文：Strange Shores
ISBN 978-7-5166-3060-0

Ⅰ.①诡… Ⅱ.①阿… ②杨… ③赵… Ⅲ.①侦探小说－冰岛－现代
Ⅳ.①I535.45

中国版本图书馆CIP数据核字（2016）第324659号
著作权合同登记号：01-2015-7181

诡异海岸

作　　者：[冰]阿诺德・英德里达松　　译　　者：杨元刚　赵巧云

选题策划：黄绪国　　责任印制：廖成华
责任编辑：李瑞瑞　　封面设计：臻美书装

出版发行：新华出版社
地　　址：北京石景山区京原路8号　　邮　　编：100040
网　　址：http://www.xinhuapub.com
经　　销：新华书店、新华出版社天猫旗舰店、京东旗舰店及各大网店
购书热线：010－63077122　　中国新闻书店购书热线：010－63072012

照　　排：臻美书装
印　　刷：北京明恒达印务有限公司
成品尺寸：148mm×210mm
印　　张：10　　字　　数：220千字
版　　次：2017年1月第一版　　印　　次：2017年1月第一次印刷
书　　号：ISBN　978-7-5166-3060-0
定　　价：29.00元

1

他不再觉得寒冷，反倒觉得有一股奇妙的暖流在血管内流动。他本以为自己已经耗尽体能，浑身冰冷，但是现在却感觉到一股暖流涌向四肢，脸上突然一阵发热。

他平躺着，四周一片黑暗。此刻，他的思绪正游离不定，茫然不知所处，只隐约觉得自己处于半睡半醒的状态，完全无法集中精神去理清自己所遭遇的一切。他的意识时有时无。他并没有觉得哪里不舒服，只是昏昏欲睡，梦境不断：一幅幅画面、一阵阵声音、一个个场景接踵而至，感觉一切是那么熟悉，却又那么陌生。他的思绪像是在跟他玩些古怪的把戏，穿梭于过去和现在，在时空中跳跃，使得他几乎无法控制。前一刻，他还待在医院里，坐在妈妈的床边，陪她走完生命最后的旅程；而后一刻，他就淹没在冬季无边无际的黑暗里，觉得自己仍躺在一栋废旧农舍的地板上，那里曾是他的家。但这一定是幻觉。

“你为什么躺在这里？”

他抬起头，发觉门口站着一个人。

肯定是某位旅行者私自闯进了这栋房子。他一时没听明白对方的问话。

“你为什么躺在这里？”这位旅行者又问了一遍。

“你是谁啊？”他反问道。

他看不清这个闯入者的脸，也没听见他走进来的声音，只认出那是一个人影。这人正一遍又一遍地问着这个问题，好像它是什么必须要回答的问题似的。

“你为什么躺在这里？”

“我住在这里。你是谁啊？”

“如果可以的话，今晚我想在你家借宿一晚。”

这人说完便在他旁边的地板上坐了下来，好像还生了堆火。他的脸颊感觉到了火光的热度，身子不由得向火堆挪近了些。这是他平生第二次感受到这般严寒。

“你是谁啊？”他第三遍问道。

“我想先听你说。”

“先听我说？跟你一起来的那个人又是谁啊？”

此刻，不止他们两个人。这个人的旁边似乎还有一个人，但他看不清楚。

“和你一起来的那个人是谁啊？”他又一次问道。

“没其他人啊！”这个人答道，“就我一个人。这里真的是你家吗？”

“你是雅各布？”

“不，我不是雅各布。真神奇，这些墙竟然还没有倒塌！这栋房子建得可真结实啊！”

“那你是谁啊？是博厄斯吗？”

“我只是刚好路过这里。”

“你以前来过这里吗？”

“来过。”

“什么时候？”

“许多年前。那时还有一户人家住在这里。你知道他们——过去住在这里的那家人——的近况吗？”

*

他在黑暗中冻得无法动弹，现在又只剩下他一个人了：火堆和废弃的农舍都已消失。他被寒冷和黑暗死死地包裹着，暖意逐渐从他的脸颊和四肢退去。

他又听到了一阵刮擦声。

那声音从某个遥远且寒冷的地方传来，越来越大，还夹杂着刺耳的恸哭声。

2

天空下着毛毛雨。他站在乌达莱特悬崖边，看见一个猎人正缓缓朝他走来。两人相互问好，讲话声刺破了周围的沉寂，像是从外星球传来的广播。

乌云笼罩，已经连续好几天都没见着太阳了。大雾笼罩着峡湾，预示着即将降温降雪。现在正是北半球的漫长冬季，一切都复归沉寂。猎人问他到这儿来做什么，因为如今除了一些像他一样的老猎人会来这片荒野捕杀狐狸外，没有人会来了。他答道，他来自雷克雅未克，以试图绕过猎人的提问。猎人说，他刚才在峡湾边的一栋废弃农舍里看见了一个人。

“那个人可能是我。”

猎人不再追问了，只说他在这儿附近有一个农场，还说他今天一个人出来转转。“你叫什么名字？”猎人问道。

“埃伦迪尔。”

“我叫博厄斯。”猎人说，两人握了握手。“在更高处的岩石间生活着一种动物，吃羊，真是个十足的害人东西！近来袭击了我们好多家畜。”

“是狐狸吗？”

博厄斯摸了摸下巴，接着说道，“前几天，我撞见它潜伏在羊圈周围，不光叼走了我一只羊羔，还吓坏了整个羊群。”

“你是说，它在这里有洞？”

“我好几次都看见它往这边跑了，我敢说它的洞就在这上边。对了，你要前往荒野吗？不介意的话，跟我一起吧？结伴而行！”

他犹豫了一下，然后点了点头。农夫博厄斯看上去似乎很满意他的这个决定。毫无疑问，他很高兴一路上能有个人陪他说说话。他一边肩上挎着一把来复枪和一个弹药带，另一边则背着一个男士皮革挎包；身上穿着一件破旧的带风帽厚夹克和一条暗绿色的防水裤。他身材矮小，想必也已年过花甲，却精神矍铄、神采奕奕；脑袋光秃秃的，只有前额还挂着一撮厚厚的头发，遮住了他那双炯炯有神的眼睛；鼻梁扁平下弯，好像很久以前被砸塌后就再也没有复原似的；嘴巴掩藏在蓬乱的胡须下，只有张口说话的时候才会露出来。他十分健谈，天底下的大小事他都能说上一通，但有关埃伦迪尔的行程以及他待在巴卡塞尔一栋废弃农舍里的原因，他却没有过多追问，而是巧妙地避开了。

埃伦迪尔在那栋老房子里感觉很舒适、很自在。尽管不能完全遮风避雨，但屋顶还算完好无损；椽子已经腐烂，但他还是成功地在以前的客厅地板上找到了一块干的地方。狂风暴雨已持续好几天了。屋外狂风呼啸，墙壁虽然光秃秃的，没有任何装饰，却为他提供了遮风避雨之所。只有一小罐煤气，为了节省燃料，他把气灯调到了最小挡，让煤气罐里冒出细小的火焰，但这已经让他感到很舒适了。只有在他坐着的地方，气灯投射出一个暗淡的光圈，但因为他的周围漆黑一片，所以如同置身密封的棺材里一样。

这房子和土地曾一度归一家银行所有，但埃伦迪尔不清楚它们现在归谁所有。他几次来到冰岛东部的探险旅行都是在这里扎营的，从来没有人管过。他随身携带的行李并不多。租来的车子停在房子前面，那是一辆蓝色越野车，外观酷似吉普，却不足以应对如此恶劣的天气，以至于费了好大劲才驱车到达房子跟前。一路上植被蔓生，几乎辨识不出路的轨迹，而以前这里从没长过这么多植被。渐渐地，房子也被大自然"接管"了，与周围的环境融为一体，人类居住过的所有痕迹都逐渐被抹去了。

随着埃伦迪尔和博厄斯越爬越高，能见度也随之越来越低，最后他们的四周全被乳白色的云雾包围。一到达山顶，细雨就变成了小雨，湿漉漉的地面上留下了他们的脚印。博厄斯一边听鸟叫，一边在湿草地上四处寻找猎物的踪迹；埃伦迪尔则默默地跟在他的后面，他从未有过埋伏在狐狸洞外的经历，从未追踪过动物，也从未在河流或湖泊中钓过鱼，更不用说打到像驯鹿那样体积较大的猎物了。博厄斯似乎看出了他的心思。

"你没有打过猎，是吗？"他一边问，一边停下来稍作休息。

"是的。"

"希望你别介意，我就是在打猎中长大的。"博厄斯说着，打开他的皮革挎包，递给埃伦迪尔一些黑麦面包和一大块硬羊肉。"这些天，我主要在追踪狐狸，抓到一只就少一个祸害。这些小东西越来越猖狂了，但其实就我个人而言，我并不想杀它们，它们和其他生物一样拥有生存的权利。然而，我必须让它们远离家畜——天下万物必须和谐相处才行。”

他们吃了黑麦面包。羊肉的味道极好，埃伦迪尔猜这可能是博厄斯自己家里做的。因为埃伦迪尔没有随身带什么吃的东西，所以这顿饭只能白吃博厄斯的了。他不知道自己为何接受了这个未被请求却还算得上礼貌的邀请。也许是人在孤途都想找个伴儿吧！这么多天了，连个人影都没见着。他突然想到，博厄斯可能也是出于这个原因吧。

“你在城里是做什么的？”农夫博厄斯问道。

他没有立即回答。

“不好意思，我就是这么一个爱多管闲事的家伙。”

“没关系！”他回答说，“我是一名警察。”

“那工作肯定很没意思吧？”

“是的，不过也有开心的时候。”

他们继续向着荒野更高处爬，埃伦迪尔小心翼翼地轻轻踩在石楠树上，并时不时地弯下腰，伸出手去拨开一些低矮植被，还试着回想他小时候有没有听说过博厄斯这个人。没有任何关于这个名字的记忆，但这不足为奇——他在东部只住了相当短的时间，后来搬去了城里，之后就和这里没了联系。但不管怎么说，枪支在他家很少见。他模糊地想起有一次一个过路人在他家房子前面停下来，还和他父亲说了话，那人手里拿着一支来复枪，示意将前往河流下游。他只记得他的舅舅有一辆吉普车，并经常开车去捕杀驯鹿。他曾给来东部猎鹿的城里人当狩猎向导，还把打猎分到的鹿肉带给家人吃。仅炸肉排就可以让人一饱口福！但他不记得有谁猎过狐狸，也不记得有一个叫博厄斯的农夫。

“你可以在狐狸洞里找到各种奇怪的东西！”博厄斯一边轻快地走着一边说道，“它们会到海岸边搜寻淹死的海雀、贝类和螃蟹，小狐狸甚至会吃岩高兰和田鼠，所以它们绝对不会挨饿。偶尔运气好的话，还能找到一只死了的母羊或羊羔。但是现在出现了一只喜欢吃鲜肉的狐狸，碰到它你就摊上麻烦啦。只能由我博厄斯出马，找到这个讨厌的家伙，并结果了它，尽管我并不喜欢这么做。”

因为不确定农夫博厄斯是在跟他说话呢，还是在自言自语，所以埃伦迪尔没有回应。艰难穿越厚厚的石楠丛时，他一边跟上博厄斯的脚步，一边享受着冷冷的冰雨在脸上胡乱地拍。他很了解这片荒野，但这一次他完全是跟着博厄斯在走，所以不清楚他们现在确切在哪里。博厄斯无忧无虑、自信满满，一边艰难跋涉，一边聊天闲扯，似乎并不在意他的新伙伴是否在听。

“自从有了新建工程项目后，这里发生了翻天覆地的变化。”他说道，停下来从包里拿出一副望远镜，“环境受到了影响，也许这只狐狸也察觉到了。可能它不敢再去海边了，因为那里修建了工厂，而且总有船只来来往往。我想，我们现在应该快到了。”说完，他便把望远镜放回了包里。

“从雷克雅未克开车来的路上，我看见新建的冶炼厂正在生产东西。”埃伦迪尔说道。

“看着就让人心烦！”博厄斯感叹道。

“我也去看了大坝，还从来没有见过这么大的大坝。”

他听见博厄斯一边往上爬，一边喘着粗气在那儿抱怨，好像是在抱怨说“他们居然干出这些事儿，你能相信吗？”埃伦迪尔跟在博厄斯后面费力地往上爬着，心里却仍想着那片因修建大型铝冶炼厂而下沉的地基，它就位于风景如画的雷达夫尤都峡湾。他还想起了那些停靠在海滨码头的大货船，新建的冶炼厂以及在高原地区的卡拉尤卡修建的颇具争议的水力发电大坝所需的材料都是它们运来的。他想不通：一个总部远在美国且不负责任的跨国公司，其重工业项目是怎样获批的，况且还是建在遥远的冰岛东部这样一个宁静的峡湾处和这片从未开垦过的荒野上。

3

博厄斯在一片碎石堆当中停下了脚步，并招手示意埃伦迪尔照做。接着，博厄斯蹲下来，向雾中张望。埃伦迪尔也照做了。

几分钟过去了，什么动静也没有。突然，他发现自己正盯着一只狐狸的眼睛。它离他们大约十五米远，耳朵竖起，眼睛也正盯着他们。博厄斯几乎是神不知鬼不觉地握紧了枪，但还是惊吓到了这只狐狸，只见它一溜烟跑上斜坡，眨眼就不见了踪影。

“祝她好运！”这个猎人说着，站起来，重新把枪扛在肩上，继续赶路。

“她就是那只抓吃羊羔的狐狸吗？”埃伦迪尔问道。

“是的，就是这个坏家伙！我对这里的狐狸洞了如指掌。快到了！世世代代的狐狸们都回同一个洞，你知道的。我敢说，有些狐狸洞的使用年代可以追溯到很久以前，当然啦，再久以前也可能到不了冰河时代。”

周围一片寂静，他们继续往前走，来到了一个用石子和苔藓掩盖着的藏身洞口。博厄斯让他休息片刻，说今天的风向对他们非常有利，之后说他先四处查看一下。埃伦迪尔在苔藓上坐下，开始等着。他想起自己对北极狐有所了解，据说它们在上一个冰河时代末期，也就是一万年前，就来到了冰岛，是这里最早的一批“定居者”。从博厄斯祝福这只狐狸的语气和谈论它的方式可以看出：它像是他的一位老朋友。博厄斯很尊重狐狸。尽管如此，到了万不得已的时候，他还是会将她赶尽杀绝——夺取她的性命，赶走她的后代。轻而易举得仿佛一天之内全搞定。

“她就在这里，祝她好运！我们现在需要做的就是耐心等待。”博厄斯说道。他回来了，并在洞口处的埃伦迪尔旁边坐下。他从肩膀上解下来复枪和弹药带，放下挎包，拿出一个弧形小扁酒瓶递给了埃伦迪尔。埃伦迪尔尝了一口，面作苦相。显然，这是博厄斯自己酿的酒，一点儿也不讲究酿造方法。

“减少一点人口又有什么用呢？”博厄斯接回酒壶，反问道，“我们搬来之前，村里杳无人迹。那为什么我们搬走后，不让它回复到原先的状态呢？为什么要把土地卖给投机商，破坏完美的自然状态？——政府说什么有人来就有人去。我问你，哪样更贴近大自然原本的状态？”

埃伦迪尔耸了耸肩。

“看看你家门口的老华尔峡湾，真是可怜！”博厄斯继续说道，“两只庞然怪物日夜不停地往里面喷放有毒物质。到底是为了谁呢？还不是为了一群疯子似的外国富人，他们甚至连冰岛在哪儿都不知道。难道这就是咱们的命运吗？到头来，为了那些人的工厂而被迫离开故土、流离失所？”

他把酒瓶再次递给了埃伦迪尔，这一回，埃伦迪尔只是小心翼翼地抿了一小口。接着，他从包里仔细翻了翻，取出一块东西，用塑料袋包着，一打开，立刻发出一股令人作呕的恶臭味，原来是一块已经完全腐烂了的肉。他用力将这块肉向狐狸洞扔去，并在苔藓上抹了抹手，之后斜倚着他身旁的来复枪。

“她应该很快就能闻到肉味。”

两人在毛毛雨中静静地等着。

过了一会儿，博厄斯突然开口说道：“你当然不会记得我！”

“我应该记得你吗？”埃伦迪尔咳嗽了一声，问道。

“不应该，你要是记得我那才叫怪呢。”博厄斯说道，“毕竟那时候你还小，不记事。我和你的父母也不熟——我们没怎么打过交道。”

“那是什么时候的事？你说我少不记事是什么意思？”

“我搜救你们的时候，”博厄斯说道，“当时你和你弟弟失踪了。”

“你那时也在？”

“是的，我参与了搜救。村里每个人都参加了。我听说你时不时会到这里来，像个幽灵一样在荒野上游荡，晚上就睡在巴卡塞尔的那栋旧农舍里。你仍然坚信能找到你弟弟，对吗？”

“不，我没有。大家都这么觉得？”

“我们这些老家伙就喜欢追忆过去，有人偶尔会提起你会到荒野上来。而且事实证明，你确实来这儿了。”

埃伦迪尔不想跟一个陌生人解释他的行为，也不想证明自己这么做是对的。这里是他儿时的家，当他想家了，就会时常回来看一看。他经常会来这片地方走走，更喜欢睡在废弃的农舍里而不是旅馆里。有时候他会搭一个帐篷栖身，更多时候就在农舍里找一块干的地方直接铺开床垫睡在上面。

“所以，你还记得那次搜救？”他问博厄斯。

“我记得他们找到了你，”博厄斯答道，眼睛仍盯着被当作诱饵的那块肉。“我当时没和他们在一起，但消息传得很快，大家都松了一口气。找到你之后，我们都坚信也会找到你弟弟的。”

“他死了。”

“看来是的。”

埃伦迪尔默不作声。

“他比你小。”博厄斯紧接着问道。

“嗯，小两岁。他那时才八岁。”

他们就那样坐着，时间一分一秒地过去。博厄斯突然觉察到周围好像有一点轻微的动静，但埃伦迪尔却毫无察觉，以为只是鸟儿弄出的动静。过了一会儿，博厄斯才放松警惕，又递给了他一些硬羊肉和黑麦面包，还喝了一大口毒药般的酒。大雾像床羽绒被似的笼罩着他们。周围一片寂静，时不时传来几声鸟叫。

他记不清当年的搜救队里都有哪些人了。当他苏醒过来的时候，身体冻得像块坚冰似的，乡亲们正用马车把他从荒野上往下运。他依稀记得路上有热牛奶缓缓流进他的嘴里，但是后来他又失去了意识，什么都不记得了。等他再次醒来的时候，发现自己已经躺在床上，身上盖着被子，旁边还有医生照料着。他听见房间里有人在说话，但不清楚那人是谁，他本能地意识到肯定发生了什么不好的事，但一时又想不起来到底发生了什么。过了一会儿，他才想起发生了什么事。母亲紧紧抱着他，告诉他，他们的父亲还活着——回家成为他对抗各种危险的精神力量——但是他们还要出去寻找他弟弟，他们坚信很快就能找到他的。母亲问他能否想起什么有利的线索，告诉他们去哪里搜救。但他只记得叫喊声，只记得满天飞舞的雪花让他昏眩，冰雪一次次击打着他的膝盖，直到他抬不起腿。

狐狸悄无声息地从雾里走出来，十分警惕地向那块诱饵靠近，他看见博厄斯握枪的手指关节结满了冰霜。她一边嗅着气味，一边走近肉块。他还来不及问博厄斯是不是非杀她不可，博厄斯就开了枪，母狐狸应声倒在了地上。博厄斯起身，捡回他的猎物。

“来点咖啡吗？”他边问边把狐狸放回狐狸洞里。接着，他从包里拿出一个保温杯，拧开两层盖子当杯子用，倒满热腾腾的两杯咖啡，将其中一杯递给了埃伦迪尔，并问他要不要加牛奶。埃伦迪尔说不用，他习惯喝黑咖啡。

“你得加点牛奶，喝咖啡不加牛奶太不正常了！”博厄斯惊叹道。说完，他把手伸进包底翻东西，也不知道他想找什么。“去他娘的！出门的时候竟然忘记带牛奶了。”

博厄斯喝了一口咖啡，觉得难以下咽。接下来，他开始焦躁起来，环顾四周，把所有大衣口袋都掏了一遍，好像他在某个口袋里私藏了一盒牛奶似的，现在想把它找出来。最后，他的目光落在了那只狐狸尸体上。

“或许这也不管用。”他说道，一把抓住那只死去的母狐狸，顺着她的肚子，摸到她的奶头，但发现全都干瘪瘪的。

4

在雷达夫尤都峡湾，埃伦迪尔慢慢走近一栋房子，看见一位老妇人坐在窗边，面朝着他看，好像一整天都在专门等他似的，但他并没有提前告知任何人他要来，而且也不确定他来得对不对。但是最后，他的好奇心战胜了犹豫不决。

从荒野回来的途中，埃伦迪尔向博厄斯问起他小时候听说的一件事，自从听了那件事之后他就一直记着。他的父母和大部分邻居都知道那件事。而且，也许正是因为那件事，他才下定决心在今年秋天再回东峡湾一趟的。

“所以你成了一名警察？”博厄斯问道，“那你在首都负责什么？指挥交通？”

“我在交警部门干过一段时间，但那已好几年前的事了。”他答道，“现在，我们的马路上设置了一种叫交通信号灯的东西，不知道你有没有听说过？”

博厄斯感觉受到了嘲讽，但一笑置之。他把打死的狐狸扛在肩上，好不容易在潮湿的苔藓上擦掉了手上的血，现在外套又被狐狸血染红了。他原计划今晚要在荒野上过夜的，但没想到狩猎比预期的顺利，所以他觉得天黑之前应该可以赶回家去。

埃伦迪尔问道："你在这里生活一辈子了，是吗？"

"从没想过离开这里。"猎人答道，"你在冰岛再也遇不到比这里更好的乡亲们了。"

"那你一定听说过一个女人穿越哈瓦斯科山口却有去无回的故事吧？"

"听着有点耳熟。"博厄斯答道。

"她叫马特希德尔。"埃伦迪尔说道，"孤身一人出门远行。"

"哦，我想起这个名字啦！"博厄斯停下来，看看埃伦迪尔，说道，"你刚刚说你在警局里做什么来着？"

"我负责案件调查。"

"哪种案件？"

"各种案件：重大犯罪、谋杀、暴力事件，等等。"

"都是生活的阴暗面？"

"可以这么说。"

"也负责失踪人口的调查吗？"

"是的。"

"这样的案件多吗？"

"不多。"

"等我们这一代人死了，就再也没有人知道马特希德尔的故事了。"博厄斯说道。

"我是从父母那里听说的，"埃伦迪尔告诉他，"我母亲和她有一点熟悉，我总觉得那件事……”他一时找不出合适的词来形容。

“神秘？”博厄斯提示道。

“有意思！”埃伦迪尔说道。

博厄斯放下狐狸，伸直了腰，透过昏暗的天空望了一眼依海而建的村庄。他们就快到达乌达莱特了，气温越来越低，天色也越来越暗。博厄斯再次背起狐狸，埃伦迪尔提出让他背一会儿，但博厄斯没答应，说没有必要把他的衣服也弄脏。

“你对这类事件感兴趣，这很正常。”博厄斯说道，脑子里仍想着失踪人员的事。与其说是在跟埃伦迪尔讲话，他更像是在自言自语。他认真思考了一会儿，然后继续沿着石楠丛生、铺满碎石子的斜坡往山下走。“那你知道二战期间英国士兵因狂风暴雨被困在这片荒野上的故事吧？英国占领军的几名士兵，他们当时就驻扎在雷达夫尤都峡湾。”

埃伦迪尔说自己小时候听说过这事，后来还仔细研究了一番。尽管如此，博厄斯还是打算把这事再讲一遍。从他的语气中可以听出，即使知道埃伦迪尔听说过这事，他也绝不会放过讲述一个精彩故事的机会。

故事是这样的：一群年轻的英国士兵，大约有六十人，他们计划徒步探险，从雷达夫尤都峡湾出发，途经哈瓦斯科山口，到埃斯基菲约泽去，但是在途中却遇到了大麻烦。穿越山口的道路因为严寒结冰，非常危险，他们并没有按原路返回，反而继续沿着唐古达伦山谷往内陆地区进发，后来进入了埃斯基菲约泽荒野。那是一月下旬，天气急剧恶化，天一下子黑了下来，打乱了他们原本要在天黑之前到达目的地的计划。

那天晚上狂风肆意。有一个农夫住在位于埃斯基菲约泽峡湾上游的威特鲁农场。当时他正冒着大风赶往他的马厩，突然，他被脚下的一个东西绊了一下，原来是一名冻得奄奄一息的英国士兵。由于寒冷和精疲力竭，这位士兵的身体很虚弱，但还能勉强交谈，他告诉那个农夫他的其他战友也处境危险。后来，整个农场的农夫都出动了，大家提着油灯四处找人。很快，他们就在田间地头发现了两名冻昏的士兵；之后农夫们沿着荒野又相继找到了其他士兵，最后一共救回了四十八人。因为暴雨，横跨在部队驻扎地和村庄之间的河流水位上涨，阻断了他们前行的道路。一些士兵趁着水位低的时候趟过了河，后来却被困在了河对岸，他们的求救声在农场里都能听得见。后来，有四名士兵遗尸荒野，一小部分士兵顺利到达了村庄。这一小部分人到达村庄后个个精疲力竭、情绪低落。

第二天早上，天气略有好转，那个农夫跟一名下士一起到埃斯基菲约泽山谷继续寻找失散的士兵。结果又找到了一些，有的还活着，有的则不幸丧生，其中包括他们的上尉。有一具尸体是在海里被发现的，据推断，这名士兵应该是跌入埃斯基菲约泽河后，被山洪冲进了峡湾。无论如何，最后，所有的英国士兵都被找到了。当地人总是绘声绘色地谈论起那一灾难性事件，他们一致认为，如果没有威特鲁那群人勇敢且及时地伸出了援手，情况或许会更糟。

“有很多人听说过英国士兵获救的故事，但是很少有人记得马特希德尔失踪的故事。”博厄斯说道。他走在埃伦迪尔的前面，肩上的狐狸随着他的步子颤抖着脑袋。“她也是在那场狂风暴雨中失踪的。她的丈夫说，她打算徒步去雷达夫尤都，走的是和英国士兵一样的道路，途经山口。这条道路她以前走过。但是当农夫们问那些英国士兵有没有见过她时，他们发誓说没有看到。”

“他们应该会遇上吧？”埃伦迪尔问道。

“同样的地点、同样的时间、同样被狂风暴雨所困，而且他们是相向而行，按理说，他们应该会遇上。也许那些士兵当时自顾不暇，所以可能没看到她。最后，所有的士兵都找到了，但只有马特希德尔无迹可寻。当乡亲们发现马特希德尔没有到达雷达夫尤都之后，便派出了一支搜救队去找寻她，但为时已晚。”

“她的丈夫是怎么说的？”

“说她是去看望她住在雷达夫尤都的母亲，走的是她以前走过的那条路。他说他试图阻止她，但是她坚持要去。根据她丈夫的描述，你会觉得她是铁了心要去的。”

“为什么她丈夫没有陪她一起去？”

“我不知道。在英国士兵获救的消息传来之前，他只告诉了乡亲们他妻子要去哪儿，但没意识到他妻子与英国士兵被困在同一个地方。”

“他当时有说她失踪了吗？”

“没有，只说她出门去了。”

“这会不会有什么深层意思呢？”

“就像我说的，大家都认为士兵们会遇上她，或者至少会见过她，尽管当时能见度很低。但当问起她在雷达夫尤都的家人是否知道她要去时，他们说完全不知道，从没听说她要过去。”

“她为什么不乘船或者汽车去呢？”埃伦迪尔问，“当时从埃斯基菲约泽到雷达夫尤都有一条路况很好的路。”

“她想走着去。显然，对于那次远行，她在那之前一段时间就很期待了。英国士兵也是。平日里，他们总觉得日子过得有些无聊，想通过这次探险来提升一下士气，反正他们在埃斯基菲约泽也没什么事可做。遇上天气好的时候，走这段路徒步远行非常不错。而且，当时也没有任何迹象预示会有狂风暴雨。”

“所以，她跟她的丈夫提起过她的远行计划，是吗？”

“是的。”

“她还跟其他人说过吗？”

“不知道。应该没有吧。”

他们向下望着峡湾边上正渐渐进入“梦乡”的小村庄。

“你觉得当时发生了什么事？”埃伦迪尔问道。

“我不知道。”博厄斯说，“我什么也不知道。”

*

埃伦迪尔敲了几次门，等着窗边的那位老妇人应答，但她没有。于是他推开门不请自入。他不知道她为什么没有应门，也许是因为她行动不便吧。他找到了进入客厅的那扇门，推门进去。他看见她还坐在那儿，一动不动。他向她问好，她也没有任何反应，仍望着窗外，像是在沉思着什么。

他走近了一点，又说了一遍“您好”。这次，她转过头来，生气地瞪着他。

“我并没有请你进来。”

“对不起。”他说，“我应该事先打电话告知您我要过来。”

“你想干什么？”

“对不起，我现在就离开。”

坐在垫子上的女人身材瘦小，头发灰白。他估摸着她应该八十岁左右，一双犀利的眼睛正盯着他看，手里还拿着一副双筒望远镜。他觉得自己做得有点过头了，不该这样擅闯民宅，也没有权利闯入别人的生活。既然她没有来应门，他就应该识趣地离开。

“我并不打算卖这房子，”她说，“我已经跟你们说过无数次了。我不会卖掉这房子住到养老院去的。我坚决反对所谓的什么‘开发’这里。带上你们的废话，滚回雷克雅未克去吧！我可不想跟什么炼铝大亨有半点瓜葛！”

他在门口停了下来，说：“我没有想买你的房子。我和冶炼厂也没有任何关系。”

“噢，那你是谁？”

“我想跟您聊聊您已故的姐姐马特希德尔。”

老妇人仔细地打量了他好一会儿。显然，她已经很久没有听人提起过这个名字了。更何况是一个陌生人主动上门来询问有关她姐姐的事，这令她感到惊讶不已。

“雷克雅未克的阔佬们没有一天消停的，他们想买下这里所有的土地。我还以为你也是他们中的一个。”她终于开口说道。

“呃，我不是。”

“近来总是怪事连连。”

“我可以想得到。”

“你说你是谁来着？”她问道。

“我是雷克雅未克的一名警察，来这里度假，顺便……”

“你是怎么知道我姐姐的事的？”没等他说完，老妇人就打断他说道。

“只是听说过。”

“怎么听说的？”她继续追问。

“我小时候听说过。”埃伦迪尔说，“而且，几天前，我在荒野上遇见了一个猎狐人，跟他聊起过您的姐姐。他叫博厄斯，不知您是否认识他？”

“我应该认识——他小的时候，我还教过他。他是我们村学校里最调皮的一个男孩子。但是马特希德尔的事和你有什么关系？”

“就像我刚刚说的，小时候我听说过她的事，于是就向博厄斯打听了一下，然后……”

埃伦迪尔不知道该如何解释自己长久以来对这位女性命运的关注，除了是同村近邻，他们之间其实并没有什么其他的关系。毕竟，他只是个局外人，和这里没有什么关系，只是来东部玩过几次，而且还是好久以前的事了。尽管十岁以前，他是在这里长大的，但他并不认识什么当地人。直到成年之后，他才和这里的人又有了联系，或者说才又回来。不管他喜欢与否，他现在是生活在雷克雅未克。

然而，他身体的某一部分永远属于这片土地，并见证过人类在天灾面前的渺小和无助。

“……我对荒野上的历险故事非常感兴趣。”他最后坦率地说道。

5

老妇人的态度发生了转变。她问他叫什么名字，他告诉了她，并说他刚好经过这里，只在东峡湾待几天。两人握了握手，她说自己叫赫伦德。当埃伦迪尔从窗户往外看时，才发现她既不是在看风景，更不是在等他，而是在秘密监视高压线塔的建设进度，这些线塔耸立在小镇，一直通向峡湾下面的冶炼厂。埃伦迪尔应邀在一个旧沙发上坐了下来，沙发嘎吱嘎吱地响，仿佛在抗议似的。赫伦德在他对面的椅子上坐了下来，看上去十分优雅。在两人对彼此有了一定的了解之后，又开始表现出好打听的一面。埃伦迪尔细致地描述了自己对山区遇险故事的兴趣，慢慢地把话题引向一九四二年一月马特希德尔在一场狂风暴雨中失踪的事，当时一群英国士兵也恰好惨遭了那场狂风暴雨，这事在当地闹得沸沸扬扬、无人不知。

赫伦德家一共有四姐妹，原本住在斯卡加峡湾北部的一个小农舍里，二十世纪二十年代，赫伦德的父母为了摆脱贫苦的生活，举家搬到了雷达夫尤都。她们的父亲出身于东峡湾的一个普通家庭，接手了一个亲戚的小农场。但据博厄斯说，这位父亲嗜酒如命，因为不擅于经营，农场效益江河日下，搬来没几年后他就在一起事故中丧生了；他们的母亲独自承担起养活四个女儿的重任，并在邻居们的帮助下将农场的效益扭亏为盈，后来再婚，嫁给了一个当地人，她的女儿们也顺利长大成人。大女儿和二女儿搬去了雷克雅未克，马特希德尔则嫁给了临近峡湾埃斯基菲约泽的一个渔夫。她失踪的时候，他们已经结婚好几年了，但膝下无子。赫伦德是四姐妹中最小的一个，嫁给了一个当地人，至今一直住在雷达夫尤都。

“我的三个姐姐都已经过世了。”赫伦德说，“我和搬去雷克雅未克的那两个姐姐没有太多联系，以前都是她俩隔几年回娘家时才见一次。虽然英甘恩的儿子在年轻的时候就搬去了埃基斯蒂尔，之后一直住在那里，我们会书信往来，不过仅此而已。现在他住进了那里的一家养老院，我们就没再联系了。至于马特希德尔，我倒是有很多关于她的美好回忆，尽管她去世的时候我才十三岁。大家都说她是我们几个姊妹中最漂亮的一个，也许是因为她遭遇了不幸大家才这样说。你应该能想象得到，她的离世对我们来说打击很大。”

“我听说她计划徒步去雷达夫尤都看望你们的母亲。”

“她的丈夫雅各布是这样说的。她和那群英国士兵一样，被一场狂风暴雨困在了荒野上。你应该知道这个事吧？”

埃伦迪尔点了点头。

“虽然他们费了好大地劲找遍了雷达夫尤都和埃斯基菲约泽，但还是没有找到她。”

“我听说当时下起了暴雨，”埃伦迪尔说，“导致河水猛涨。他们说有一名英国士兵跌入埃斯基菲约泽河淹死了，然后又被冲进了大海里。”

“是的，所以他们才会搜遍整个海滩。也许她也被冲进了大海，这似乎是迄今为止最合理的解释了。”

“他们说能有这么多的士兵活下来简直就是一个奇迹。”埃伦迪尔说道，“他们真是福大命大。除了她的丈夫，还有其他人知道她去雷达夫尤都的计划吗？”

“应该没有了，反正她没跟我们说过她要来。”

“也没人见过她吗？难道她一路上都没停下来过？也没人见她往荒野里去吗？”

“乡亲们最后一次见到马特希德尔是她和雅各布道别的时候。根据雅各布的说法，她出门前准备充分，因为预计要走一整天，所以她还带了份午饭；而且因为想在天黑之前赶到雷达夫尤都，所以天刚破晓她就出发了，所以应该没有几个人知道她什么时候出发的，而且她也没有计划去其他的地方。”

“那群英国士兵声称没有见过她。”

“是的。”

“虽然他们走的是同一条路。”

“是啊，但是在那样恶劣的天气情况下，他们几乎什么都看不清。”

“你们的母亲也不知道她要来，是吧？”

“看来你从博厄斯那儿知道不少了啊！”

“是的，他把整个故事都告诉我了。”

“雅各布他……”

赫伦德又像往常一样坐在垫子上，手拿望远镜，朝窗户外望去。

夜幕之下，来自建筑工地上的灯光照亮了这个美丽的小村庄。她苦笑了一下。

“我们生活的时代还真是离奇古怪啊！”她突然把话题一转，聊起了一些她不能接受的当地建设项目：什么炼铝厂啊、卡拉尤卡大坝啊，还有破坏雄伟壮观的峡谷来建水库，据说这一水库将成为冰岛最大的人工湖。埃伦迪尔对她为什么反感这些表示理解。他不自觉地想起了博厄斯，他也反对这些工程项目。他们从荒野上下来的路上，博厄斯告诉他，马特希德尔的失踪事件疑点重重，当地人一直心存疑虑。虽然那一代亲历者现在大多已长眠地下，活着的人也已老态龙钟、性格古怪，但仍无法打消这些疑虑。

“雅各布·拉格纳松当时的日子也不好过。”赫伦德岔开话题谈了半天，现在再次回到了这个话题上。

“怎么个不好过法？”

“哎，几个月之后，谣言四起，甚至有人说马特希德尔死后一直缠着雅各布，折磨他，直到把他弄死。简直是一派胡言！说得好像我姐姐真的变成鬼魂回来了似的。”

“您家里其他人都是怎么看的？他的说法有没有什么疑点？”

“这倒没有调查过。”赫伦德说道，“不过，就跟你想的一样，由于没有找到马特希德尔的遗体，大家都开始怀疑雅各布没有说实话。有人私底下议论说，马特希德尔之所以会在那天出门，并遭遇那场狂风暴雨，并不是因为她真的想去雷达夫尤都，而是想躲避她丈夫；还有的则说是雅各布把她赶出去的。我想，博厄斯应该跟你提起过吧。”

埃伦迪尔摇摇头，说：“没有。博厄斯没有提及这个。雅各布后来怎么了？他死于一场意外，对吗？”

“他在海里淹死了，埋在了迪尤皮沃厄尔。那是马特希德尔失踪几年后的事了。那天，他的渔船在埃斯基菲约泽峡湾遇上了风暴，船被吹翻了，算上他，船上的两个人都死了。”

“事情就这样结束啦？”

“应该是的，”赫伦德说，“马特希德尔的遗体始终没有找到。几年后，有个小男孩也在荒野上失踪了，他的遗体也没有找到。老天爷没对这个村子赐予一点仁慈。”

“是的，”埃伦迪尔说，“这倒是真的。”

“你也在调查那个失踪了的小男孩的案子吗？”

“没有。”

“大家都说她来找雅各布索命来了，把他拖进了鬼门关——甚至把他的死归咎于她。真是荒谬！但冰岛人就爱编鬼故事，故事越编越离奇。甚至有一个抬棺人说，当他把装有雅各布的棺材放进墓穴的时候，听到里面发出了呻吟声。简直一派胡言！这还只是其中的一个故事。”

“我曾经听到过一些有关英国士兵的谣言。”埃伦迪尔说道。

“是的，有谣言说她和英国士兵有染，说她爱上了一名英国士兵，而且有了身孕，最终她和他一起秘密逃离了冰岛。据说她感到非常羞愧，所以从没寄过一封家书回来。”

“然后客死他乡？”

“是的，也许刚离开冰岛不久她就去世了。他们盘问过驻扎在这里的英国士兵，但没有人听说过这种事。一派胡言、荒谬至极！”

“雅各布的朋友或者亲戚还有在世的吗？我想跟他们谈谈。”

“他们家没什么亲戚。你知道的，他来自雷克雅未克。起初，他和他的舅舅住在迪尤皮沃厄尔，但现在他的舅舅在几年前也去世了。或许你可以找以斯拉聊聊，他是雅各布的一个朋友。”

6

他被寒冷和黑暗笼罩着，脑袋里不断涌现出故人旧事，不受他控制。没有特定的时间和地点——他立刻就可以去往任一地方。

他躺在自己的房间里，打过一针之后，浑身感到莫名的平静。他想反抗，却徒劳无果，血液停止了流动，大脑一片空白。

医生告诉他接下来该怎么做，可他的身体却不受控制，还在不停地扭动、抽搐，直到用力按住他的四肢，他才安静了下来。医生向他母亲咨询了一下情况，她恍惚地点着头。他看见医生拿起注射器不断逼近，胳膊上感到一阵刺痛，过了一会儿，身体里的那股反抗劲儿便渐渐消失了。

母亲坐在床边，抚摸着他的额头，表情十分悲伤。看见母亲这个样子，他很难受，甚至愿意用整个世界去换回母亲的笑容。

“你知道你弟弟的下落吗？”她轻声问道。

手脚上的冻伤都上过药了，他对此并不在意。他只记得醒来的时候躺在一个搜救人员的怀里，这名搜救人员正在给他喂热牛奶，他们轮流背着他从荒野上往回走，想尽快把他带到温暖的地方。到家后，他的母亲把他接了过来，抱着他去看医生，医生仔细检查了一遍后，给他身上的冻伤上了药。他们跟他说，他的父亲很安全。他觉得奇怪，父亲怎么会有危险呢？但他的大脑里一片空白，他环视了一下，满屋子的陌生人，院子里还有一些人拿着对讲机和长杆走来走去。他们也盯着他看仿佛见了幽灵一般。他逐渐恢复了意识，想起了他们离开家之后发生的事情，开始是零零碎碎的画面，后来慢慢拼凑起一幅完整的画面，让他想起了事情发生的前前后后。他紧紧抓住母亲的胳膊，问道：

“贝吉在哪儿？”

“他没和你在一起，”母亲回答说，“乡亲们还在找到你的地方继续找他。”

“他还没有回家吗？”

母亲摇了摇头。

他突然变得情绪激动，从床上暴跳起来，拼命想要下床，母亲好不容易才按住了他。但这反而让他更加激动，他从母亲手中挣脱出来，跑到走廊里，撞上了医生和把他抬到巴卡塞尔的两名搜救人员。他拼命地挣扎着，他们只好紧紧地抓住他的胳膊，试着给他讲道理，安抚他。母亲把他抱在怀里，告诉他有很多人都在找他的弟弟贝古尔，很快就会找到他的，他不会有事的。但他并没有听进去母亲的话，抓着咬着要去拿他的靴子和厚夹克。他们不让他出去，这使他完全丧失了理智。最后，医生不得不通过给他注射镇静剂来使他安静下来。

他躺回床上，已无力再反抗、挣扎。母亲又问道：“孩子，情况很紧急！你能想起哪些有关贝吉的线索吗？”

“我一直拉着他的小手，”他低声说道，“一直拉着，可是突然就发现他不在了，只剩我一个人，我不知道到底发生了什么。”

“你什么时候发现他不在了的？当时是在哪里？”

从她问话的语气中，他听得出来母亲是在强装镇定。遭遇暴风雪的三个亲人中，尽管已经救回了两个，但一想到要失去一个儿子还是让她感到痛不欲生。

“我不知道。”他回答道。

“那时候，天还亮着吧？”

“是的，我想是的。我也不清楚。当时天太冷了。”

“你还记得你俩当时是朝哪个方向吗？上坡还是下坡？”

“我不知道。当时连站都站不稳，不停地摔跤。到处白茫茫的一片，什么都看不见。我只记得爸爸说我们必须马上折回去，然后他就消失不见了。”

“已经过去了二十四小时了，”母亲告诉他，“孩子，我得去荒野上再找找，多一个人去找就多一丝希望，你躺着好好休息，一切都会好起来的，我们会找到贝吉的，别太担心。”

镇静剂开始生效了，母亲的话也让他稍稍平静了下来。他睡着了，昏睡了好几个小时，什么也不知道。当他再次醒来的时候，周围出奇的安静，家里一片死寂。他感觉自己像是做了一个漫长而又恐怖的噩梦，但很快又意识到这不是梦，他清楚地记起了过去三十六小时所发生的事。镇静剂的药效还没有完全消失，他感觉浑身无力，慢慢地爬下床，蹒跚地走到走廊里。父母房间的门是关着的，推开门后，他看见父亲独自坐在床边，但父亲没有看到他，只是一动不动地坐着，头耷拉在胸口，双手搁在大腿上，也许是睡着了。房间里黑漆漆的。他全然不知父亲经历了多么可怕的事情。最后，父亲是爬着回到巴卡塞尔的，全身都冻伤了，帽子也掉了，在与恶劣天气的搏斗中差点就丧命了。但对于这些，他全然不知。

“你没有出去找弟弟吗？”他问父亲。

父亲没有回答，只是低着头盯着他冻僵的手看。他走进房里，把一只手放在父亲的膝盖上，又问了一遍。父亲看上去似乎老了许多：脸上的皱纹加深了，两眼无神，透着一丝寒意、茫然和冷漠。他从没见过父亲这个样子，如此的孤独和无助，一个人愣坐在阴暗的房间里。父亲站了起来，神色忧虑，却又无奈。

“我也没有办法啊！”他低声说道，“我也没有办法啊！”

7

敲了几次门也没有人回应，以斯拉没在家。埃伦迪尔循着咚咚的敲打声来到了一个摇摇欲坠的棚屋前。它是用木材边料和瓦楞板搭成的，位于他家房子斜对面的坡底。棚屋门上拴着一条绳子，半掩着。埃伦迪尔走近后，从门缝里看见一个人弓着腰正坐在一个小板凳上，手上拿着一个木槌不停地敲打着。这人便是以斯拉。只见他把一块鳕鱼干放在一块肮脏的石砧板上，用手捏着鳕鱼的尾部，用木槌有节奏地敲打着，使鱼干变软，每敲一下都会溅起些许肉屑。埃伦迪尔站在门口等着，看着他不断敲打鱼干，没有抬头，也没有注意到有人来访；他的鼻尖不断渗出汗珠，并时不时地用手背擦一擦；他的手上戴着羊毛连指手套；头上戴着一顶略大的皮帽，帽耳把脸都遮住了；身上穿着一条棕色的工装裤和一件冰岛传统样式的宽松短上衣；他好久都没有刮过胡子了，下巴上胡子拉碴，下嘴唇看起来有点浮肿，上面有一道旧伤疤，嘴里喃喃地说着什么。他的眉毛很密，向外凸着，下面有一双灰色的小眼睛看上去总是在不停地流眼泪。他长得绝对算不上帅：脸皱巴巴的，下巴宽大，鼻子肉肉的，但看得出来他年轻时还是很潇洒的。

他终于停下来准备休息，抬起头，看见埃伦迪尔站在门口。

“你是来买鳕鱼干的吗？”他用嘶哑的声音问道，说话气若游丝。

“您还有多余的吗？”埃伦迪尔问道，感觉自己好像一下子回到了十九世纪。

“有的，还有一点呢，”以斯拉答道，“这些是卖给商店的，但要是直接从我这儿买会更便宜呢。”

“鱼干好吃吗？”埃伦迪尔走近了一点，问道。

“当然好吃啦！”以斯拉答道，声音里多了一丝生气，“你在东峡湾再也找不到比我的鳕鱼干更好吃的啦！”

“您还在用木槌敲打吗？”

“像今天这种情况，量不多，买机器划算不来，而且买了也没有什么用，我一只脚都已经踏进坟墓里了，说不定哪天就呜呼哀哉了。我本来早就该去见上帝了。”

他们谈妥了鱼干的购买量，又聊了聊天气、捕鱼季。后来还不可避免地聊到了大坝和冶炼厂——但以斯拉显然对这一话题不感兴趣。

“他们破不破坏环境跟我有什么关系。”他说。

赫伦德告诉埃伦迪尔说，以斯拉一直过着隐居生活，无妻无子——至少就她目前所知还没有。他在这里住了多久，恐怕连村子里最年长的人都记不清，主要是因为他不爱跟人来往，自己过自己的日子，也爱不掺和别人的事。他在陆上或海上干过各种各样的差事，但大多也是一个人就可以干的差事。近来，他行动有些迟缓，但这不足为奇，毕竟他已年近九十。好心的邻居建议他进养老院，但他始终没去。他总是毫无畏惧地与人讨论自己的死期，甚至给人的感觉是他巴不得自己早点死。这些年来，他总是以自己活不了多久，别白白浪费时间为由，喜欢把事情往后推。赫伦德说这是她见过的最奇怪的冷淡、漠然。

估计着以斯拉又准备敲打鱼片，埃伦迪尔开始把话题渐渐往荒野历险故事上引。

“听说有些人在这附近的荒野上失踪了，我正在做这方面的调查。”

“噢，真的吗？”以斯拉说，“你是一个历史学家？”

“不是，只是个人爱好而已。”埃伦迪尔回答道，“我听说过英国士兵计划通过哈瓦斯科山口的故事，我想这应该是六十多年前的事了吧。”

“这事我记得很清楚，”以斯拉说，“我见过他们中的一些人，都是些很不错的小伙子。他们被一场突如其来的狂风暴雨困在了荒野，其中一些人冻死了。但不管是死是活，最后所有的士兵都找着了。但我跟你说，事情并非总是如此。”

埃伦迪尔表示赞同。

以斯拉用手套擦了擦鼻子，问埃伦迪尔要不要来杯咖啡。埃伦迪尔说好，并表示感谢。他们一同进了以斯拉家里，走到厨房，厨房里有一台老式咖啡机，虽然用的时候会嘶嘶作响，但磨出来的咖啡却又香又浓。厨房收拾得干净整洁，还有一台老式冰箱和一套更为老式的拉夫哈牌炊具。从厨房里的窗户望去，峡湾上游和埃斯基菲约泽荒野清晰可见。以斯拉拿出两个杯子，倒上咖啡，往自己的咖啡里加了四块糖，然后把糖递给埃伦迪尔，但他婉拒了。聊完英国士兵后，他们又继续聊起在同一天晚上失踪的那位年轻女性。

“是有这么一回事。”以斯拉想了一会儿，说道，“她的名字叫马特希德尔。”

“我听说你和她的丈夫雅各布是朋友。”

“是的，我们以前常在一起玩。”

“所以，你也认识马特希德尔？你认识他们两口子？”

“是的。”

“他们的婚姻幸福吗？”

以斯拉一直慢慢搅着咖啡的手突然停了下来，用勺子敲了几下杯沿，放在了桌子上。“你肯定还跟其他人聊起过这事，是吧？”

“是的。”埃伦迪尔承认道。

“你刚刚说你是谁来着？”

埃伦迪尔这才自我介绍了一番，说他是在这里出生的，现在住在雷克雅未克，对那些在荒野里失踪丧命的人的故事十分感兴趣，尤其是那种活不见人死不见尸的，而且他们的命运至今仍然是个谜。当以斯拉听到这位来访者说他是在本地出生时，立马问他家在哪儿，父母是谁。埃伦迪尔如实地告诉了他。以斯拉说他当然记得斯温和亚丝拉琪两口子，他们住在巴卡塞尔农场的农舍里。

“那您应该很了解我的情况。”埃伦迪尔说，“您能跟我说说马特希德尔的事情吗？”

以斯拉前倾靠在餐桌上，说道：“发生了荒野遇险事故后，斯温和亚丝拉琪两口子的心里留下了难以抚平的创伤，不得不搬离了这里。我听说你时不时会回来一趟，到荒野上走走看看。”

“嗯，”埃伦迪尔说道，“我回来过好几次。”

“你的父母都埋在这里的教堂墓地，是吗？”

“是的。”

“他们两口子都是正直的好人呢！”老人抿了一口咖啡，说道，“如果我没记错的话，你父亲以前在学校里教音乐，虽然只是偶尔去教一下。他也拉小提琴。但是家里突遭变故，就没去了。我听说你在雷克雅未克当了警察，所以才四处打听马特希德尔的事吗？”

“不是的，”埃伦迪尔说，“是我自己好奇。我对这类事件很感兴趣。”

以斯拉望着远处的荒野，陷入了沉思。和埃伦迪尔几天前到这儿的时候一样，荒野还是被乌云笼罩着。埃伦迪尔当时是从雷克雅未克开车回到家乡，一路没有停歇过。来这儿之前，他正在辛格韦德利调查一起案件，但所有的证据都指向自杀，调查进入了死胡同。这起案子的关键环节在于体温过低，这让他想起了自己的弟弟因为暴风雪消失在埃斯基菲约泽山上的往事。他产生一股冲动，想马上前往东部的荒野上去看看。

“雅克布并不像他看起来的那样。”以斯拉终于说到这事上来了，“我不是在评价别人，我也没这个资格——我自己也不完美。但雅克布身上有一些品行总是让大家防着他，说他不诚实，其实也算不上不诚实，只能说他喜欢耍滑头罢了，大家都知道他这一点。我们这个小村子里大家都相互了解，而雷克雅未克太大，我想你甚至都不认识自己的邻居吧。”

埃伦迪尔点点头。

"这些年来，什么样的谣言都有。"以斯拉继续说道，"有的说是雅克布把马特希德尔赶出了家门，赶她走，等等。当然，你可能已经听说了。"

"听说了一些。"

"他后来在海里淹死了。马特希德尔死后，他没有再婚，但染上了嗜酒的恶习，变得不修边幅。再后来就出事了——他的渔船在风暴中被打翻，之后沉没了。人们设法把雅各布和船上的另一个人拖上了岸，但是船却四分五裂了。"

"灾难就发生在埃斯基菲约泽这一边吗？"

"在峡湾另一边。他们在回来的路上遇到了一场可怕的风暴，船翻了，那时正值隆冬。"

"你说，会不会有人不希望我们找到马特希德尔？"

"我也这样想过，还指望你能想到比这更合理的解释呢。"以斯拉说道，用一双泪汪汪的小眼睛望着他。

埃伦迪尔突然笑了笑，说："乡亲们是怎么看的？"

"他们也没想出什么合理的解释。那天，斯韦劳河的两条支流水势猛涨，埃斯基菲约泽河也水流湍急，所以马特希德尔有可能被冲走了。你知道的，一个英国士兵就被河水冲到了下游，人们也是偶然才发现了他的尸体。"

"嗯，我知道。"

"我觉得，她肯定也是被山洪冲走了。"以斯拉说着，他的眼睛湿润了，"在我看来，这是可能性最大的一种解释。"

8

在听这位老人讲的时候，埃伦迪尔想起赫伦德告诉过他以斯拉一个人生活了一辈子。不过，即使她没说，一走进这间房子，埃伦迪尔也能猜得到，他对独居者的那些标志再清楚不过了：摆设简朴、家具陈旧、毫无装饰，完全没有家的感觉。这时，一只猫慢慢走了进来，在埃伦迪尔的腿边蹭了蹭，又溜到桌子底下，之后跳到以斯拉的腿上舒服地趴了下来，好奇地看着他们。

“所以，大家不认为是雅各布干的？”埃伦迪尔说道。

“我想是的。”以斯拉迟疑了一下答道，漫不经心地抚摸着猫，“有关他的谣言，乡亲们并没有当真……应该说没有太当真。但他却让这些谣言给缠住了，饱受其折磨，直到死去，甚至死后，我觉得。”他抬头，看了埃伦迪尔一眼，说道。

“那您呢，您是怎么看的？”

“我？我觉得我怎么看并不重要。”

“但你们不是朋友吗？”

“没错，我们是朋友。”

“马特希德尔是打算离开雅各布吗？”

“我不清楚。”

“你没问过雅各布？”

“没有，”以斯拉说，“我也不清楚其他人问过没，因为这说不通。”

“我听说马特希德尔化成了鬼魂缠着他。”埃伦迪尔继续说道，“您知道这是什么意思吗？”

“这显然是一派胡言！难道你也相信世上有鬼？像你这样受过教育的人应该是不会相信那种谣言的。发生那事之后，他的确变得跟以前不大一样了，开始躲着人。也许是他觉得他也有责任吧。也许是他天天想起马特希德尔，那使他备受折磨。但是谣言说马特希德尔化成鬼魂在家里游荡，并在海难中把雅各布拖到水中致其淹死，这完全是在胡说八道。纯属无稽之谈！”

“你的意思是，人们暗指是她造成沉船的？”

“嗯，但这只是谣传。这里面有多少真话，你自己就可以判断出来。”

埃伦迪尔再次点了点头。他知道，尽管这种信口开河的故事很受欢迎，但真正相信的人没有几个。冰岛有讲这种鬼怪传奇故事的传统，说大自然中有幽灵、精灵、食人巨人、魔石和其他看不见的生物，通过一种无形的纽带将人类与其生活的环境联系起来。过去，人和大自然的关系要比现在密切得多，对大自然的依赖程度也更高。许多民间传说也都是关于尊重大自然及其蕴含的力量，这些故事想要告诫人类，不要低估大自然的威力。这大概是许多荒野灾难故事的主题思想。这些故事他已看过好多遍，早已烂熟于心。

“但对于那些针对雅各布的谣言，您是怎么看的？”

“跟我没关系。”

“你们是一起长大的吗？”

“不是，我们都不是这里人。只是年龄相仿——他比我大几岁。他是从雷克雅未克搬来这里的，关于他家的情况，他没怎么跟我提起过。”

以斯拉没有再往下说。

“你需不需要再买点儿鱼干？”过了一会儿，以斯拉问道。他仍抚摸着猫，但它突然跳到地上，窜出了厨房。它的动作十分敏捷，埃伦迪尔猜它一定是发现了老鼠。

“不了，谢谢，这些就够了。”他站起身，说道，“我已经耽误您很长时间了。”

“没关系。”以斯拉答道。

“还有一个谣言说马特希德尔爱上了一名英国士兵，并跟他私奔了。”

“我也听说过，但那绝不是真的。马特希德尔根本不认识什么英国士兵——这实在是太荒谬了！”

从厨房里出来的时候，埃伦迪尔看见门边的冰箱上杂乱地放着一些东西，里面的一个小玩意儿引起了他的注意。他盯着它看了一会儿但没看清，走近一看才知道那是一个小孩子玩的玩具汽车，已经破旧不堪，轮子和底座都没了，只剩下一个车架子。

“这个是从哪儿来的？”他问道，眼睛仍盯着那个玩具汽车。

“捡来的。”

“在哪儿捡的？”

“让我想想！可能是在一个狐狸洞口捡的，就在哈德斯卡菲山上。”

“哈德斯卡菲？”

“嗯，可能是吧。很多年前捡的，我都快忘得一干二净了。捡来就一直放在冰箱上，不知道为什么，我一直没舍得丢掉。想起来还有点意思！”

“您还记得是什么时候吗？”

“噢，那是很久以前的事了。”以斯拉说道，“大概是一九八〇年前后吧，我也记不清了。是我出去抓狐狸的时候捡到的。那时候狐狸尾巴还能卖个好价钱，但现在没什么市场了，也就没有人愿意去抓了，结果，狐狸越来越无法无天了。”

埃伦迪尔仍盯着玩具汽车看，接着开口问道：“我能摸一下吗？”

“摸一下？”以斯拉吃惊地重复道，“当然可以，我这儿又不是博物馆。”

埃伦迪尔拿起这个玩具汽车，翻来转去地看。

以斯拉注意到他的客人对这个小玩意儿很感兴趣，于是说道：“这个小玩具汽车可以送给你，反正我拿着也没什么用。它对我无关紧要，再说我也活不了多久了。”

“真的要送给我吗？”

“当然是真的，亲爱的小伙子。”

“您在狐狸洞里还发现过其他什么东西吗？”埃伦迪尔一边问，一边把玩具汽车放入口袋。

“应该没有了。”

“那您知道这个玩具汽车为什么会出现在那里吗？”

“可能是哪只狐狸叼回来的，也可能是哪只鸟儿衔着衔着就掉在那儿了，不好说啊！”

“您确定是在哈德斯卡菲山上捡的？”

“是的，非常确定。”

“谢谢您！”埃伦迪尔说道，神思有些恍惚。从以斯拉家里出来后，他钻进车里，启动引擎，他还没缓过神来，仍处于震惊中。透过后视镜，他看见以斯拉正站在门口，目送着他离开。这时，他的耳边突然响起了博厄斯的话：“你可以在狐狸洞里找到各种奇怪的东西。”

9

埃伦迪尔坐在车里一根接一根地抽着烟，一直坐到了天黑。为了防止车里全是烟味，他把旁边的车窗摇下一条缝。从以斯拉那儿买来的鱼干就放在他身旁的副驾驶座上，但是他一点胃口也没有。他一直将车开到了海边，当白昼渐渐并入黄昏的时候，他看见一艘巨大的集装箱货船开进了峡湾，开始认真思考重工业正如何改变着人们的生活。许多新房屋和商店如雨后春笋般涌现，新修的马路四通八达，地方经济也在蒸蒸日上。他白天遇到了不少人，有店主、码头工人，还有在加油站工作的小伙子，他们都是在东峡湾土生土长的本地人，但是很少有人会产生像博厄斯和赫伦德那样的担忧。他们对这里的发展很满意。这里的形势变化得如此之快，令他们很吃惊。

有人跟他说："这个地方过去萧条不堪，如今越变越好了。"

"它们的确变了！"他说道。

他又想起了那晚马特希德尔和英国士兵在荒野上与狂风暴雨搏

斗的遭遇。哈瓦斯科山口被狂风暴雨阻断。也正是在山口那里，这些士兵的行程发生逆转，开启了死亡之旅。由于不了解当地的气候和地形，他们没有按原路返回，而是冒着狂风暴雨继续前行，越爬越高。战场上所表现出来的那种使命感使他们不愿屈服于这片既遥远又陌生的土地，但是最后他们不得不承认被这片土地所打败。

而马特希德尔出发前准备充分，按理说，她应该不会选这个时候出发才对。有一些人违背直觉和常识，不听别人的建议，坚持要出门远行，结果遭遇不幸，难道马特希德尔也跟那些人一样？这种远行通常刚开始很顺利，毫无危险即将来临的迹象，天气宜人，路况良好，预计行程一天，出发时满怀信心，可走到一半时，就突然遇到了死亡的威胁。也许这就是马特希德尔的不幸遭遇。

据以斯拉说，马特希德尔身体强健，懂得保护自己，还准备了食物，打算在路上至少歇一次脚。那天清晨，她和丈夫道别之后，就高高兴兴地上路了。几乎在同一时刻，英国士兵们也准备好要出发了。毫无疑问，他们一定事先听取了当地人的意见，所以才走了通过山口这条最近的路。当狂风暴雨猛烈袭来的时候，他们都惊慌失措，队伍被打散，大家都不得不各自求生自救。马特希德尔也可能遇到了同样的危险，也许她试着从荒野上走下来，打算按原路返回，结果却一不小心跌入了河里，被冲进了大海，所以她的尸体才一直没被找到。

但也有可能马特希德尔一开始就根本没出门。

这个想法很新奇。博厄斯和赫伦德都说这只是不靠谱的谣言罢了。但埃伦迪尔却没有将这些谣言置若罔闻。冰岛内陆发生过许多各种各样的离奇失踪案件，活不见人死不见尸的案子也不止一两件。

他知道二战期间就有一起这种失踪案，正是他怀疑的这种情况。还有，几年前，他曾在雷克雅未克的郊区格拉法尔霍特调查过一起人骨案，当时那片地方正在开发阶段。遇害的是一名已婚男士，被埋在离他家大门不远的一个浅浅的墓穴里。受害者的妻子长期饱受家庭暴力的折磨，她声称她丈夫打算步行穿越黑利舍迪山口，走到雷克雅未克和塞尔福斯交接的山路处时，突遇恶劣天气而走失，从此再也没有任何关于他的消息。当时，警方并没有深入调查这个案子，大家都以为他死于天灾，直到几十年后在他家附近找到了他的尸骨，真相才水落石出。

埃伦迪尔掐灭了手里的烟头，也不知道这是第几根了，他伸手从口袋里掏出那个已经破得只剩下车架的玩具汽车，放在仪表板上。因为不确定是否有用，所以等到现在才拿出来仔细地研究。他坐在车里，注视着这个几乎无法辨认出来的小玩意。

他清楚地记得弟弟贝古尔也有一个这种造型的玩具汽车：浅红色的外壳、白色的轮胎，透过车窗可以看见前排的座椅和一个小小的方向盘。埃伦迪尔记得那时他们还住在巴卡塞尔，父亲去赛第斯费约德的一个舞会上演奏小提琴，回家的时候给他们一人买了一个小礼物。他的礼物是一个手握步枪、身佩刺刀的铅铸士兵，除了脚上穿着黑色的军靴和脸上喷了一层淡粉色外，他几乎全身都是绿色的军服，看着十分显眼。这个玩具算不上最好的礼物——头盔的颜色沾上了脸的颜色，手也染成了军服那种绿色，而且还站不稳；而贝古尔的礼物则是一辆玩具汽车，一看到那礼物，贝古尔立刻就被那精巧的造型和迷你的方向盘给吸引住了。虽然埃伦迪尔还算满意他的士兵，视它为自己玩具大军中的先锋，但对于贝古尔的汽车，他却感到莫名的厌恶。

他又点上一支烟抽了起来，盯着仪表板上的金属片，想起了陈年往事。大型货轮在秋夜里前行，像一棵圣诞树一样在黑暗中闪闪发亮，给这片偏远之地带来新的繁荣。

埃伦迪尔曾试图说服贝吉，用士兵换他的汽车，但被弟弟直截了当地拒绝了。于是他提出用三个士兵换，但贝吉还是没答应，继续玩着他的小红车，爱不释手。有一次，埃伦迪尔只是拿起小汽车看了看，然后试着玩了一下，贝吉就立马要他还给他。他俩从没因为什么东西吵过架，那是他俩唯一一次吵架。埃伦迪尔故意用力将玩具车扔向贝吉，好让他接不住，结果，那辆玩具车就真的哐啷一声掉在了地上，把他俩吓了一跳，急忙一起看有没有摔坏。尽管交换条件丰厚，但贝吉还是不愿意换，最后埃伦迪尔也就只好罢休。

他摁灭了烟。因为没有发动引擎，车里现在又冷又暗，车窗上起了水汽，模糊了他的视线，烟味也很浓，他咳嗽了几声，并擦了擦嘴巴。他不确定这是不是贝吉的那个玩具汽车，而且他也知道这无从查证。如果以斯拉在哈德斯卡菲山上的狐狸洞口找到的这辆小破车真的是贝古尔心爱的小红车的话，那么，这将成为第一条能帮他了解贝古尔在荒野上遭遇的线索。

他们是在争吵后的第二周在荒野上遭遇不幸的，那时候他的心里还觊觎着贝吉的玩具汽车。

10

小埃伦迪尔溜进父母的房间，想要寻求一丝安慰，但父亲却毫无反应，面无表情地坐在床边，一句话也不说。父亲有时候就会这个样子。几分钟过去了。

小埃伦迪尔怯怯地对父亲说：“弟弟会平安无事的。”

与刚才疯狂地挣扎着要去荒野地相比，小埃伦迪尔现在冷静了不少。由于冻伤，他的手脚还疼着，但除此之外，他感觉格外好，像是什么都没发生过。

父亲心情不好的时候，小埃伦迪尔和弟弟都不敢去打扰他，两兄弟感觉到父亲需要安静，需要远离孩子们的吵闹和喧嚣。每当那时，父亲就会一个人待在客厅里，不许他们进来，拉上几个小时的小提琴。他还有两个口琴，也会演奏一些其他的乐器，比如手风琴，所以他经常受邀去参加一些晚宴和舞会，尽管他本人并不喜欢那种热闹的场合。在那些晚宴和舞会上，他看到的尽是些吵吵闹闹和酒后失态的样子。当对那些感到厌倦之后，他就会去教堂当风琴手，这更适合他。虽然机会不多，但教小学生音乐总能给他带来一种恬静的满足感。最近，他召集了所有东部地区的音乐家，成立了一个小型的管弦乐团，埃伦迪尔发现其中一个人弹的吉他比他父亲拉的小提琴还要好听，尤其当他发现这个人还开了一家小唱片店，而且店里卖着的都是些最新畅销唱片之后，就觉得他弹得更好了。

回到客厅前，父亲会把小提琴装在一个漂亮的箱子里，和乐谱一起，放到卧室的衣柜里。父亲练习小提琴的时间有长有短。他的情绪也时好时坏，有时会让两个孩子进来看他拉小提琴，有时又会把他俩赶出去，关上门。调音定调的时候，小提琴会发出嘎嘎吱吱的声音，每当这时，兄弟俩都会用手捂住耳朵。父亲总能赋予小提琴以生命，在他的拉动下，小提琴会发出欢快的音符，使得整个屋子里都回荡着美妙的音乐声。但有时候，父亲也会拉出忧郁凄切的琴声，仿佛是在渴求胆量和勇气。

为了让日子过得更好些，渐渐地，埃伦迪尔学会了从琴声中判断父亲的心情，但事后总发现父亲处于极度忧伤之中。他曾试着把两个儿子引入音乐的殿堂，教他们玩乐器，但很快就发现他俩都没有音乐天赋，而且缺乏决心和激情，只学到了一点皮毛。他并不强迫他们学习，觉得那样毫无意义，但还是希望他的儿子们至少能懂得欣赏音乐。

父亲是伴着手风琴声和男声合唱团的歌声长大的。十几岁时得到的一个口琴激发了他对音乐的热爱，于是北上到阿克雷里学习音乐。在三十年代经济大萧条时期，那样的学习机会十分宝贵，但最后他还是不得不提前放弃学业，回到家乡。他演奏的乐器大多都是借来的，甚至是在音乐学校学习的时候，他一直梦想着能有自己的乐器。贝吉出生后不久，他才攒够钱，在东南部的赫本买了一把二手小提琴。

他们家的条件并不好，几乎不买什么奢侈品。一家人必须节俭过日子。家里的农场规模不大，父亲在外教音乐课能赚点外快补贴家用。到了万不得已的时候，母亲会到一个水产加工厂工作，尽力贴补家用。兄弟俩一般只有在过圣诞节和过生日的时候才会收到礼物，但偶尔遇到经济情况好转且父亲心情也大好的时候，他俩也会收到一些小礼物作为补偿。虽然不是什么特殊的礼物，只是一些便宜的玩具罢了，但在他们兄弟俩眼里却是无价之宝，因为对他俩而言，父亲的心意最重要。

当心情忧郁到极点时，父亲会一直躺在床上，而且不出房间。他们则不得不轻手轻脚、小心翼翼地进出家门。这一般是在圣诞节和元旦前后，正值北半球黑夜最长且最寒冷的深冬季节，让人觉得仿佛再也不会有阳光普照的日子似的。漫长、黑暗的日子一天一天过去了，小提琴躺在箱子里无人拉奏，既听不到它那欢快的琴声，也听不到它凄切的呜咽声。

父亲知道有一个儿子还活着，但这不足以驱散他的孤独，或缓解他的痛苦。没人比他更了解暴风雪的残酷无情，连他自己都差点丢了命，所以尽管知道大儿子想要从他这里寻求安慰，但他做不到，只好默不作声。小儿子还没有找到，现在他的脑子里只有一个念头，担心他会不会已经在暴风雪中遇难。

小埃伦迪尔站在父亲身边，不知所措，父亲的无动于衷让他更加害怕，他觉得自己肯定会被父亲痛骂一顿。他试着不去细想到底发生了什么，反倒十分希望此刻能有个人安慰他，告诉他他的感觉是错的，这一切并不是他的错，因为他当时什么都做不了。但是父亲却一句话也不说，甚至连看都不看他一眼，让人觉得仿佛这个儿子还活着的这件事并不能给这位父亲带来多少安慰。这种沉默让他无法忍受。他觉得这比让他躺在冰冷的雪地里还要难受。

“对不起！”他说道，声音小得几乎听不见，“我不是故意的……我不应该……”

父亲抬起头，看着他。

“你手里拿着的是什么？”父亲问。

“一个士兵，您给我买的。”他摊开手，说道，“贝吉的是一辆小汽车。”

“你在说什么？”

“您给我买的是一个士兵，给贝吉买的是一辆玩具汽车。”

“我买的？”

“贝吉随身带着那辆玩具汽车，就装在他的手套里。”

11

晚上，埃伦迪尔就睡在自家废弃的农舍里。他躺了大半夜却怎么也睡不着，脑海中不断地回想起他们父子三人在那场致命旅途中所遭遇的一切。那天，他们兄弟俩和父亲走散了。整个晚上他只躺在温暖的睡袋里打了几个盹，总是眯一会儿就醒了。早上起来的时候，感觉全身僵硬，没有睡好。他蜷缩在气灯旁边，吃了三个燕麦蛋糕，用热水瓶盖给自己倒了一杯咖啡。咖啡是昨晚在一个便利店买的，店员是一个活泼但有些无礼的年轻人，总是想方设法地想跟他攀上话。

“你是冶炼厂的吗？”店员看他不像本地人，于是问道。

“不是，”埃伦迪尔简略地答道，“请给我三包总督牌香烟。”

那个年轻人穿着一件条纹T恤和一条破洞牛仔裤，从抽屉里取出三包香烟，放在了柜台上。

“那你是修大坝的？”

“不是，我能用保温杯装点咖啡吗？”

“可以。”年轻人答道，指了指角落里的咖啡机，它被搁在一张脏兮兮的桌子上，还剩半壶，“咖啡是免费的。那你到底是做什么的？”

埃伦迪尔倒了咖啡，付了烟钱，看见店员一直盯着他，觉得他还会不停地问下去，于是立马向门外走去。

“你是睡在废弃农舍里的那个家伙……”当身后的门砰地关上前，这话还是传进了他的耳朵里。

“真是个爱打听的家伙。”埃伦迪尔离开的时候喃喃地说。

吃完一顿简单的早餐后，埃伦迪尔准备开车去冰岛东部的行政中心——埃基斯蒂尔，距这里大概五十公里。刚开始他是沿着霍尔马汀德山脚下的岬角海滨公路往前开的，看到了雷达夫尤都建筑工地上一片繁忙的景象。驶离峡湾后，埃伦迪尔开始进入内陆，沿着崇山峻岭间的盘山公路往前开，到达了法格里河谷，再沿着岩石丛生的峡谷间的河流一直往前开，不一会儿就到了。沿途路况良好，但是一路上装载货物的大型货车川流不息，既打破了早晨的宁静，也使得他不得不在一个合理的车速范围内驾驶。

他设法找到了那家养老院，并告诉接待员他要找卡贾坦·哈尔多松。接待员让他去找一位护理员，那位护理员把他带到了一间很小的电视休息室里，那里一个古稀之年的老人正坐着看动画片。护理员女孩弯下腰在他的耳边大声地说：

“卡贾坦，有人来看你了。”她的说话声亲切甜美，仿佛是在对一个小孩说话。

老人从椅子上站了起来，嘴里含糊地说着什么。

“他想和你聊聊。”女孩大声地说道。

埃伦迪尔对女孩说了声谢谢，然后向老人问好。老人有一头厚厚的银发，双手瘦骨嶙峋，布满老茧。他看起来很虚弱，并得了老人常见的关节炎。在接下来的闲聊中，埃伦迪尔得知老人患上了一种退变性疾病，导致他的一只眼睛失明。

“嗯，我这边眼睛几乎看不见。”卡贾坦解释道。

“那可真糟糕。”埃伦迪尔说道，不知该如何回应。

“嗯，的确有点恼人。”卡贾坦说，“而且另一只眼睛也开始看不清了。他们觉得我最好待在这里别动，以免出事，我现在甚至连屏幕都看不清了。”

埃伦迪尔想他应该指的是电视屏幕。聊了一会儿视力退化的问题后，埃伦迪尔终于开始问正事，说自己正在调查荒野失踪人口的案子，听说他的阿姨马特希德尔于一九四二年一月在从埃斯基菲约泽去往雷达夫尤都的路上失踪了。

不知哪里的收音机里传来了二十世纪六十年代的流行歌曲《瓦格拉斯克古尔的春天》，十分打动人心。

卡贾坦说：“嗯，是的，的确有这么一回事。”看得出来，哪怕能帮上很小一个忙，他也会很高兴，“你知道的，她是我母亲的妹妹，但是我从没见过她。”

“您还记得那件事吗？”

“不记得了，那时我还小，而且我们一家当时住在雷克雅未克。但是我听说过这件事。我那时应该才七岁，我母亲在四姐妹中排行老大，她在年轻的时候就搬到了雷克雅未克，我也是在那儿出生的。”

“是这样啊！”

“你知道的，我很早就离开了父母家，有了自己的小家庭。过去，我们经常出海打鱼，靠捕鱼为生，那时我们想捕什么都能捕得到，但是现在由于定额制，只有有钱人才享受得到了。”

“所以你就搬来了东部？”埃伦迪尔问。

“嗯，我的妻子是东部人，但我和这边的亲戚没怎么打过交道，几乎不认识他们。”

“在英国士兵遇险的那天晚上，马特希德尔也失踪了。”埃伦迪尔说道。

“嗯。”卡贾坦说道，“据说那天荒野上遭遇了一场可怕的狂风暴雨，风特别大，人们说都到了飓风级别，刮得人都站不稳。情形十分危险。”

“搜救队搜救了多久？”

“听说搜救了好几天，但还是没有找到。”

“您母亲有没有跟你说起这事呢？有没有什么让你印象特别深刻的地方？”

“没有。”

“那马特希德尔呢？您母亲提起过她吗？对她是什么态度？或者说她们关系如何？”

“她们没什么联系，我母亲住在雷克雅未克，那时交通还很不方便。”

“那您手头有没有您母亲或另两个阿姨跟马特希德尔之间的往来书信？”埃伦迪尔问道。他也问过赫伦德这个问题，赫伦德说她没有，但表示马特希德尔可能跟大姐、二姐有书信往来，尽管她没有听说过。

“都是一些零零碎碎的东西。”卡贾坦皱了皱眉头，说道。

“据您所知，她们在出事之前有没有书信往来？”

“我母亲去世后，我妹妹给我寄来了一个箱子，说如果我想扔的话就扔掉，里面装的尽是一些不要了的东西，什么租赁合同啊、旧账单啊、纳税申报单之类的。我还记得母亲喜欢收藏旧报纸。她什么东西都舍不得扔。也不知道我妹妹为什么要把这些东西寄给我，我拿着也没什么用啊。里面确实有一些信，但我只是扫了一眼。”

“所以，您没看过信里写的什么。”

“当然没有。我已经够忙了，哪有闲工夫看那些东西。”

“那个箱子您还留着吗？”

“应该还在吧。”老人说，“我也没多少个人东西，都交给我儿子保管了，你可以找他聊聊。你是想写有关那场狂风暴雨的书吗？”

“可能吧。”埃伦迪尔含含糊糊地回答道。

12

埃伦迪尔到卡贾坦的儿子艾瑟家门口的时候已经过了正午。他住在一个很大的独立别墅里，离埃基斯蒂尔高级中学很近。艾瑟刚好回家吃午饭，他在一家承包公司工作，正是这家公司承包了高地上的大坝工程。埃伦迪尔表明了自己的来意，并说刚刚去看望过他父亲，也得到了他父亲的允许，想看一看由他代为保管的箱子里的几封书信。

艾瑟很好奇，问了一些关于调查的事，还问他是不是打算出书。埃伦迪尔成功地避开了这些问题，而且说的全部是实话。艾瑟说，父亲住进养老院后，他把父亲很多没用的东西都扔了，按理说那个箱子也应该扔掉的，但不知为什么，他还留着它。他打开看过，里面除了一些书信什么也没有，下次清理车库的时候可能就会把它扔掉。

“老家伙现在怎么样了啊？”艾瑟问道。埃伦迪尔愣了一两秒才意识到他是在问他父亲的情况。

“嗯，挺好的，我觉得。”他回答道。

“但他的视力越来越不好了。”

“我知道。”

“我已经好几年没去看他了，公司正在负责修建欧洲最大的大坝，这几乎占用了我所有的时间。说到工作，我该迟到了，你能不能晚上再过来？”

“我还得赶回雷克雅未克，恐怕不行。”埃伦迪尔抱着一丝希望说道，“看来只能改天了。”

艾瑟犹豫了一下，这时他的电话响了，他看了看是谁打来的，然后挂掉了。

“好吧，跟我来！”他说。

箱子放在车库里，上面堆满了各种各样的废品，什么夏用轮胎啊、油漆桶啊、园艺工具啊，等等。他不知道这些书信有什么用，也没有时间再逗留，便告诉埃伦迪尔，如果需要帮忙，他的小儿子在家。如果埃伦迪尔没有听错的话，他的小儿子就在那所高级中学念书，中午回家吃午饭，现在还没回学校。埃伦迪尔对艾瑟热情的帮助表示感谢，同时很抱歉耽误了他的时间，说他看完就走。

艾瑟开车离开了，埃伦迪尔一个人站在车库里，车库的门敞开着，那个箱子就放在他的脚边。天下起了雨。他从箱子里拿出一个棕色的大信封放在工作台上，信封里装着一九七二年到一九七七年的纳税申报单。接着，他拿出了两本卷角的赞美诗集，随手翻了几页，就放在了信封上。然后又拿出了三本《读者文摘》和一大捆已经泛黄的报纸。

“你在这里干什么？”听见后面有人说话，他转过身，看见了艾瑟的儿子。

“下午好。”他说道，“我在调查东峡湾的人口失踪案。”

“在我家的车库里？”

“其中一个是你爷爷的阿姨，她在荒野上失踪了。”

“在荒野上？”

“是的。”

“她到荒野上去干什么？”

“她当时正在翻越一个山口，可能遭遇了不测。”

“噢！”

小男孩慢慢走过来，晃悠悠地沿着街道向学校走去。他看起来有点鲁钝，故意把裤子垮着，露出里面的平脚短裤。“今后，世界会变成什么样子？”埃伦迪尔心想，看着小男孩消失在拐角处。

他继续从箱子里翻出一些报纸和小册子，最后终于找到了那沓书信，他开始停下来阅读。有的是英甘恩的妹妹们寄来的，有的是她的母亲或朋友寄来的。马特希德尔在失踪前三个月，给姐姐英甘恩写了最后一封信，信中描述了当地发生的一些事，还详细地描述了当时的天气：今年秋天的天气反复无常，冬天马上就要来了。但她很期待圣诞节的到来，正忙着给自己做一条过节穿的裙子。这之前的几封信里提到的也只是些生活琐事，并没有提及她和她丈夫的关系。埃伦迪尔知道自己不应该寄希望于这些书信，因为人们一般不会把自己的秘密写在纸上。

失踪的两年前，她在一封信中写道：

我和宁娜一起去参加了一个舞会，玩得非常开心！请的是本地的乐队，既有新歌也有经典老歌。我们一直跳啊跳啊，直到跳到没有了力气。一开始，那些男士们都很害羞，不好意思邀请我们跳舞。雅各布——你认识的——他也在那里。舞会结束后，我们聊了很长时间。他现在住在埃斯基菲约泽。

找遍了整个箱子，都没有找到可以更进一步了解雅各布或马特希德尔的信息，埃伦迪尔开始把这些东西重新放回箱子里，尽量恢复原状。他突然想到，或许报纸上会有什么有用的信息呢，于是他开始翻看报纸。他不明白为什么马特希德尔的姐姐要留着这些无用的旧报纸，这些进步党的喉舌。报纸上报道的都是政治热点问题和农夫协会通过的决议，其间零星点缀着些关于养羊产羊和收割干草的新闻。但是，有一期报纸刊登了英国士兵遭遇狂风暴雨的事，其中几句提到了马特希德尔也在当晚失踪。

在另一期的报纸上，他看到了雅各布的讣告。埃伦迪尔猜发讣告的皮图尔·阿尔弗雷德松应该是雅各布的一位朋友。讣告中提到了雅各布生于雷克雅未克，后来举家搬来了东部的霍拉费约杜尔，在称赞完雅各布的一些美德后，又写到他在一次灾难中失去了他年轻的妻子，此后一直没有续弦，一个人生活。最后，讣告简要地描述了他是如何在捕鱼回来的途中翻了船，以及他和同伴的尸体是如何从海里被打捞上来的，他们的尸体一直保存在埃斯基菲约泽的旧冰库里，直到举行葬礼。

然而，引起埃伦迪尔注意的并不是讣告的内文，而是讣告上面用铅笔涂写的两个又粗又黑的大字，这两个字清晰可见：混蛋。

13

和上次来的时候一样，赫伦德还是坐在窗子前，望着建高压线铁塔的地方。建筑工地上的泛光灯照亮了那片天空，但冶炼厂却没被照见。她看见埃伦迪尔开车来了，这一次当埃伦迪尔敲门的时候，她起身去给他开了门，并请他进来。埃伦迪尔跟着她走进客厅。她又在老地方坐了下来。

“这个时节的夜晚真迷人！”她说道。

“是啊！”埃伦迪尔说着，也坐了下来。客厅里没有开灯，赫伦德坐在一片昏暗里，身上裹着一床毯子，外面的路灯把她的影子投射到身后的墙上，埃伦迪尔望着她的影子入了迷。赫伦德似乎对他的来访理由不感兴趣，好像他们两个陌生人就应该那样坐着，缄默不语，互相做伴。

“我今天去了埃基斯蒂尔。”埃伦迪尔终于打破沉默的气氛。

“哦？”赫伦德说道，“你想跟我说说吗？顺便说一下，想喝咖啡的话，你可以自己去倒，壶里还有一点，杯子在水槽上面的碗柜里。”

埃伦迪尔起身去厨房。回来的时候，他发现赫伦德把脸从窗户那边转了过来，满怀期待地等着他。

“我猜，你是去问马特希德尔的事了吧。”

“没错！”

“那你一定去看过我的侄子了。去了养老院吗？”

埃伦迪尔点了点头。

“我对他不怎么了解，就这样。”

“这很正常。”埃伦迪尔说道，不禁想到了自家的情况，“他一切都好，嗯，只是一只眼睛看不见了。他让我看了您的姐姐英甘恩的箱子。我在里头发现了一些信件之类的东西。”

“那些东西有用吗？”

“没什么太大的用。”

“我没有收到过马特希德尔的信，如果你接下来想问这个的话。”

“嗯，您上次跟我说过了。其实，我想问的是您这里是否有马特希德尔的东西，一些她私人的东西，比如说照片什么的。”

“我这里没有她的东西，倒是有一张我们姐妹们的合照，就是不知道放到哪里去了。”赫伦德起身朝卧室里走去。把一个老太太牵扯进这起调查，埃伦迪尔感到很愧疚，只能安慰自己说，她一个人太孤单了，有个人来陪她说说话对她来说多少是件好事，尽管自己的陪伴不一定让她高兴。

赫伦德抱出来两个鞋盒，在椅子上坐下，开始在里面翻找照片。

“那张照片没有夹在相册里，”她说，“我从来没想过要把这些照片分门别类。我的丈夫已经去世了。呃，我跟你说过没有？”

“没有。”埃伦迪尔答道。博厄斯之前告诉过他，赫伦德是个寡妇，有两个儿子，在雷克雅未克读完书后就都留在了那里，偶尔回来看望一下她。

“我都忘了这里面还有他的照片。还有，这是我们四姐妹的合照，是在翻晒干草的时候照的。”她一边说着，一边把一张已经卷角的黑白照递给埃伦迪尔，照片背面已经泛黄，上面还沾了点污渍，可能是咖啡渍。四姐妹手里拿着耙子，站在草地上。那是一个晴朗的夏日，她们都穿着裙子，其中两个还带着头巾，站成一排，冲着镜头笑得很开心。这么多年过去了，依然看得出来那时她们很快乐。

“照片是我们的母亲拍的。”赫伦德说道，“相机是她第二任丈夫托尔波约恩的。最左边的是我，戴头巾的这个是英甘恩，站在她旁边的是马特希德尔，接着是琼——可怜的约翰娜。”

在这张照片里，四姐妹的面孔都不是很清晰，但埃伦迪尔还是看出了马特希德尔的五官：深邃的目光和脸上坚定的神情。他想看看照片上有没有日期，但没找到。

赫伦德似乎看出了他的心思，说道：“这张照片应该是在她失踪八年前照的，当时正处于大萧条期间”。

“英甘恩和约翰娜都搬去了雷克雅未克，是吧？她们是一起搬去的吗？”

“不是的，约翰娜先搬去的，随后英甘恩也搬去了。在这张照片拍完后不久，她俩就都搬走了。世事无常啊！前一秒我们还生活在一起，欢声笑语，下一秒我们就天各一方，曲终人散。仿佛就是一瞬间的事，一切都变了样。”

“您记不记得马特希德尔有个朋友名叫宁娜？”埃伦迪尔问道。

“记得，是个很可爱的女孩，我想她应该还在世，你可以核实一下。宁娜就是她的真名，不是昵称。”

“她一直住在东峡湾吗？”

“是的，她和马特希德尔是非常要好的朋友——发小。”

“我应该去拜访一下她。”埃伦迪尔说着，起身准备离开，“不管怎样，我不想耽搁你一晚上。”

“不要紧！”赫伦德说，“反正我也没什么地方要去。我只是不明白，你和我们家又没什么关系，为什么会对马特希德尔的事这么感兴趣，你是在写书吗？”

“不，”埃伦迪尔笑着答道，“我不是在写书。顺便再问一下，雅各布和马特希德尔在一起之前，他和英甘恩认识吗？”

“英甘恩和雅克布？你为什么会这么问？”

埃伦迪尔犹豫着要不要告诉赫伦德，他在英甘恩的箱子里找到了马特希德尔写给她的信，还看到了雅各布的讣告上写着“混蛋”两个字。不过，他现在还不能确定那两个字就是英甘恩写的。或许那份报纸根本就不是她的，而是某人寄给她的。

“我就是随口一问。”他说道，“像你们这些长得好看的姑娘一定有很多追求者。”

“你发现了什么吗？”赫伦德问道，完全没有理会他的赞美之词。

“什么也没有。”感觉到她的情绪突变，他急忙说道。

“你该不会是在暗中调查我们家吧？”赫伦德问。

谈话突然陷入了僵局，埃伦迪尔不知道该如何缓解。昨晚没有睡好，加上今天又开了这么长时间的车，他感觉脑袋有点转不动了。

“不是，当然不是！”他向她保证，但他自己也觉得这保证听起来一点说服力都没有。

“坦白告诉你吧，你四处打探让我很生气，非常生气。我不喜欢你到我们这里来，还质问我的家人们，像个……像个警察似的。我无法忍受这种事！”

“不是，当然不是！”埃伦迪尔重复道，“如果有什么冒犯的地方，我感到非常抱歉。”

“你到底想干什么？”赫伦德问道，这下她是真的生气了，“你究竟想打探什么？这些和失踪人口又有什么关系？”

“没什么，”埃伦迪尔说，“真的。您自己也说了，村里一直有关于雅各布的谣言，大家都说马特希德尔变成了鬼缠着他。”

“可我也说了，那都是一派胡言。你不会把半个世纪前的谣言当真了吧？”

“没有，但……”

“还有，我不信鬼魂之说。”

“我也不信。”

“我想，你差不多该走了。”

埃伦迪尔匆忙地说了声再见，便径直朝他的车子走去，没有回头看，因为他知道赫伦德就站在窗边，一直盯着他。

他把车开到炼铝厂旁边停了下来，看着工地上热火朝天的景象。电解槽的厂房建设还在继续推进，工地上到处都是工人，他们在没日没夜地工作着，争取按时竣工。黄昏时分，在泛光灯的照射下，这里恍如仙境一般。工程项目不间歇地隆隆推进和峡湾的幽静形成了鲜明的对比，白雪皑皑的群山则倒映在如镜面般光洁的湖面上。

14

他又被一种奇怪的感觉所征服。他感到自己正躺在一个废弃的农场地面上，四周被一种无形的东西所笼罩着。这肯定是幻觉，他知道自己已不在那间旧农舍里了。他肯定离开了，要不然他也不会看见夜空的星星。

但这也可能是幻觉。

他转头朝门那儿望去，但除了一片漆黑，什么也看不见。接着，他伸出手，却碰到了一面又粗糙又潮湿的墙壁。他的手电筒不知道放哪里了，为此他摸索了好半天才找到并把它打开，但光线很暗，他只能模糊地看见四周——空荡荡的门廊直通大厅，冷空气透过破烂的窗户不住地往里钻，天花板破破烂烂。他强烈地感觉到这里有人，但却连个人影也看不见。

“谁在那儿？”他问道，但没人回应。

他站起身来，借着微弱的灯光，一步一步慢慢摸索着穿过房间。他记得有一位旅行者就站在门口，并在地上生起了一堆火，还和他像熟人一般地聊天，但现在这人却没了踪影。这种幻觉又消失了，但他总感觉很奇怪，仿佛这件事真要发生一样。

他在客厅里铺了一张床，过去这儿是放沙发的地方。床只有一个薄垫子，两床毛毯以盖住睡袋，帆布背包当枕头，床边摆放着一双已磨坏的登山鞋和一个装着残羹剩饭的垃圾袋。好在他没有太多的行李，能尽可能地让这块地方保持整洁。这间屋子简直就是一片荒凉的废墟，饱经风吹日晒，但他在房间里四处走动着，把这个陋室看成家，就像从小被灌输的爱家思想一样。

“有人在吗？”他小声问道。

回应他的只有狂风的呼啸声、门的吱吱声，还有屋顶的两片瓦楞板所发出的嘎吱嘎吱声。吱吱声是因为门板快掉下来了但仍顽强地挂在铰链上，随风颤动，发出响声；而瓦楞板则是过紧地黏附在屋顶。他走进大厅，打开手电筒照了照院子，然后走进厨房。随着天色逐渐变暗，黑夜开始笼罩在他的周围。微弱的手电筒光照在空荡荡的食品架上，闪烁不定；这张桌子以前是摆在窗户下的，对着窗外的牛棚和谷仓，再往后就是荒野和群山。每一天便是从这张餐桌上开始的，也是在这张餐桌上结束的。

“有人在吗？”他再次小声问道。

他继续摸索着，从厨房出来后沿着不长的走廊进入卧室。由于父母那间卧室里的屋顶倒塌下来压住了房门和部分走道，所以他无法进到父母那间卧室去。那天，父亲从荒野上一回来后就坐在那里，谁安慰也不管用，因为他知道自己的两个儿子还困在荒野上，并确信他们在暴风雪中走失了。他比任何人都清楚当时荒野上的环境有多么恶劣。他完全崩溃了！当搜救人员聚集在他家厨房里时，他就坐在那儿，脸上这一块那一块的冻疮，让人不忍直视。

“有人在吗？”他第三次小声问道。手电筒发出的光更弱了，开始忽明忽暗。他在手掌上砰砰砰地敲了几下，光立刻变得明亮多了。电池快没电了。他走到下一个房间，那是他以前和弟弟一起合住的，光照亮了他们以前放床的地方，他们兄弟俩的床中间隔着一个床头柜。角落里有一个小小的衣柜，地板上铺着一小块厚毯子生怕他们的脚踩到地上受凉。而如今，房间里除了漆黑一片，什么也没了。

他终于明白了，房间里没有其他人。他感觉有人只怕是自己产生了幻觉而已。这里除了他再也没有其他人。于是，他转身，又经厨房和大厅往回走，刚一回到客厅，手电筒忽然就不亮了。他又重重地敲了一下，一缕微弱的光便投射到了对面的墙壁。一个人影掠过粗糙的壁面，就在那一瞬间，他看见一个黑影低着头，背对着他，一副战败了的模样。这一景象让他大吃一惊，连手电筒都掉了，灯光又熄灭了。

他弯下腰，胡乱地摸索着，找到手电筒后在地上连敲了三次它才重新发出了亮光，一瞬间，房间里被照得非常明亮，但最终这光亮还是彻底熄灭了，手电筒再也不亮了。他发了疯似地环顾四周想找出那个人，但他早已消失得无影无踪。

“你想从我这儿得到什么？”他在黑暗中低声说道。

*

他躺在冰冷的地板上，眼睛半睁着，不知过了多久，这种无意识地颤抖才停止了。他的手脚已经没有了知觉，都感觉不到自己快被冻成“冰棍”了。他知道自己很快就会睡着，但又在与倦意作斗争。尽可能地保持清醒十分重要，然而他的体力正在慢慢地消耗殆尽。他记得自己曾躺在雪地上看过星星。

由于冷得头脑发麻，他觉得自己都无法正常思考了。

15

当埃伦迪尔沿着道路慢慢行驶，一路颠簸抵达农场时，他看见博厄斯出现在院子里，走过来和他打招呼。在这之前，他从没去拜访过博厄斯，因为无论从哪方面来讲，他们都互不了解，尽管打猎时碰过一面。但现在他要为一些私事来拜访这位曾试图从一只死狐狸身上挤出奶的农夫。

他看见埃伦迪尔的车朝这儿开来，便顾不得脚上穿着拖鞋，衣冠不整，嘴里还叼着个大烟斗，匆忙出去迎接。他认得埃伦迪尔的那辆蓝色汽车，前几天还看见它停在巴卡塞尔农场外面。埃伦迪尔下车，两人握手问好。

“我无法想象你是怎样从那次灾难中挺过来的，”农夫一边说，一边请他进屋坐，“晚上真他妈的越来越冷了！”

“呃，我没什么可抱怨的。”埃伦迪尔答道。

“我不太会款待客人，恐怕你只能将就着喝点咖啡了。”博厄斯解释说他的妻子去埃基斯蒂尔走亲戚了。听这语气，没去拜访亲戚对他而言倒没什么。

他们在打扫得一尘不染的厨房里坐了下来。博厄斯拿出两个杯子放在餐桌上，往里倒入咖啡，又加了许多牛奶，咖啡顿时变成了淡棕色，由滚烫变成了温热可口。接着，他点上一支烟，开始抱怨工业的飞速发展以及那些鬼精鬼精的资本家们把政治家们骗得团团转。

“关于马特希德尔，你发现什么新线索了没？”他突然这样问道，像是埃伦迪尔正在对这起六十多年前的人口失踪案进行正式调查一样。

“没有，”埃伦迪尔答道，也点上一支烟，“没什么新发现。她肯定在那场狂风暴雨中死了。这种事又不是第一次发生。”

“是啊，你说得对！”博厄斯答道，啜着他的牛奶咖啡，“这绝不是第一次。”

“你知道更多关于她的姐妹们的事吗？其中有两个搬去了雷克雅未克，还有一个住在雷达夫尤都。”

“我很了解赫伦德，她是一个很好的女人，你和她谈过了吗？”博厄斯说道。

埃伦迪尔点点头。

“噢，看来你对这事挺感兴趣的呀！”

“你听到过哪些关于马特希德尔和雅各布婚姻的闲言碎语吗？比如，她的姐妹们对他持什么态度？”

“你发现了什么吗？”博厄斯抑制不住好奇心，问道。

“什么也没有。”

“你没说实话。”博厄斯说道，“我不记得听到过关于那方面的传闻。她们反对过这桩婚事？哪几个？为什么要反对？”

“正因为我不知道才来问你。”埃伦迪尔说道，“你对皮图尔·阿尔弗雷德松这个名字有印象吗？我想他现在已经不在人世了。”

“嗯，我记得他。他是个渔夫。几年前就死了，这事跟他有关？”

“皮图尔曾在一期农夫报上给雅各布写过一篇讣告。那是报纸上刊登的唯一一篇讣告。我去埃基斯蒂尔的图书馆查证过。皮图尔称赞雅各布是一个多才多艺的人，而且还提到他的妻子在那之前几年就去世了。”

“哦，是吗？”

“这位皮图尔先生有孩子吗？”

“嗯，他有三个孩子。其中一个女儿住在法斯克罗斯菲厄泽，也许现在还住在那儿，参与当地政治活动。我想他的其他孩子一定搬去了雷克雅未克，因为很多年了我都没有听说过他们的名字。”

“那个叫宁娜的女人现在怎么样了？这可不是一个昵称。她是马特希德尔的朋友，马特希德尔在一封信中提到过她，她们一起去参加了一场舞会，雅各布当时也在场。”

“我想不起有谁叫宁娜。”博厄斯说道，“她应该也在埃斯基菲约泽住过吧？”

“我不清楚。也许她并不重要，只是信上提到的一个名字而已。但那晚马特希德尔和雅各布在一起的时候说不定她也在场。我和雅各布的一个老朋友——以斯拉也谈过这事。”

“你显然很感兴趣。”博厄斯说道，咧嘴笑着，“我最好问你，你没和谁谈过。我觉得我好像知道你想要干什么。”语气中透露着沾沾自喜。

“你认识以斯拉吗？”

“以斯拉现在上了年纪，身体大不如从前了。你现在看他，怎么也想不到他在那个年代是一个提坦式的人物——坚忍不拔、骁勇，从不亏欠任何人，就像冰岛英雄传中描写的人物那样。”

博厄斯对以斯拉的崇拜是有道理的。只见他急忙坐直身子，开始滔滔不绝地讲起他们再也找不到像以斯拉那样的人物了——他是世间少有的英雄好汉，不屈不挠、有勇有谋；也是博厄斯见过的最优秀的猎人和渔夫，狐狸、驯鹿、雷鸟、鹅、鳕鱼和黑线鳕这些动物，不论是天上飞的、地上跑的，还是水中游的，没有一个能逃得过他的捕捉。最后他终于赞美完了，问道，“他是如何盛情款待你的？”

“我从他那儿买了一些上好的鳕鱼干，味道还不错！”埃伦迪尔说道。

“没有人能比他做出的鳕鱼干更好吃了！”博厄斯说道，“他提到过建大坝的事吗？”

“没有。”

“没有，这就对了！我也不知道他的立场是什么，因为他从不说出自己想法。从不。”

“他曾和雅各布一起出海过吗？”埃伦迪尔问道。

“我不知道，得去打听打听。以斯拉做过很多不同的工作。他曾在埃斯基菲约泽的冰库做过很多年的工头。我猜，他在战争期间就开始在那儿工作了。”

埃伦迪尔犹豫了一下，不知道该不该转移话题，真到谈起这个问题来，他自己都不清楚是不是真的想知道一直以来追寻的结果。博厄斯见他想得出神，就没再继续说了。最后，埃伦迪尔从口袋里掏出一个废旧金属玩具，这是以斯拉在哈德斯卡菲山斜坡上的狐狸洞口发现的。

“你说过，可以在狐狸洞里找到各种奇怪的东西。”

“没错！”博厄斯答道。

埃伦迪尔给他看这个玩具。

“这是以斯拉在哈德斯卡菲山上捡到的。我记得我弟弟也有一个这样的玩具。”

“我明白了。”

“因为你是捉狐狸的行家，熟悉这里的每一座大山，所以我想问你，你有没有见过其他类似的东西？或是破衣服之类的？”

博厄斯接过玩具。

“你觉得这是你弟弟的？”他问。

“不一定。我知道他有一辆这样的玩具汽车，是我父亲送给他的礼物。我想知道你是否能替我留心一下。我并不是说在此刻、今天或是明天，我是说下次你去哪个洞里查探时帮我看一下有没有一些不寻常的小玩意儿。”

“你的意思是，像这个玩具？”

埃伦迪尔点点头，“或是一些残骸。”他补充道。

“骨头？”

埃伦迪尔将这个玩具车拿过来放回自己的口袋。他很想试着忘了这个想法，因为每次一想起这个，他的脑海里便浮现出这样的场景：荒野上，一只小羔羊的尸体被掏空了内脏，头骨上到处都是孔，还有一只可恶的乌鸦啄出了它的眼睛。

“如果你发现了什么令你感兴趣的事，即使是很小的事，你也会继续查下去吗？”

“如果那是你弟弟的玩具汽车，有这么几种可能，”博厄斯接着说道，“比如，他可能先在外面弄丢了那个玩具汽车，然后一只乌鸦叼着它飞到了山上，这只乌鸦最后在狐狸洞口降落下来，这个玩具汽车也恰好掉在了狐狸洞口。这是一种可能；又或者是他失踪的时候就带着这个玩具汽车，狐狸发现他尸体的同时也正好看见了这个。”

“我知道他一直带着它。”埃伦迪尔说道。

“你怎么知道？”

“我就是知道。如果你发现了什么，会联系我吗？”

“当然会，你放心吧！”博厄斯说道，“虽然到目前为止我还没见过类似这样的小玩意儿。不知这算不算一种安慰？”

两人都没说话，就那样坐着。直到博厄斯突然往前一倾，问道：“你希望在那儿发现些什么？”

“最好什么也别发现。”埃伦迪尔答道。

*

埃伦迪尔回到那个废弃的农舍，试图借着灯光来取暖，并取出那份刊登讣告的报纸，这是他去埃基斯蒂尔时从那个箱子里私自拿出来的。他又仔细看了一遍，当看到埃斯基菲约泽的冰库时，目光在那儿停住了。雅各布溺水死亡后，他和同伴的尸体就一直贮存在冰库里。他回想起博厄斯提到过以斯拉那时候也许就在那个地方工作，甚至负责日夜看守那些尸体。

16

第二天中午，埃伦迪尔开了很久的车，途经雷达夫尤都峡湾以及位于雷达菲耶尔山脚的岬角，终于抵达了法斯克罗斯菲厄泽的一个小山村。他原本可以走那条新修的公路隧道——那年夏季，这条连接两个峡湾的隧道才刚开通——但他更喜欢走旧的那条路。夜晚来临，气温骤降，远远望去，到处白茫茫一片，一直延伸到岸边。这是今年秋天的第一场雪。和往年一样，一种少有的静谧也一同降临，房屋和大地仿佛都裹上了一床柔软的白色棉被。一早上，雪花不停地在空中飞舞，堵塞了道路，让人举步维艰。

他知道，要是这风继续刮，气温进一步骤降，雪一直下的话，那么继续住在这个废弃的农舍里是绝对不行的。这栋老房子马上就要被雪“吞噬”了，他倒不如睡在院子里，至少那儿还有藏身之处。他突然想到，今天暂且就先这样，回雷克雅未克的家去，毕竟冬天正一步步逼近，但又总觉得还有事没做完，这让他难以释怀，好像他在这儿应该能发现一些新线索，尽管他还不确定那究竟是什么。

他开到一个加油站给汽车加油，付账的时候他问工作人员认不认识格里塔·皮图尔斯多蒂尔。柜台后面工作的女孩一共有三个，可即便如此，她们也都忙得不可开交。商店和咖啡厅里挤满了卡车司机和劳工，两个穿西装的人坐在那儿，冷得缩成一团，正埋头看笔记本电脑。埃伦迪尔意识到，这条连接法斯克罗斯菲厄泽和雷达夫尤都炼铝厂的隧道开通后，车流量已经大大超过了预期负荷量。他想马上离开这个拥挤的地方。

“不好意思，我不认识。”一个女孩回答道，“但是请稍等一会儿，我帮您问问其他人。”

她将一个配料丰富的热狗上挤上一层厚厚的芥末酱，然后将其递给一位顾客。之后，一边飞快地算着应收多少钱，一边叫唤着另一个女孩，问她认不认识格里塔。一算出来，她就告诉那位买热狗的顾客应付多少钱，然后转过身来面对着埃伦迪尔。

“不好意思，我总把她跟其他人弄混。你要找的那个格里塔在游泳池工作。”

埃伦迪尔点头，说了声谢谢。然后驾车穿过厚厚的雪层，朝那个山村驶去，最后终于找到了那个游泳池。在冰岛，室内游泳池并不常见，他一走进接待处，就闻到了一股刺鼻的消毒水的气味。前台那儿坐着一位女士，身材肥胖、满头银发，看上去将近六十岁，正在浏览网上的一则新闻。游泳池那边传来了小孩子的嬉戏玩闹声，埃伦迪尔突然想起了自己以前在学校上游泳课时的场景。

“就你一人？”这位女士抬头问道，她的胸前别着一枚人名牌，上面写着“格里塔”。

“您说什么？”埃伦迪尔说道。

“你来游泳的吗？”她问道。

“不是，”他回答道，“我来这儿找格里塔·皮图尔斯多蒂尔。”

“我就是。”

埃伦迪尔先做了个自我介绍，然后解释说他对内陆发生的失踪事件特别感兴趣，目前正在调查发生在雷达夫尤都的英国士兵事件。他说自己还发现一名埃斯基菲约泽的年轻女子——名叫马特希德尔——也在同一天晚上死在了荒野。马特希德尔是雅各布的妻子，而雅各布是格里塔父亲的一个朋友，他还为雅各布写过讣告。

当埃伦迪尔重复着这一长串原委时，格里塔表现得非常平静，他这才发现坐在前台的这位女士并没有在认真听他说话。

“你说你是谁来着？”她问道。

“我正在调查发生在东峡湾的失踪事件。”他答道，接着又开始说起很久以前发生的那些事，最后她终于听懂了。她招待两个来游泳的孩子时，其他同事开始三三两两地从换衣间出来。当她忙完这些事后问埃伦迪尔需不需要来一杯咖啡，他点点头。他们在接待处那边的一张小桌子旁坐下。这时，一个穿着木底鞋和白裤子的男人走过来，格里塔一边打手势，一边说了一些埃伦迪尔听不懂的话，意思就是让这个男人暂时帮忙照看一下。

“他是波兰人。”她解释说。

“哦，原来如此！”埃伦迪尔说，“我想，在你这里工作的外国人很多吧。”

“不光是在这里，全国各地都有。雷克雅未克也有很多外国人，总不能为了他们到处搬家吧。我想，我大概知道你说的那些了，”她抿了一口咖啡，继续说，“但是这些都发生在我出生之前，我不知道自己能不能帮上忙，说实话，你能找到我，我感到很惊讶。”

“你能记起有关雅各布的一些事吗？”

“不太记得，他是一九五〇年左右去世的吧？那时我还很小，但我父亲经常提起他，他们是好朋友，也经常在一起工作——两人都是渔夫。我有一份你提到的讣告，我父亲写了几份保存了起来，你说的这份讣告是刊登在农夫报上的吧？”

“是的，他们的年纪差不多大吗？”

“嗯，差不多，我父亲比他小些，但也小不了多少。他经常说起雅各布遭遇海难的事，当时他们在海上遇到了巨大的风暴，岸上的人都爱莫能助，最后人们能做的就是把他们的尸体打捞上岸。”

“我听说他们的尸体就存放在埃斯基菲约泽的冰库里。”埃伦迪尔说道。

“可能是。我父亲说他们死后一到两天就下葬了，后事处理得非常快。我还记得父亲说他们都没有孩子。”

“你父亲提到过马特希德尔吗？”

“很少提起她。”

“那你父亲提到过他们的婚姻吗？”

“你是说雅各布和马特希德尔吗？我记不起来了，但是有一些谣言说她的鬼魂回来了，缠着雅各布，甚至引发了那起海难，但我父亲觉得那些都是胡说八道，对此不屑一顾。”

“那你认为是什么引起的海难呢？”

“我哪知道啊！这不就是典型的冰岛传说？所有跟鬼神、精灵有关的传说不都是那样的吗？”

“我也这么觉得。”

“当然，她的尸体一直没能找到——马特希德尔的尸体——反而使谣言越传越玄乎。”

“肯定是流言蜚语把事情搞得越来越糟了。”埃伦迪尔表示赞同，他一直没注意到这点。

“你不相信那些流言蜚语，对吧？”格里塔说着，摸了摸脖子上戴着的银色十字架吊坠。

“不完全信。”埃伦迪尔答道。

游泳池那边的嬉戏玩闹声逐渐变小了，大门敞开着，埃伦迪尔瞥见一个年轻的女教练正蹲在泳池边教孩子们仰泳。

“以前，不是每个人都学游泳，我记得父亲好像说过雅各布就不会游泳。”他足足看了一分钟，格里塔这才说道。

“关于雅各布，他还说了些什么？”

“有一次，他说雅各布最害怕的事还是发生了。他还朗诵了《激情颂》里的几行诗。”

“哪几行？”

“噢，我怎么又想不起来了呢？”格里塔想了想，说道，“好像是‘他命中最害怕的事来得真及时’。”

“他是在说雅各布吗？”

“嗯，雅各布患有非常严重的‘幽闭恐怖症’。我不知道那个时候他们是不是用这个词来形容，但照我父亲说的就是那样的症状。当他待在房间里的时候，你绝对不能关门。我父亲也不知道那是怎么回事，但据说有一次他被困在某个地方差点窒息。”

“你是说，他被锁在了某个地方？”

“对，至少有过一次！他和我父亲年轻时在雷克雅未克一起工作过。那是一家屠宰场，他俩也是在那儿认识的，但干了几个月就没法再干了。那时，生活很苦，只要能有一份工作，他俩就很感激了。雅各布是在烟熏房干活。”

“熏肉？”

“是的，有一次被锁在了里面。”

“被锁在了烟熏房？”

格里塔点点头。“我父亲说他的一个同事还拿雅各布开玩笑，因为他不知道雅各布有‘幽闭恐怖症’。”

“也许没人知道。”

“嗯，可能。但我父亲说雅各布当时完全失去了理智。当烟熏房门被打开的一瞬间，他像发了疯似的用手抓住第一个出现的人，那样子好像要杀了那个人。周围的人赶紧将他按住。他的手指上全是血，因为他不停地用手刨门，那门可是钢铁做的。”

“听起来就很可怕。”

“我父亲从没见过他那样。事后，雅各布不愿提起那事。我父亲曾试问他究竟怎么了，但他闭口不谈。”

“你父亲知道有关马特希德尔失踪的一些事吗？”埃伦迪尔问道，“他提起过这件事吗？”

“没有，那仅仅只是荒野上发生的众多悲剧之一。”

“那你记得雅各布当时的反应吗？”

“我记得他伤心极了！”格里塔说道，“他们还组建了一个规模庞大的搜救队，不仅是为了找她，还为了找一些受困的英国士兵。我们这里每个体格强健的人都加入了搜救，包括雅各布和我父亲。后来，我父亲还和他一起共事了一段时间，但感觉他像变了个人似的，易怒、脾气暴躁，很难相处。和过去完全不是一个人。”

“我听说雅各布是一个表里不一的人。”埃伦迪尔想起了以斯拉的话，说道。

“他给我的印象不是这样的。至少我父亲从未这样说过。”

“那肯定就是他承受的压力太大了。”埃伦迪尔说道，“顺便问一下，你认识一个叫宁娜的女人吗？如果她还活着的话，现在应该年纪很大了。我猜，宁娜是她的教名。但我在电话簿里找不到这个名字。”

“我在这里只认识一个叫‘宁娜’的人，她现在住在一家养老院里。”格里塔答道，“我以前在那儿工作过。老太太已经很大年纪了，但我不知道她是不是你说的那个人。”

17

埃伦迪尔把车停在法斯克罗斯菲厄泽的养老院前面。雪下得越来越大。没有一丝风。他没有下车，而是点上一支烟，看着雪花在空中旋转着，然后慢慢地飘落在地上。

他坐在车里悠闲地抽着烟，回想起到东部以后所走过的地方。穿着旧靴子、防水裤和厚厚的夹克衫，背着一个小帆布包，他从埃斯基菲约泽峡湾上游出发，沿着山麓地带，又攀到山的另一侧，徒步走到那片荒野上。在返回的途中，他在乌达莱特绝壁处遇到了猎人博厄斯。他每天的探险之旅一般从清早开始，到黄昏结束，尽管有一次他在厚厚的苔藓上睡了一夜，陪他的只有几只鸟儿。他喜欢头枕帆布包，平躺在地上，凝望着星空，思考一个理论，那个理论认为宇宙会一直膨胀直到化为一片虚无。思考这些深邃的问题让他感到莫名的欣慰，像是在一个更大的环境中思考对渺小地球的担忧能给人一种暂时的解脱。

这不是他第一次在荒野上的石楠丛中过夜了，一边听着鸟儿鸣叫，一边望着天空沉思。他清楚地记得他们家搬去雷克雅未克后，自己第一次回东部时的场景。那时他的父亲刚去世，因为父亲最后的遗愿就是想葬在故乡，所以埃伦迪尔和母亲护送着父亲的灵柩先从雷克雅未克飞到埃基斯蒂尔，然后将父亲的灵柩放在一辆敞开的皮卡车里，坐车前往埃斯基菲约泽，途经一条铺满碎石的公路。埃伦迪尔当时觉得那次归乡旅程是多么窘迫。他和母亲坐在出租车里，司机不停地闲聊，收音机里也不断传出嘈杂而尖锐刺耳的声音。埃伦迪尔本想让司机对去世之人表示一点尊重，但发现母亲并不在意，就没说什么。那是个周三，他们在家乡的小教堂里为父亲办了一场简单的追悼仪式。因为他们只通过广播告知了葬礼，并没有刊登讣告，所以只有一些乡亲们参加。葬礼结束后，墓穴旁只剩下母亲和儿子，还有一个镶着黑色金属匾的白色十字架等着插入泥土。

“愿上帝保佑你！”埃伦迪尔听见母亲低声说。

之后，他带母亲去看巴卡塞尔的那个小农场。自从他们搬去雷克雅未克以后，那儿就一直荒废着。过去住过的房子看上去破烂不堪，房门大敞开着，窗户也破损了，屋里还有动物活动过的痕迹。起先，他的母亲从一个房间走到另一个房间，一脸茫然，仿佛他们以前生活的地方已属于另一个世界，而那个世界已永远消失了。直到现在，母亲的恢复能力都让他感到非常惊讶。父亲去世后很长时间她都没有表现出任何情绪变化，只是按照父亲的遗愿忙着为他筹办葬礼。在回故乡的路上，她都没有掉过一滴眼泪，面对司机的喋喋不休也没有表现出任何愤怒之情，只是站在墓地旁小声地说了句“愿上帝保佑你！”然而现在，看到整个屋子因废弃而衰败，并想到她和丈夫曾一起生活在这儿，她好像从麻木中苏醒过来。最终，母亲平静的外表一下子被击碎了。

“这里发生了什么？”她低声问道。

“我们走吧！”埃伦迪尔说道。

“我不能走！”她说道，声音小得他几乎听不见。

“走吧！”他说道。

那天晚上，等母亲在宾馆睡下后，他只身一人徒步登上那片荒野。那时正值夏天，北半球午夜的太阳把天空照得明亮。他径直走到哈德斯卡菲山脚下，以前他总是躺在那儿的苔藓地上，抬头仰望天空。他少小随父母搬离家乡，如今回到这儿的他已长大成人。这一切令他思绪万千、百感交集。回到自家废弃的小农场勾起了他记忆深处那些尘封已久或是已被遗忘的事。实际上，在内心深处，他知道自己一直是回避荒野这个地方的，不仅身体不愿涉足，心里也不愿想起这个地方。明亮的北极夜晚并没给人带来一丝安慰。相反，却把这次归乡之旅所遇到的困难与悲伤照得更加清晰。那时他深知自己待在家乡永远不会快乐，但并不知道归乡之旅在探索一系列事件真相中的重要性。

埃伦迪尔熄灭第二根烟。他看着整个大地被冰雪覆盖，变得一片洁白，就像一个新的开始，让人满怀希望！但在内心深处，他却暗自咒骂命运的残酷。

*

埃伦迪尔在一名护理人员的帮助下找到了宁娜。她是一位85岁高龄的老太太，身材矮小，埃伦迪尔见到她时她正在房间里读《圣经》。埃伦迪尔本想避免跟别人解释此次来的目的，但恰好没人问他，他就顺着别人指的方向很快找到了宁娜的房间。

“你是谁？”她问道，嗓音十分洪亮。

“我叫埃伦迪尔，如果方便的话，我想跟您谈谈。”

“很少有人来看我，”宁娜说道。她坐在床沿边，手里拿着本《圣经》，长长的白发蓬松地散在后背。“前天，有个女孩来这里闲聊一些传统的耕作方法，但她说是为了给国家博物馆收集一些老年人的口述资料。我对她说，亲爱的，我没工夫跟你闲扯过去的事情，我也根本不想成为国家博物馆的展览品。不过等我死了，你们倒可以把我放在那里！”

“宁娜这个名字并不常见，对吧？”埃伦迪尔打探性地问道。她房间里的私人物品很少，除了墙上的两张老照片之外，没有任何亲人的照片或装饰物来装点这个房间。她的床铺干净整洁，床头柜上放着半杯水。

“那又怎么样呢？”老太太答道，随即啪地合上了《圣经》，“年轻人，你想从我这里知道些什么？”

埃伦迪尔决定不刻意讨好她了。

“一九四二年一月，一队英国士兵被狂风暴雨困在埃斯基菲约泽的荒野上，我正在调查那晚究竟发生了什么。您还记得吗？”

“我当然记得。”

“那晚，有位女士也死了。我听说您是她的朋友。”

“不错！她叫马特希德尔。可怜的马特希德尔！你知道她的一切，对吧？”

“不，我还不知道。”

“马特希德尔是一个特别好的女孩！”宁娜说道，“我们是很要好的朋友。她死了，真是太可惜了！有谣言说她是自杀的，但我一直觉得那是胡说八道。”

“噢？”埃伦迪尔第一次听说这种回答，觉得很惊讶。

“他们说她是跳海自杀的——她从未去荒野附近，那些英国士兵也没有碰见她。简直是胡说！当天，那些英国士兵看不清任何东西，连他们自己的方位都弄不清，怎么会留心有没有碰见她。你说这是不是谣言？简直就是恶意伤人。”

“您的意思是他们说她自杀……”

“她是绝对不会那么做的！”宁娜很坚定地说道，“她也没有理由那么做。他们一点都不了解，但我再清楚不过了。那些谣言简直可笑至极！”

“那您认为发生了什么？”

“我猜她死在狂风暴雨里了。在冰岛，这种事又不止发生一次两次。”

“您跟雅各布熟吗？”

“他俩第一次见面的时候我在场。他来自雷克雅未克，在迪尤皮沃厄尔住过一阵。他俩并不是很了解彼此。”

“他是一个怎样的男人？”

“坦率地说，我认为她可以生活得更好。”宁娜说道，“虽然我从来没有当她的面说太多这样的话，我也没有当雅各布的面谈论过这个问题。毕竟，即使是真相大白的时候，也不关我的事。她是我的朋友，我不该评论她。到现在，我连自己都认识不清——虽然我不希望诋毁我亲爱的维戈。”

宁娜的一双老眼注视着他，说道：“当那帮废物喝完酒后，你就明白了。”

埃伦迪尔笑了笑。“就可以真相大白了吗？”他又问道。

“是的。”

“什么真相？”

“就是她们在和同一个男人交往。”

“谁？”

“当然，也不是同时交往。马特希德尔后来才遇到雅各布。”

“等等，雅各布认识她的姐姐？”埃伦迪尔想起了马特希德尔写给英甘恩的一封信。

“雅各布和英甘恩曾经约会过，但没持续多久就结束了。我记得马特希德尔告诉过我，她的姐姐英甘恩曾坚决反对她和雅各布结婚。那时英甘恩已经搬去了南部的雷克雅未克。我想她是因为雅各布才搬走的。至于具体原因，我也不太清楚。这和我没关系。”

在英甘恩珍藏的雅各布讣告中，潦草却醒目地写着两个字——“混蛋”。很显然，写字的人当时非常愤怒。尽管这并不能说明是英甘恩写的，但依宁娜的说法，极有可能是她写的。英甘恩还没搬去雷克雅未克、开始新生活之前，她就和雅各布认识了，但后来的命运注定了雅各布是和英甘恩的妹妹结婚。从这封信的内容来看，马特希德尔知道英甘恩和雅各布彼此认识，但很显然她不知道他们的关系亲密到何种程度。

“马特希德尔知道雅各布和英甘恩的关系吗？”

“后来知道了！就在他们结婚后不久，隐情就浮出水面了。”

“什么隐情？”

“嗯，那可不是一般的事。我知道这个秘密，也许还有几个人知道。毕竟，英甘恩搬走后就很少回来。”

“什么秘密？”

“关于孩子，”宁娜说道，“英甘恩怀了雅各布的孩子。马特希德尔知道后心烦意乱。几乎要疯掉了！”

18

英甘恩没有告诉过任何人她的遭遇，也没有透露过孩子的父亲是谁。她一发现自己怀孕，就搬去了首都。本来一开始她是想拿掉腹中胎儿的，而且联系好了做手术的医生。但等到做手术的时候，她又决定留下它。她在一个水产加工厂找了份工作养活自己，随后的日子里，她过着非常艰难的单亲母亲的生活。直到后来，她遇到了加工厂的一个领班，跟他结了婚，并又生了三个孩子。但她一直放不下过去，雅各布还在世时，她再也没有回来过雷达夫尤都或东部的其他任何一个地方。

其实，她搬去雷克雅未克前和雅各布匆匆见过一面，并告诉他她怀了他的孩子，然而雅各布却不相信。他俩遇见时，英甘恩也在迪尤皮沃厄尔雅各布所在的那个乡镇水产加工厂里做工，并要一直做到夏季结束。两人很快同居了，直到夏季结束。她爱上了雅各布，觉得他是一个善良、正派的男人，然而事实并非如此。雅各布和她上床后，很快就对她失去了兴趣，最后还直言不讳地告诉她不要再来纠缠他。他们的恋情还没怎么开始就结束了。她告诉他关于孩子的事，哪知他暴跳如雷，扬言说这孩子不是他的，还骂她是个荡妇，他再也不想跟她有任何瓜葛。最后分手时雅各布还警告她，孩子的姓氏最好不要用他的名字。

因感到心碎和羞耻，她选择了保持沉默。她之前一直说想去雷克雅未克并在那儿生活，所以她一冲动真的去了那儿，也就没让任何人感到特别惊讶。仅仅一个箱子就装下了她几乎所有的个人物品。几个月后，英甘恩生下了一个男孩，她和那个领班结婚后，那人就成了孩子的父亲。

“马特希德尔知道这一切。”宁娜看着埃伦迪尔，说道，“整件事都是她自己告诉我的。过了很久，英甘恩才告诉她真相，但为时已晚。当英甘恩第一次得知马特希德尔和雅各布约会的时候，她没有说出整件事——可能她还没下定决心——但你可以想象她当时一定很痛苦。起初，我猜英甘恩不愿意相信这个事。也许她觉得他们之间的恋情也不会长久。直到后来，她才鼓起勇气给马特希德尔写信，告诉她她和雅各布之间发生的事。”

宁娜瞥了眼窗外，看见雪花正一片片地飘落在地上。

“我从没对任何人说起过这事，我希望你也不要。”她很严肃地说道，“虽然我不清楚谁会对这事感兴趣。当时知道这事的人没几个，现在应该没人会记得他们了。”

“您刚说马特希德尔听说这事的时候心烦意乱，对吧？”埃伦迪尔问道。

“因为她一直被蒙在骨子里，雅各布也从没告诉过她——我一点也不感到惊讶。因为他从没去过这对姐妹的家里，所以他对她们家不是很了解。英甘恩和雅各布的恋情发生在迪尤皮沃厄尔，当得知马特希德尔嫁给了谁的时候，英甘恩一定被惊吓到了。”

“马特希德尔也肯定被惊吓到了，对吧？”

“她太震惊了！她自己就是这样跟我说的。当她找雅各布对质的时候，他并没有否认自己认识英甘恩，但竭力否认那个孩子是他的。”

“那这件事会不会刺激她，让她绝望到去做一些傻事？”

“你是说她会为此自杀？我绝不会相信。她不是会做那种事的人。她姐姐的那封信在她去世前一年就收到了，这就说明她有充足的时间来恢复自己的精神状态，所以她不会自杀。我想她是打算离开他。”

“和雅各布离婚？”

“不错！”

“就因为这件事？”

“我能想到的就只有这个原因。”

“还可能有其他原因吗？”

“我只知道这一个。”

宁娜又不说话了，低头盯着自己那双因年岁已高而变形的双手。接着，她叹了口气，心不在焉地拉扯起自己花白的头发来，陷入冥想之中，像是已经养成了习惯一样。时间一分一秒地过去。养老院里非常安静。向外望去，几乎看不见马路对面的房子。宁娜盯着窗户，视线穿过大雪、楼房和山峰，凝视着某个很远的地方。

“我不知道自己能否熬过这个冬天看到来年的春天。”她开口说道，像是有些心烦意乱。

埃伦迪尔不知该如何回应。他很想对她说她肯定能看到，但又觉得没有充分的理由来支撑自己的这种肯定。

“难道我们还没受够吗？受够这漫长难熬的冬季！”宁娜说道。

“您觉得英甘恩会不会故意寄信给马特希德尔，以此来破坏她的婚姻？并用这种方式来报复雅各布？”

“你为什么这样说呢？”

“我有理由这样认为，因为她在某处写过雅各布是个混蛋，她对他心怀怨恨。”

“你想看看那封信吗？”

“您……您是说您有那封信？”

“马特希德尔给我看的，还让我替她保管。她担心雅各布会撕毁它。看到那个衣柜了吗？在最底层的抽屉里有个小盒子，你能帮我拿一下吗？这几天我总感觉全身发麻，站不稳。”

埃伦迪尔站起来，在衣柜里找到了一个刻有雕花的小盒子，木制的，然后把它递给了宁娜。她打开盒子，在一堆照片和信件中翻找着，最终找到了那封信。于是她关上盒子，拿起那封信大致看了一下地址后就将其交给了埃伦迪尔。

“从那以后，我就一直保管着它。”她说道。

他小心翼翼地打开信封。里面只有一页纸，而且一看就是女人的字迹，落款日期是马特希德尔失踪的前一年，地址是雷克雅未克。

亲爱的马特希德尔：

我必须告诉你一件事，这事我从未向任何人说起过。要不是我们姐妹俩陷入了一种不寻常的境地，我现在肯定也不会这样做。你肯定很疑惑为什么我从一开始就反对你和雅各布在一起，很抱歉，我不得不告诉你一件事，它会令你非常不愉快。真心希望你能谅解我。

我不知道该怎么开口说这件事，所以干脆就直入主题：雅各布是我孩子的父亲。虽然他会否认这个事实，但这是真的。事情发生在我在迪尤皮沃厄尔打工的那个夏天，我发现自己怀了他的孩子，就去告诉他，他却不相信，骂我说我像一个荡妇，还用各种方式羞辱我，我永远都不会原谅他。所以我搬去了雷克雅未克，然后遇到了哈尔多，他是一个好男人，我们过得很幸福。这事我没有告诉妈妈和妹妹们，但后来我告诉过琼，她一直守口如瓶。雅各布的孩子是一个活泼的小男孩，长得很像他爸爸。

我没有在编故事，我必须让你知道真相。雅各布用各种卑鄙的手段威胁我，我很害怕。那以后，我听说他因为吃醋打了一个他在赫本交往的女人。他还恐吓我说，如果我不离开他，他就四处散播有关我的谣言。而我知道，其实早在我离开他之前，他就已经开始散布流言蜚语了。他甚至还威胁说要打我，还说了很多难听的话，我不愿再重复那些污言秽语。

亲爱的马特希德尔，你无法想象，当我听到你们在一起时，我有多震惊。我简直不敢相信自己的耳朵，也许我不该犹豫这么久才告诉你整件事。我现在依然对自己受他引诱感到羞耻，也生自己的气。我希望给你一些忠告，却不知该跟你说些什么。也许他改变了很多，反正我不太相信。

亲爱的马特希德尔，非常抱歉地告诉你，雅各布不是一个品格高尚的人，也不是一个好男人。

请原谅我给你写这封会令你不愉快的信！

爱你的姐姐

英甘恩

埃伦迪尔把信叠好后又小心地装进信封，然后把它还给了宁娜。

“她给雅各布看过这封信吗？”他问道。

“当然！但他不承认。正如我跟你说的。他一再地否认整个事情。一直都是。”

“马特希德尔真是进退两难啊！她想离开他吗？”

“我觉得，随着时间流逝，她肯定那样想过。”

“但她也许没那样做吧？”

“这我不是很清楚。”

“我听说雅各布在这一带的名声不是很好。”埃伦迪尔问道，“您觉得马特希德尔失踪会不会因为这件事？因为这个秘密被泄露出去了？”

“我不知道。听着，我不想再提起这件事了。你该走了。”宁娜说道。

“等一下，雅各布和英甘恩的孩子——他现在在哪儿？”

“他以前住在这儿。自从一只眼睛失明后，他就搬到了埃基斯蒂尔，我猜他现在还住在那里。他跟妹妹们父亲名字的姓，他们叫他卡贾坦。”

“卡贾坦·哈尔多松！”埃伦迪尔突然惊呼道，他想起了埃基斯蒂尔的那个老人，他给他看了他母亲的箱子。

“他跟继父名字的姓，”宁娜接着解释，“很显然，英甘恩也不想这个孩子跟雅各布名字姓，你见过他了？”

“我认识的一个人指引我去见他。现在我终于明白了。”

19

在他意识比较清醒的时候，他想起曾在一本书上看到过一种方法，它可以诊断低体温症，而且操作起来也简单。这一方法好像很熟悉，虽然他不记得以前有没有试过。

他用大拇指去够小指，却够不着，又试了一次，手依然不听使唤，手指毫无反应。他的手指没有一根能动弹的，更别说用一根去够另一根了，他甚至连一根食指都竖不起来。由此可见，当大脑向手指传达指令时，在中枢神经的某个地方出了问题，才导致信息无法传递。很快，他就放弃了尝试。也不记得体温过低到何种程度手指就会失去动弹的能力。

低体温症的症状分为三个阶段。他经常研读它的症状，以及它是如何致使人失去意识，接着大脑逐渐“歇业”而使人慢慢死去。

当人的体温下降摄氏一到二度时，手会不自觉地颤抖和麻木起来，他判断不出自己是否已经过了这一阶段。他意识模糊但仍努力想着这个问题，还费力地使小指够得到拇指，这个动作很简单却还是失败了。皮肤外层的毛细血管在不断地收缩，以减少身体在与寒冷作斗争的过程中所损耗的热量。起鸡皮疙瘩就是这个道理。

好像是在几个星期前，他记得他就起过鸡皮疙瘩。

他还想起自己曾有过一股莫名的冲动，想脱光身上的衣服，但想不起那是多久前的事了。他认为这种脱衣冲动是低体温症第一阶段到第二阶段的过渡期，患者觉得好像有一股热量正冲向他的皮肤和四肢，全身立刻变得滚烫，尽管这也可能是他的错觉。因为他在书中读到过这种案例，患者脱光衣服是因为他们感觉自己快要窒息身亡了。有两种原理来解释这种症状：一是大脑中调节体温的区域出现了问题，向皮肤发出了错误的讯息；二是身体的肌肉停止了生理工作，而这些肌肉既可以促进血管收缩以防热量流失，又能确保血液输送到人体的重要器官——比如大脑。一旦肌肉的功能失去作用，一大股血液就涌入皮肤，患者就会突然感到全身一阵滚烫。

到了第二阶段，体温下降摄氏四度时，嘴唇、耳朵和手指都会变得又青又紫。

到了第三阶段，体温将下降到三十二度以下。这时身体的颤抖会停止，言语和思维能力受损，患者会感到困乏，皮肤变得青紫，精神和感知能力会越来越不正常。最终，人体器官会衰亡，临床死亡现象随之而来。然而，脑死亡并不是一瞬间的事，因为低温会减缓细胞衰亡的速度，延缓对脑组织的损伤。

他看过一些研究人类抵御严寒能力的报道；在寒冷的冬天，遭遇海难的受害者能战胜严寒在最极端的条件下幸存下来；在冰岛内陆极寒地区，迷路后的人们冲破重重困难也活了下来。此刻，他已经能证明书中的这些描述都是真的了。最近几天，他亲身体会到顽强的生存意志能创造一切奇迹。

他再次尝试用小指去够大拇指，但依然不行。他甚至感觉不到自己的手指，更别说去看它有没有变得又青又紫，甚至长冻疮。

他发现人在最恶劣环境下能承受极端天气的能力和他来东部后一直在调查的这起人口失踪案有着千丝万缕的联系。他对整个事件的认识又进了一步，因为他已经发掘出更多相关信息，这些信息包括他们不寻常的家庭关系、友谊、谎言和马特希德尔的命运。

最开始，他还能看到遍布整片夜空的星海；但现在，他的眼前一片漆黑。

他知道地下传来的呲呲刮擦声是不存在的；远处飘来的哭声也只是自己的幻觉而已。他知道它们来自何方，所以无所畏惧。

他的意识又变得模糊起来。

其他声音也一起向他袭来：有一些他很早以前就说过的话到现在依然记忆犹新。也有一些不该说的话一起交织在他的脑海里。

这些话曾经是那样无足轻重，现在却如此举足轻重。

20

他沿着来时的路开车回去，再一次避开了法斯克罗斯菲厄泽和雷达夫尤都之间的隧道。车速比早上来时开得要慢一些，但这辆汽车在瓦塔莱斯基德公路上行驶起来毫不费力。他觉得这些沉降的谷地恰到好处地造就了闻名的“死亡峡谷”曼达基尔。此时，他只能看到位于下方的斯库德岛和安迪岛。

日光渐暗，从冶炼厂发出来的一抹朦胧的光亮像一束幽森森的光投映在雷达夫尤都的峡湾中。他思考着要不要现在就去拜访赫伦德，因为宁娜的话仍在耳边回响，于是决定现在就去。然而，当他开车到达她家的时候，发现她并没有像往常一样坐在窗户边。

他走到前门，敲了敲门，没人应门。等了一会儿，又敲了敲门，仍没人应门。赫伦德应该没在家。他不敢贸然推门进去，就围着房子转了一圈，试图透过窗户窥探一下屋里的情况。屋里既没有灯光，也没有人走动。他又走回前门，握住门柄，发现门并没有锁，于是就小心翼翼地一边往里走，一边叫着赫伦德的名字，但没人应答。关上身后的门，他摸索着走进客厅，看见那把椅子还放在窗户边，可是他突然没了勇气，为自己这种私闯民宅的不礼貌行为感到难堪。赫伦德可能去商店买东西了，随时会回来，他可不想在她家里被当场逮住。于是又折回到前门，就在他准备开门迅速逃离的时候，不经意间扫视了一眼大厅和厨房。由于外面的路灯照进来的光线很弱，他只看到赫伦德伸开双腿躺在地板上。他赶忙跑进厨房，看见她侧躺着，眼睛紧闭。他把手放在她的脖颈处，脉象微弱，然后赶紧拨打了急救电话。之后，他从客厅里拿来一条毯子盖在她身上，但不敢碰她。她已经失去知觉了。他到达这里的时候，门是开着的，但没有注意到有其他人在这房子附近，所以他认为没有凶杀的可能。

听到她微弱的呻吟声，他在她身边蹲了下来。

“发生了什么事？”他问道。

赫伦德睁开眼睛，环顾四周，不知道发生了什么。

“您还好吗？”

她想坐起来，但他告诉她不要动。他已经叫了救护车，应该很快就到了。他问她有没有什么地方感到疼痛的，比如胸腔或头部，但她说没有。

“糖尿病。”她嘶哑着回答。

“您最好别说话，”埃伦迪尔说道，“你会耗尽体力的，在哪里可以找到糖？”

“在碗橱里……”

他站起来。

“我想，我得……去医院……”

埃伦迪尔找了块糖喂给她吃，然后从沙发上拿来一个垫子垫在她的头下，并用毯子将她裹好。他走到外面去看救护车到了没有。尽管这里的地区医院在三十公里之外的内斯克伊斯塔泽，但幸运的是，由于村子里有建筑工程，这里刚好安置有救护车。

他回到屋里的时候，赫伦德仍躺在原处。她让他把她从地板上扶起来。起初他有点犹豫，不确定该不该这样做，后来在她的坚持下，他还是扶她在厨房里的一把椅子上坐下。

"我自己应该多注意一下的。刚开始它就像个小感冒，慢慢地越来越严重了。这是由轻微的划伤引起的，最后却害得我得了败血症。"

"救护人员应该一会儿就到，我还可以帮您做些什么吗？"

"为什么你一直往这里跑？"她问道，声音很小，喘不上气来，且用尽了所有力气。

"救护人员来之前您应该躺着。"埃伦迪尔建议道。

"跟我说说你都发现了些什么？"她很虚弱但还坚持着问他，"你一直在四处查探，对吗？"

"是的。"他答道。

"啊……跟我想的不一样。有什么最新发现吗？"

"有没有一个我可以打电话叫来的人？"埃伦迪尔问道，"难道您没有亲人吗？"

"他们都搬走了。"

"朋友呢？"

"不急，待会儿有的是时间说这些。先说说你还发现了些什么。"

车子的前灯照亮了房子，警示灯发出的蓝光在墙上闪来闪去。埃伦迪尔走到外面去迎救护车。两名穿着厚反光工作服的男性医护人员从车上下来，跟着他走进屋里。

“糖尿病又发作了吗？”其中一个人问赫伦德。

“又给你们添麻烦了。”她一边回答，一边想站起来。

“放轻松，你每天按时打针吗？”那人问道。

“嗯，打呢，但我觉得我的腿部感染了。前天我在烤箱门上烫着了，然后感觉特别不舒服，接下来就是他在厨房地板上发现了我。”她说着，指了指埃伦迪尔。

他们拿来担架，缓慢地将她放上去，然后把她抬了出去。雪已经停了，她抬头看着星星，直到他们把她推进救护车里。埃伦迪尔站在一旁，看着他们关上了车门，之后钻进车里，准备开车离开。但救护车还没开多远，他就看到它的尾部亮起了转向灯，接着又倒了回来。其中一个人跳下车子。

“能告诉我你是谁吗？”这人问。

“这重要吗？”埃伦迪尔反问道。

“她希望你来陪她。”

“真的吗？”

“车上还有很多位子。”

“好吧！”埃伦迪尔答道，他坐进救护车里，就在赫伦德旁边。她看上去已经睡着了。然而，当车子再次启动时，她又睁开了眼睛，打量着他。

“你为什么就是不放弃呢？”她沙哑地问道。

“放弃什么？”

“放弃打扰那些跟你毫无关系的魂灵。”

“您不想我继续查下去？”

赫伦德没有回答。

最后，她说："我一到医院，他们就会给我注射大剂量的抗生素用来消灭我身体里所有的病菌，如果不这样做我就会死掉。不过，说实话，那并不是我该关心的。我老了，腿脚也不麻利了，还生了病，我想应该没人会想念我。这对我来说并不是什么诱人的想法。我可能会成为一个老瘸子，但我不想放弃。真的不想！"

此时，救护车打滑了一下，撞到了马路对面的雪堆上。埃伦迪尔被抛出了他的座位，几乎撞到了车后门上。

"不好意思，这段路太滑了，简直像在溜冰场。"开车的人在驾驶室里喊道。

"你为什么要调查马特希德尔的事？你都发现了些什么？"赫伦德问他，又回到了她之前的问题上。

"您为什么没有告诉我英甘恩和雅各布之间的事？"

"这跟你无关。你为什么还要重提陈年旧事搅得人们不得安宁？"

"我并不是有意要打扰别人。"埃伦迪尔回答道。

"你都和谁谈过了？"

"马特希德尔的朋友。"

"宁娜？"

"是的。"

"你知道了什么？我想听听。"

"我想没什么是您不知道的。英甘恩没有告诉任何人她为雅各布生了个儿子，而且雅各布不承认他是那孩子的父亲。他们的儿子就是您指引我去埃基斯蒂尔见的那位老人。马特希德尔嫁给雅各布后，英甘恩给她写了一封信，告诉了她所有的事。一年后，马特希德尔就死了。”

“看来你最近一直挺忙乎。”赫伦德说道。

“有时，我觉得……”埃伦迪尔说。

“觉得什么？”

“我觉得——虽然可能是错觉——您是站在我这一边的，不顾一切，而且一直在指引着我，但又犹豫不决。对您来说，要亲口承认这个事实很难。您的反应也有些过激，这都是因为您觉得家丑不可外扬。我认为，您的抗拒只是一种假象，我能理解，并觉得您是在鼓励我查仔细点。这么多年来，您也一直在寻找答案，而且坚信假以时日会有某个人来帮您揭露真相——所以我出现了。”

“你觉得你都了解了吗？”赫伦德虚弱地说道。

“嗯，我知道您为什么要指引我去埃基斯蒂尔见卡贾坦，但不知道您为什么要让我去见以斯拉？”

他觉得赫伦德再一次失去知觉了。她双眼紧闭，呼吸异常平静。在这雪夜里，救护人员正小心翼翼地开着车。他对糖尿病一无所知，想着要不要提醒一下救护人员。

“你说过你是一名警察。”赫伦德突然说道。

“是的。”

“我一直……”她深吸了一口气，显然用尽了她最后的一点力气。

“什么？”

“我一直……觉得马特希德尔的失踪是一起归警察调查的案件。”

21

赫伦德在后来的路途中都睡着了。救护车在那晚深夜才到达内斯克伊斯塔泽一个小镇上的医院。埃伦迪尔陪赫伦德进了病房，直到医生进来给她医治。还是像以前一样，医生给她注射了一剂强有力的抗生素来治疗她腿部的感染。即使是最轻微的擦伤都可能引发溃烂，如果不加以治疗的话，还会引起严重的并发症。

医生告诉他赫伦德需要好好休息。埃伦迪尔这才发觉自己既没有开车来，也不知道怎样回赫伦德家去取车。现在太晚了，也不可能搭便车去雷达夫尤都，再说他还想等赫伦德第二天早上醒来后跟她好好聊聊。于是，他问医生能不能推荐一家像样的旅馆，医生给他推荐了一家离医院近且价格便宜的旅馆，但提醒他，最近镇上有工程施工，旅馆通常都满员。

还好埃伦迪尔运气好，旅馆还有空位。跟他同住的有疲惫的工程师、雷克雅未克来的活力十足的推销员、美国管理顾问和中国劳工，其中一位中年工程师跟他聊起天来，他告诉埃伦迪尔他曾在西峡湾工作过，也在北部的一个偏远小镇锡格吕菲厄泽工作过，负责安置防护屏障用以防雪崩。他的老家在东峡湾的一个老农场，名字听起来像“斯托卡利德”。很快，他就开始破口大骂，痛批大坝和冶炼厂。当埃伦迪尔简单地跟他道了一句晚安的时候，他还在嘟囔着抱怨他兄弟的观点。

第二天早上，埃伦迪尔回医院看赫伦德。好好睡过一觉之后，她的气色好多了，正在床上坐着，腿上的伤口也已经包扎起来了。

“这药很管用。”当埃伦迪尔在她旁边坐下时，她说道，“谢谢你的帮忙。你说我怎么那么笨，没想到立马给医生打电话。我肯定是在厨房地板上昏过去的，尽管我想不起多少了。”

“您那时看起来情况很不好。”埃伦迪尔说。

“你不必一直陪着我。”

“这是我目前仅能做的。”

她理了理床上的毯子。

“我记得我们昨晚的一部分谈话，但记得不完整。”

“嗯，如果我没理解错的话，除了当时雅各布给出的解释之外，你怀疑马特希德尔的死可能还有另外一种解释。”

“嗯，不错！”她答道，似乎松了一口气，“我知道这样愤世嫉俗很不好，但是这件事已经困扰我很多年了。她的尸体一直没能找到，我觉得很奇怪。因为所有困在狂风暴雨中的英国士兵都找到了，尽管有些士兵还因迷路走错了道。我觉得她也早就应该被找到了。”

“其中一个英国士兵掉进河里后被冲到了海里。”

“我知道，我没忘。可能她也正好掉进河里然后被冲走了。也可能她最后死在了荒野上。”

“昨天，我和宁娜聊了很久，她提到有传闻说马特希德尔是自杀。您从没想过这种可能性吗？”

“当然想过，但还是那个问题，为什么她的尸体一直没能找到？没人能答得上来。而且，我猜这么多年过去了依然没人能答得上来。”

“你没有和你的侄子卡贾坦保持联系吗？”

“没有。他也许是我的侄子，但是我们一点也不亲近。我们都知道彼此的存在，仅此而已。当然，他不是在这里长大的，很早就搬离了东部，日子过得不错。我也没和英甘恩的其他孩子联系过。据我所知，他们都生活在雷克雅未克。”

“您为什么没有告诉我英甘恩和雅各布之间的事？”

她犹豫了一下，最后说道：“我为什么要告诉你呢？我都不认识你。当你告诉我你是名警察时，我准备说出所有的事情，但还是没能下定决心。当你再次来的时候，我无缘无故地朝你发了顿脾气，希望你能原谅我的粗鲁无礼。”

“没关系，我知道我是个外人。”埃伦迪尔答道。

“你肯定明白这些事是很难说出口的。”

埃伦迪尔点点头。“所以，您知道英甘恩和雅各布之间的事？”

“我也是长大一点后才知道发生了什么。”赫伦德说道，“我母亲不愿意谈起这件事。后来我仅仅偷听到了一些。那个时候，马特希德尔和雅各布都已经死了。我想，她是被英甘恩的信给击垮了。那样，后来发生的事也就能解释得通了。”

“您觉得她打算离开雅各布吗？”

“很有可能。”

“英甘恩有没有可能撒谎？”

“她为什么要撒谎？”

“我突然想到，或许那孩子的亲生父亲不是雅各布，而是另有其人。”

“我觉得这不可能，尽管我从没看过那封信。谁知道那信里写了些什么！”

“宁娜知道。”埃伦迪尔说道，“也许您应该跟她谈谈。英甘恩在信中声称雅各布是那孩子的亲生父亲。”

“所以，你也看过了？”

埃伦迪尔点头默认。

“我不相信还有其他人牵扯其中。”赫伦德说道，“马特希德尔认识并嫁给他完全是巧合。生活就是如此，时常会有巧合的事发生，而这只是其中一件。”

“但那并不意味着雅各布就要受责备。他并没有对马特希德尔不忠。他和英甘恩的关系——不管是何种关系——在他和马特希德尔在一起之前就已经结束了，毕竟每个人都有过去。”

“这倒是。”

“所以，如果英甘恩谎称雅各布是那孩子的亲生父亲，肯定是有其他原因想要破坏这桩婚姻。”

“雅各布对她做了卑鄙的事。”赫伦德指出。

“我知道，英甘恩在信中说到了。”

“我不知道她说了什么，但当她告诉雅各布她怀孕了，并要他认那孩子的时候，他却威胁她说要打她，可能他真打了。还恐吓她，到处说她是个放荡的女人。我敢肯定，就是因为他，她才逃去了雷克雅未克。虽然英甘恩不愿意说，但我母亲坚信他打过她。”

这时，一名护士来到病房门口，问赫伦德有没有什么需要帮忙的。她摇了摇头。护士就拿走她旁边桌子上的空水瓶，说去把它装满。

“如果有什么需要就按铃。”她微笑着说道。

护士一离开，赫伦德就继续说道：“马特希德尔失踪后，我母亲去找过雅各布，直截了当地问他有没有伤害过马特希德尔，有没有打过英甘恩。他全都否认了。坚称他没碰过姐妹俩一根手指头。对于这个回答，她也就不好多说什么了。”

“当马特希德尔得知她的外甥竟然是她丈夫的亲生儿子时，肯定惊呆了！”埃伦迪尔说。

“我只知道英甘恩千方百计地想用那封信来破坏他们的婚姻，可能那就是她一直以来的打算。”赫伦德说道。

“您的意思是？”

赫伦德没有回答。

“到底发生什么了？”

她盯着他。走廊里，有人穿着木底鞋走过，咔嗒咔嗒；窗外，一辆卡车正在启动，隆隆隆隆。

“您说后来发生的事也就解释得通了，这是什么意思？”

“什么？”

“您说是英甘恩的信造成了后来事情的发生。您是指马特希德尔失踪那件事吗？”

“不是！”赫伦德回答道，“那是更后面的事了……不是。之后，马特希德尔移情以斯拉，她和雅各布的朋友有了私情。”

“以斯拉吗？”

“是的，他们开始秘密约会。难道你没有找过他？”

“我找过。”

“那他没有告诉你？”

“没有。”

“这并不奇怪！他只开口说过一次，以后就再也没提起过。这些年来，他一直保守着这个秘密。而且毫无疑问，他会一直守下去的，直到死去。”

22

埃伦迪尔一言不发地坐着，脑海里全是赫伦德刚才所说的话。木底鞋走过走廊的声音又一次传来，而卡车的隆隆声却渐渐消失了。赫伦德抚摸着白色的被子。埃伦迪尔看到有人给她拿来一本书，棕色的书脊已磨损，像是《人与尘土》。

一阵尴尬的沉默后，赫伦德开口说道：“我猜你还想了解更多的事。”

“你说了算！”埃伦迪尔回答道，“至少到目前为止，都是你说了算。”

据赫伦德所知，马特希德尔在收到她姐姐英甘恩的信之前，就认识以斯拉了，不过也只是认识而已。以斯拉过去常和雅各布一起在渔船上工作。两人更早些时候在迪尤皮沃厄尔就认识了，并且关系很好，虽然赫伦德不知道战后他们两个怎么来到了埃斯基菲约泽。以斯拉从未结过婚，之前也从未和任何女人交往过。相比之下，雅各布则显然情史丰富。

以斯拉是一个离群索居的人。他从年轻时起就不爱和人打交道，此后也一直那样。除了知道他不是本地人，而是来自冰岛西部以外，人们对他几乎一无所知。在迪尤皮沃厄尔遇见雅各布之前，他一直住在西部的斯蒂基斯霍尔米和博尔加内斯，那里可能是他出生和长大的地方，尽管从没有人想到去问问他。是捕鱼这份工作吸引他来到了东峡湾，并且定居在这儿，整天在海上工作。

虽然他独来独往、少言寡语，从不轻易显露自己的情绪或过多参与地方事务，但他不是不受欢迎的人。他工作勤奋，乐意帮助每一个向他求助的人；他爱干净，生活也很节制。尽管他身材魁梧，但从来没有人觉得他长得帅，因为他眉毛低、眼睛小，脸上过早地长满了皱纹，下嘴唇上还有一个奇怪的疤痕，可能是在某次打架后留下的，因为没有人曾问过他这些。一些爱开玩笑的人曾经打趣说，他的脸看上去就像一块被踢到角落里的小块地毯，皱巴巴的。也许这就是为什么他总是害羞并缺乏自信，而这方面恰是女性们比较在意的，她们一般喜欢大方开朗的男性。直到他遇见了马特希德尔。

马特希德尔和雅各布刚开始约会时，他俩就认识了。因为以斯拉比较害羞，所以他只是偷偷地关注着她，真正认识她是在他和雅各布在一艘有着三吨内燃机的船上工作的那段时间。那艘船是村里一个水产加工厂老板的，船名是以他妻子的名字希古尔丽娜来命名的。他们常在黎明前出海，下午或傍晚时返港，偶尔船长有其他事时，他们也可以做好各自的工作。以斯拉经常起得很早，顺路去接雅各布，那时马特希德尔已经起床了，当雅各布在做些出海的准备工作时，以斯拉就和马特希德尔聊上两句。之后他们两个出发去海港，而她就站在门口望着。雅各布从不回头看，但以斯拉有时却转过身悄悄看一眼，心里想着马特希德尔出海去。

有一次刚上岸，雅各布就说他得去迪尤皮沃厄尔几天，也没有解释他要去做什么，只是告诉以斯拉那几天和船主一起出海。第二天早上，以斯拉路过他们家时，看到马特希德尔已经起床了。雅各布早早地就出发了，她醒来跟他道别后就再也睡不着了。门是开着的，以斯拉跟她打了个招呼，还像平常一样聊了一会儿。

第二天，以斯拉路过雅各布家时，马特希德尔又开着门，像是在等他一样。她走出来跟他打招呼，他比前一天待的时间稍长了些，和马特希德尔也聊得更开心了。马特希德尔不清楚雅各布为什么要去迪尤皮沃厄尔。他曾提起过要入股一艘渔船，她想他可能是去寻找商机了。以斯拉点点头，因为雅各布曾建议他俩一起入股，但以斯拉没钱，所以就没再想这件事。“老兄，我们可以贷款啊！”雅各布曾提议，但以斯拉反驳道：“你觉得谁会借钱给我们这样的人？”。

一大早，他和马特希德尔安静地站在门口，他问她缺不缺什么东西，她说她什么也不缺。

“无论如何，谢谢你的关心。”她感激道。

第三天早上，他消磨的时间更长了些。等他到了海港后，老板大发雷霆。因为他路过雅各布家的时候，马特希德尔还没有起床，所以他就先在周围徘徊了一会儿，直到听到屋里有响动才鼓起勇气敲了敲门。她穿着睡衣，面带微笑，给他开了门。

“昨晚，我给你准备了午餐。”她说着，递给他一个小包裹，“每天早上都顺路来拜访我，你真是太好了！”

他惊讶地接过装有午餐的包裹。

“真没这个必要！”他说道，希望他的语气听起来没那么不领情。

“噢，没什么的，不是什么特别的食物！”她答道，被他吃惊的表情逗笑了。

“太感谢你了！”他把午餐装进袋子里，说道，“雅各布明天就回来了，是吗？”

“我希望他今晚就回来。这样，你们明天早上就可以一起去出海了。”马特希德尔答道。

第四天早上，他走到雅各布家时没有听到雅各布的声音，但他猜想他应该头一天晚上就回来了，于是他像往常一样敲了敲门。等待开门时，他转身向港口方向望去，此刻薄雾正笼罩着峡湾，他希望它在上午就能散去。门开了，马特希德尔走了出来，可以明显看出她之前一直在哭。

“怎么了？出什么事了？”他急忙问道。

她摇了摇头。

“雅各布出什么事了吗？他在家里吗？”

“没，他没回来。我不知道他在哪儿。”她说道。

“他不是计划昨晚回来的吗？”

“是的，但是他没有回来。我不知道他什么时候回来。”

她看起来非常焦急，转身去了厨房，返回时手里拿着一封信，在他面前挥动。

“你知道这事吗？”她问道。

“什么事？”

“他到底是个怎样的人？”她反驳道，随即砰地把门关上了。

以斯拉站在门外，困惑不解。他犹豫着要不要再敲一次门，但船在等他，他不能再待了，更何况邻居们也都快要醒了。他踌躇了一会儿，最终走下山去，但走走停停，回头看看，万一门又开了呢。然而并没有。他从没见她如此苦恼过，实在不忍心让她一个人那样待着。

那天，以斯拉出海捕鱼很晚才回来，他朝雅各布家望去，只见屋里黑漆漆一片，空无一人。之后他心事重重地往家走去，回到家后推门进去。他没有锁门的习惯，整个村子的人都这样。他把包放下的瞬间，突然看到马特希德尔就坐在他家厨房里，看起来非常沮丧。他大吃一惊，赶忙准备开灯。

“你能不能不要开灯？”她问道。

“好。”

“对于今天早上的失态，我很抱歉！我一整天都在担心这件事。”她说道。

“不用担心！”他一边说，一边环顾四周看雅各布有没有一起来，“我希望你感觉好一点。”

“好点了。”

“就你一个人吗？”

“是的，就我一个人。我想和你谈谈，可以吗？”

“当然可以！你饿了吗？要不要喝点咖啡？”以斯拉问道。

“不用了，谢谢！不用这么麻烦，我不是来喝咖啡的。”她说道。

“那你来这儿是为了什么？”

马特希德尔没有立刻回答。他在餐桌边坐了下来。虽然不知道发生了什么事，但看到她在这儿，他心里很高兴，高兴她一直在这儿等着他回家。

“雅各布回来了吗？”他问道。

“嗯，他今天上午晚些时候才回来。”

“但他现在没和你在一起？”

“你不必担心——没人看到我来你家。即使有人看见了，我也不在乎。一点儿也不在乎。”马特希德尔说。

“马特希德尔，你……你究竟怎么了？今天早上究竟发生了什么事？”他问道。

“昨晚，我收到了我姐姐英甘恩寄来的一封信。”她从口袋里拿出一个信封，接着说，“她搬去雷克雅未克有一阵子了，我们很少通信。我知道她一直反对我和雅各布结婚，但不知道为什么，直到现在我才知道原因。如果你想知道，就看看这封信吧。”

她把信递给他，他反复看了两遍才把信放回桌上。

“雅各布怎么说？”

“他什么都没说。他承认自己和英甘恩是在迪尤皮沃厄尔打工时认识的，但不承认那孩子是他的。他也这样告诉过英甘恩，但她却发了疯似的坚持那样认为。他说她精神不正常了。”

“你对这完全不知情？”

“英甘恩现在告诉我，我才知道。我知道她在雷克雅未克生了个孩子，但从没想过那是雅各布的孩子！”

“你和雅各布认识的时候，他知道你和英甘恩是姐妹吗？”

“知道。我也知道他俩认识，但仅此而已，我并不知道他俩有过一段恋情，更不知道孩子的事。他从没提过这件事，从没提过那段恋情。现在也不愿提起，甚至不让我问起那件事。他还动手打了我，之后气冲冲地从屋里跑了出去。现在，我也不知道他在哪儿。”

“他打了你？”

“嗯，打在我的头上。”

“你还好吧？”

“嗯，我只是受到了惊吓。”

“你相信你姐姐的话吗？”

“我相信。”

“那你接下来准备怎么办？”

“我也不知道。”马特希德尔回答说，“我不知道该怎么办。我来见你，就是想弄清楚你知不知道这件事。你知道他和我姐姐有孩子吗？”马特希德尔问道。

“我什么都不知道，”以斯拉坚定地对她说。

“你是说，他在你面前从没提起过这事？”

“一个字也没提起过。”

“他可能到处都播下了野种，也许他一直在迪尤皮沃厄尔追女孩子！”

她伸手去拿那封信，突然，以斯拉的手情不自禁地握住了她的手。那个举动几乎出于本能。她并没有把手缩回去，而是望向他。

“对不起，我不是……我很抱歉。你现在肯定很伤心。”他说着，松开了她的手。

“没关系。”

“我以前从没这样过。”他低声说道。

“别不好意思！和你在一起，我很快乐。”她说道。

他也抬头望向她。两人就这样对望着。

“你是一个好男人，以斯拉。”

“你肯定不知道一直以来我对你的感觉、我对你的感情。”

“说不定我知道。”她答道。

“你不介意吗？”

一片漆黑中，他看见她摇了摇头。

“那雅各布怎么办？”他小声问道。

“让他下地狱去吧！”马特希德尔说道。

23

一名医生走进赫伦德的病房，查看了一下输液点滴，并问她感觉如何。接着，他好奇地瞟了埃伦迪尔一眼，什么也没说，就快速离开了。赫伦德让埃伦迪尔把她的枕头放得更舒服些，再给她的杯子里倒些水。埃伦迪尔拿起暖壶往杯里倒了些水，赫伦德抿了一小口后，又把杯子放回桌上。

“这些事都是我母亲后来从以斯拉那儿得知的。”她接着说，“雅各布死后，以斯拉都没打算告诉我母亲，要不是我母亲缠着问他，他是绝不会说出来的。但我相信她只问出了一部分真相而已。一直以来，我对以斯拉的印象都不错，但他却让人出乎意料。”

“我只见过他一次。你知道的，他对这些事只字不提。”埃伦迪尔说。

“是啊，我想他是不会告诉你这些秘密的。”赫伦德说道。

考虑到她会累，埃伦迪尔问她需不需要休息一下，自己过会儿再来拜访。

“休息？我现在已经休息得不能再休息了，整天躺在医院里。”

“我不想让你觉得讨嫌。”

“不会的。而且我也不经常像这样回忆起往事。无论如何，你都会有新发现。你已经让整个调查向前迈进了一步。”

埃伦迪尔不得不承认赫伦德比以前看起来更有精神、更有活力、更为健谈。他不知道她究竟被注射了多少抗生素才成为这个样子。回想起几年前，自己有过一段时间心律失常，除此之外，他从没生过病，也从没在病床上躺过一天。

“那好，我就洗耳恭听。接下来发生了什么呢？”他问道。

“尽管以斯拉和马特希德尔的关系变得更加亲密，但接下来的几个月里一切都很正常。他和雅各布还在渔船上工作，只是请病假的次数越来越多。在那样的一个小村庄里，他俩能让地下恋情密不透风也着实不容易。其实，他俩也知道在某个时刻还是得告诉雅各布，而且最好是亲自告诉他，这样，总比让他从别人那里听来要好得多。但马特希德尔一直犹豫不决，她担心雅各布会为难他俩。”

“你认为马特希德尔和以斯拉有私情是为了报复雅各布吗？”

“我的确这样想过。她收到那封信以后，整个人开始变得狂躁不安起来，去找其他男人寻求安慰也是可能的。”

“您母亲怎么想？”

“她也不知道该说什么才好，但她知道马特希德尔对待任何事都是全心全意的。不管她和以斯拉是怎么开始的，她确实爱上了他。是以斯拉亲口告诉我母亲的，毕竟他再清楚不过了。”

*

对他们来说，每次秘密约会都不是一件很容易的事，因为以斯拉请病假的日子有限，而且他也不想在马特希德尔离开雅各布这件事上给她施加太大的压力。她曾经有两次想过要跟雅各布离婚。虽然她觉得她提出离婚的理由很充分，但雅各布始终否认她姐姐的孩子是他的，同时她也害怕自己就那样离开会刺激他干出什么傻事来。后来，以斯拉发现自己和雅各布越来越难以相处，也讨厌一直鬼鬼祟祟、偷偷摸摸地和马特希德尔见面，更不想欺骗雅各布，于是他就找了一个借口不和雅各布一起出海捕鱼了。他和马特希德尔私会的事绝对不能让人知道，但他很清楚迟早有一天它会被人发现的。

一天晚上，他躺在床上，正想着他和马特希德尔所处的窘境，突然听到一阵轻轻的扣门声。他一打开门，马特希德尔就飞快地进到屋里来，他赶忙关上门，生怕被人看见。

“我太想你了！”她小声说道，并抱住他。

他揽她入怀，亲吻着她，接着相拥进了厨房，两人不停地亲吻，直到她退去了衣衫。

“我们离开这儿吧！一起！就今晚！马上！”以斯拉急切地说道。

“我们不能就这样离开，以斯拉！”她不同意，“我得先和他谈谈。我们一定要和他说清楚。毕竟你是他的朋友。而且我还想让他亲口承认他就是一个混蛋，竟对我姐姐做出那种事来。”

她抚摸着以斯拉的前额，他目不转睛地盯着她。那天，雅各布去了雷达夫尤都，晚上不回来。

“那好吧，我们去和他说清楚，告诉他真相。如果你非要这么做，我不反对，但是要一起去，你不准单独行动。我要和你一起面对他！”他说道。

“你知道的，他醋意很浓。”

“我能想象得到——特别是你担心的事情。”

*

第二天醒来的时候，他就没有看到她了。当时，屋外狂风四起，他便没有外出。直到深夜，一阵急促的敲门声传来。他开门一看，原来是雅各布，看样子像要发疯似的。他曾想过最坏的场景，但却不是现在这种场面。

“马特希德尔在狂风暴雨中走失了。”雅各布气喘吁吁地说，“我来问问你是否愿意帮忙——帮我找到她。”

以斯拉简直不敢相信自己的耳朵！他刚才还在想这种天气外出会有多危险。如果他早知道东部的天气这么恶劣，他是不会一直住在这里的。狂风最猛烈那阵，他都担心屋顶会被掀翻。

“她打算去看望她的母亲，”雅各布解释说，“她是走着去的。我正在组织一个搜救队，你能来帮忙吗？”

“当然可以！”以斯拉答复道，“你刚才说她在这种天气外出了？”

“难道你这些天都没有见过她或跟她说过话？”雅各布问道。

“没有。”

“她说过她也许会顺路来拜访你一下。”

“是吗？”以斯拉问道，接着差点脱口而出她从没提起过要去雷达夫尤都。但在最后一刻他还是刹住了口。

“她说她有几句话想跟你说。”雅各布说道。

“我想不出她要跟我说什么。”以斯拉答道，同时目瞪口呆地看着雅各布，装作一副很吃惊的样子，刻意表现出马特希德尔想和他说几句话简直非同寻常！就像她平常很少来他家一样。他表现得好像他和马特希德尔之间什么都没发生；她从没说过要离开雅各布；他们也没有打算要一起私奔；好像他们从没在这厨房里缠绵过一样，就在此刻雅各布正站着的这个地方。

他极力表现出一副很困惑的样子，生怕这些谎话露了馅。

“恐怕事情没这么简单！也许我们能找出一些蛛丝马迹。”雅各布接着说。

以斯拉迅速拿起雨衣，跟雅各布一起出门了。一路上，他并没有察觉出雅各布有任何异常。或许雅各布还不知道他和马特希德尔的私情。如果他知道或者起了疑心，那只能说他隐藏了真相。但以斯拉觉得雅各布确实很担心马特希德尔。他们挨家挨户地敲门寻求帮助，组织搜救人员，同时听说有一组搜救队正准备出发去寻找一群英国士兵。这群来自雷达夫尤都的士兵在远足中走失了，幸好威特鲁农场的一个农夫及时发出了警报并救起了一些士兵。

以斯拉和雅各布加入了搜救队，消息很快就传开了。雅各布认为他的妻子打算抄近道穿过荒野去看望她住在雷达夫尤都的母亲。在狂风暴雨降临之前，她也许正在去哈瓦斯科山口的路上，甚至可能已经抵达山口那儿了。耳边的狂风带着飓风的威力，依然在咆哮，搜救队的工作条件非常危险，但以斯拉和雅各布都没有退缩。

“你为什么不早点联系我？”以斯拉对雅各布吼道，那时他们一队人正在前往哈瓦斯科山口的途中。狂风中，举步维艰。

“我一整天都在睡觉，而且睡得很沉，外面发生了什么都不知道。晚上等我醒来的时候，狂风已经开始肆虐了。早知道天气会变成这样，我是绝不会让她去的。”

“你确定她没有走到山口那一边吗？”

“嗯，我打电话问了。雷达夫尤都那边也正在组织另一组搜救队往这边找。”

“上帝保佑！我们一定可以找到她！”以斯拉朝雅各布吼道。

“我相信她一定会渡过难关的！”雅各布也朝他吼道。

他们在狂风暴雨中艰难地前行着，连呼喊声也被湮没了。没过多久，天气变得更加恶劣了，他们只得被迫后撤。哈瓦斯科山口另一边的搜救队员也因天气恶劣而后撤了。他们在狂风暴雨中拼尽了全力也只走了几百米远。后来意识到他们只能等狂风暴雨过去后才能继续搜救，否则，连他们自己的生命都有危险。

第二天，风小了些，两组搜救队员在山口处得以汇合，但一路上并没有发现马特希德尔的踪迹。接下来的几天，他们继续搜寻整片高地，却依然毫无所获。

*

往事说到这儿，赫伦德让埃伦迪尔把她扶起来坐一会儿。

“这差不多就是整个事情的前后经过了。这些都是以斯拉告诉我母亲的，我母亲又告诉了我，所以信息应该可靠。我母亲还告诉我，以斯拉对马特希德尔的失踪有多么悲痛欲绝，以及他是如何独自承受的，因为他和马特希德尔是真心相爱却无法对他人诉说。”

“以斯拉知道马特希德尔正打算离开雅各布，但碰巧那时她突然失踪了。”埃伦迪尔若有所思地问道，“难道其他人都没发现她和以斯拉是秘密情人吗？”

“没一个人知道，他们做得非常隐秘。”

“难道他从来没有泄露过这个秘密？”

“没，我母亲告诉我说他从来没有。在马特希德尔失踪之前，以斯拉不想承认他们之间有私情，以免损害她的名声，更不想别人对她指指点点。不管这件事最终以什么样的方式被揭穿，他觉得他俩的感情都不会受到影响。也许有人看到过他俩互相串门，但也有人听到过英甘恩怀有雅各布孩子的传闻。因为随着时间的流逝，雅各布的名声越来越差——已经没有一开始的时候那么好了。”

“所以，就有谣言说她的鬼魂缠着雅各布，致使他发生了海难？”

“是的。”

“那以斯拉呢，他怎么想的？”

“他认为她在狂风暴雨中死了，因为他觉得其他的解释都说不通。”

“您母亲也相信了他的解释？”

“对，我母亲没有理由怀疑他。”

“但马特希德尔告诉过他雅各布醋意很大。所以，以斯拉肯定猜到她已经跟雅各布全部摊牌了，于是麻烦就随之而来了。”

“有可能。但即便是这样，他也不会告诉我母亲。”赫伦德说，“出于某种原因，他相信雅各布不会伤害马特希德尔。他接受了所发生的一切，悼念她，直到现在。”

“他怎么会这么相信雅各布呢？”

“这我就不知道了！雅各布是唯一一个能解开马特希德尔失踪之谜的人。但他也死了，所以解开这个谜团的所有希望都破灭了。”

“但雅各布的解释一直都没能让你信服，对吧？”

“是的！一直都没！”

24

母亲从荒野上回来时已经精疲力竭了。暴风雪变得更加凶猛，外面已是白茫茫一片。这么大的雪让搜救行动无法继续进行，因此他们不得不聚集在巴卡塞尔，等这场最恶劣的暴风雪过去后再继续搜救。

医生给他注射的镇静剂渐渐失效，但他现在更加平静。他睡在之前和弟弟贝古尔合住的房间里。身体时不时地颤抖，像染上了风寒一样。医生走到他面前，抬起他的手仔细检查了一下他的冻伤情况，又伸手摸了摸他的额头，然后点了点头，一脸欣慰，说他很快就会康复起来。

母亲一进来就在床沿边坐下，她身上的防水裤、厚外套和靴子上还粘着厚厚的冰雪，一些融化后的雪水顺着她的衣服滴到了地板上。一旦天气稍有好转，她准备马上返回荒野继续搜救，一刻也不能耽误。她只是匆匆赶回来看望一下大儿子，然后给搜救队准备午餐。她还想将巴卡塞尔上方高原上的一些消息告诉给搜救队的负责人。

“宝贝，你好些了吗？”她流露出一副很有精神的样子，透着果敢而顽强的决心，同时竭力让自己表现得平静些，以免让儿子再次焦虑起来。

“搜救进展如何？”他反问道。

“目前一切都好，我们得歇一歇才有更多的力气去救弟弟。噢，对了，你和爸爸说过话了吗？”

他点点头。他在父亲的房间里待了一会儿，但是他们父子俩几乎没有说话。他注意到他的父亲和母亲之间也没有说话。他的母亲努力地想唤醒陷入绝望中的父亲，但没多大作用。

“你们会找到贝古尔的，对吧？”

“是的，我们一定会找到他的，”母亲安慰他说道，“只是我们还需要一些时间。我们会找到他的！放心吧！”

“他现在一定很冷。”

“现在，我们先不想那个。”他的母亲说道，“我知道我们已经问过你很多次了，但你就是想不起来一些对我们有用的事，是吗？比如，你们有没有看到周围的什么地标？记不记得你们被吹着往哪个方向走？”

他摇了摇头。“和父亲走散后，我就什么也看不清了。只见雪花漫天飞舞，吹得我连眼睛都睁不开。我也不知道我是往坡上走还是往坡下走。有时我不得不匍匐行进。我没有看见什么地标。我什么都看不见！”

“他们说，从找到你的那个地方来看，你被风吹着朝离家的方向去了，而且那距离比我们想象的还要远。你被刮到那么高的荒野上，他们竟然都找到了你，这说明你的运气实在是太好了。之后为了找到贝古尔，我们去了更高的地方。你觉得照这样找下去能找到他吗？”

“他应该是和我在一起的。我一直牵着他的小手，但他突然就不见了。我一直喊叫着他的名字，但我却连自己的声音都听不见。”

他强忍着泪水。

“我知道你也很伤心，宝贝！”母亲说道，“我知道你也很伤心！谢谢老天爷让我们找到了你，我的宝贝！”她紧紧地抱住他。

“贝古尔带着他的小玩具汽车。”他说道。

“什么车？”

“爸爸送给他的那辆玩具汽车。”

“那辆红色的小玩具汽车？”

“嗯！”

“就是你想要的那辆？”

“我一点都不想要。”他飞快地答道。

“但你们兄弟俩为了那辆车还吵过架。”

“我只想用一些士兵玩具和他换着玩一下而已。”

“但他不愿意换吧？”

“嗯！”

“所以，你们离开家时，他就把他的那个玩具汽车带着走了？”

“嗯！”

他特别想告诉母亲，他们踏上那场生死之旅前他对父亲说的话，但他却只提起了那辆玩具汽车，因为他想卸掉自己的心理负担，况且他想说的话现在却怎么也想不起来了。他也不知道为什么会这样。也许一切都会变好。弟弟贝古尔会被他们找到，那样的话，那句话想不起来也就无所谓了。

“我们会找到他的，别担心！他们说暴风雪很快就停了。它一停我们就准备出发再去寻找贝古尔。还会有更多的人来帮忙，到时候我们的队伍会更庞大。我们肯定会找到贝古尔的，放心吧！”母亲又说了一遍，以让他安心。

他再次点点头。

“宝贝，现在你就好好休息。想睡多久就睡多久。你得休息！”

她离开后，他又开始想起荒野上的场景：呼啸的风声在耳边回响；暴风雪敲打着房屋，好像要把它连根拔起并吹到天上去似的。他躺在床上不停地翻来覆去，一直处于半睡半醒的状态，后来被折腾得精疲力竭才慢慢进入了梦乡，却噩梦缠身。

*

房间里只剩他一人，他觉得毫无安全感，和躺在户外冰天雪地里的感觉差不多。门的铰链松了，在狂风的猛烈吹拂下，门不停地摇晃着；窗户玻璃破碎；房间内死气沉沉，所有的家具、电灯和色调都显得阴暗、沉闷和呆板；雪水沿着光秃而湿冷的墙壁滴落，好像它们在哭泣似的。

他低下头，突然看见一个男人躺在地板上的睡袋里，身上还盖着一条毯子。于是，他准备弯下腰，并推一推那个人，但那个人却突然猛地翻身，直直地盯着他，好像要把他看穿一样。他大吃一惊！因为他从没见过那个人，所以感到十分害怕。

他喊叫着从噩梦中惊醒。他拼命地大喊大叫，直到把他的肺都要喊炸了，脸也又红又肿。他叫啊叫啊，像是只有那样才能让他活着似的。后来他的母亲叫来医生，重又给他注射了一针镇静剂，他这才停了下来。

25

最后，埃伦迪尔毫不费力地就搭上了一辆便车，从内斯克伊斯塔泽回到了赫伦德的家，因为他的车还停在那里。夜幕降临，在找到车后，埃伦迪尔便开车回到了自家那个荒废的小农场。因为他前几天又拿来了几条毛毯，并铺在了客厅里的临时“营地”上，看到这个地方仍然干爽，他很满意。他点起气灯，房间里很快就温暖起来。在抽完两根烟和喝完一杯浓咖啡后，他取出外卖，这是他在回家路上买的。外卖放在绝缘材料做的保温袋里，拿出来还是微热的。令他吃惊的是，原来他是那么饿，在大口吞下很多配有土豆泥且肉汁醇厚的羊排和一小块果冻后，他又喝了一些咖啡，抽了两根烟。随后，他拿起书读了起来，这本书讲的是十九世纪冰岛学生在哥本哈根求学的故事。他读着读着，嘴角时不时泛起一丝微笑，有一次他甚至大声笑了出来。

虽然他的目光仍停留在书本的文字上，但他的思绪却飘走了，想起了赫伦德老太太，想起了那些突然失去亲人后活在世上的人的命运。死者长已矣，而活着的人还要与丧亲之痛甚至负罪感继续做斗争。当有人失踪的时候，人们所有的注意力都转移到了那些失踪者的身上，人们会猜想他们的生活状况，尝试解释事情发生的经过，但是埃伦迪尔的兴趣远不止于此。他的这些话对马里昂·布里姆——他共事多年的同事——说过很多遍了，虽然他嘴上从不愿承认，但其实他非常想念他的老友马里昂。马里昂一直都比其他人更善于倾听别人所诉说的痛苦，还比其他人更善于理解痛失至亲的悲伤。埃伦迪尔将这些归于马里昂童年时期亲历至亲患肺结核，那次经历使得他在冰岛和丹麦的休养所里待了很长时间。马里昂基本上不愿提起那件事。共事很多年来，偶尔在埃伦迪尔的“怂恿”下，他会敞开心扉描述当年所见到的场景：一排排病人躺在病房里，咳着血；医生给他们做手术，比如，修复受感染的肺部组织或是切除肋骨，这些都给他幼小的心灵留下了恐怖的印象。这些回忆和描述夹杂着一种痛楚，即使马里昂从未提及，埃伦迪尔也可以猜到这种痛苦与失去至亲有关。

“你到底是什么意思？”有一次当埃伦迪尔试图解释这种反应的时候，马里昂问道。

“作为一名专业人员，作为一名警察，我的主要任务就是查清楚发生了什么，谁失踪了，怎么失踪的以及为什么会失踪。”

“是的，”马里昂附和道，“这是理所当然的！”

“但之后我又开始想：那其他人该怎么办？”

“其他人？”

“那些还活着的人。”

“他们怎么了？”

“我所怜悯的就是那些被留在人世间处理后事的人们。那些不得不在今后的日子里忍受失去至亲的痛苦的人。他们反而是我担心的。”

“警察可管不了人们的心灵，埃伦迪尔！”马里昂说。“那是神父要做的事。”

“但我就是忍不住会想到这个问题。”

“而且你还想帮他们。”

“如果我有那个能力的话。我会的。但是一个人的力量太渺小了。”

埃伦迪尔茫然地望着黑漆漆、空荡荡的房间，听着风的悲啼。最后，他放下书，感受着气灯的温暖，沉沉地睡着了。

第二天中午，埃伦迪尔开车经过法格里河谷的时候，路上的积雪已经被清扫干净了。他把车停在埃基斯蒂尔的养老院外，一路上想的都是那些仍记得马特希德尔和雅各布故事的人。他们大多数还活着，比如，宁娜和以斯拉，虽然他们的年纪已经很大了。他们知道的故事将很快被人遗忘，一起被遗忘的还有他们的生活和命运，他们的悲伤和欢喜。他们将消失在永恒的寂静中，躺入墓地的绿色草坪之下，最后拜访他们的只有草丛间吹过的风了。

尽管视力不好，卡贾坦还是一眼就认出了他。他问埃伦迪尔有没有在他母亲的箱子内找到些有用的东西。埃伦迪尔点了点头。实际上，他找到了一封马特希德尔写的信，这是个很重要的线索。

“哦，很好啊！”两人在比较宽敞的休息室坐下后，卡贾坦说道，“所以你又回来了，是吗？我不知道我还能为你做些什么。你不是说过你打算把这个故事写成书出版吗？”

“我不确定。调查主要是为了满足我的好奇心。我和一些当地人交谈过了，他们都很和善，给我提供了很多信息。”

“是的，这里的人都很好！”卡贾坦表示同意，“我对他们的善良没有异议。”

埃伦迪尔又点了点头。在开车经过北极风光地带的时候，他一直在斟酌如何巧妙地提起卡贾坦的父亲，并想知道这位老人是否知道自己的亲生父亲是谁。毕竟，他的姓氏随的是继父的名字。从人们的口中得知：不管谈话对象是谁，只要跟雅各布有关，都是一个难于启齿的话题——更何况，这个谈话对象还是传闻中的雅各布的私生子。作为一个毫无关系的、完完全全的陌生人，埃伦迪尔没有任何权利到处询问别人的过往；而且，以虚假的借口跟他们交谈也是很不道德的。他想老实交代。他憎恶口是心非和用卑鄙的手段跟老实人打交道。

“其实我是对马特希德尔的死亡或失踪这件事感兴趣，但不知道您能不能理解。”沉默了一会儿后，他接着说道，“前段时间，我和一个叫博厄斯的人聊天的时候，他提起了这件事，但实际上我早就对马特希德尔和雅各布以及他们家人间的故事感兴趣了。”

卡贾坦用他那双视力不好的眼睛盯着他，对他究竟想暗示什么感到困惑不已。

“我是名警察，来自雷克雅未克，到这里来度假。这起失踪事件发生的时候，我和我的家人还住在这里，而且我第一次听说马特希德尔的事时还是个小男孩，可她的事就引起了我的兴趣。我并不是想去揭露任何人的过失。这绝对不是警察在做调查。”

“为什么你之前不告诉我这些？”卡贾坦问，“你从未提过，对吧？就算你提过，恐怕我也记不得了。在我的印象中，我记得你是一个历史学家。”

“不是，”埃伦迪尔说，“我不是一个历史学家。我只是觉得在我们继续深入交谈之前，如果您了解我的情况，那样会更好——如果您还愿意继续与我交谈的话，仅此而已。”

卡贾坦思考着。埃伦迪尔耐心等着。眼前的这位老人会作何反应，他心里也没底。

“正因为我的家族史，一直以来我都得承受很多压力。”卡贾坦最后开口说道，“但我认为这并不关警察什么事。如果你现在离开的话，我会非常感激。”

埃伦迪尔犹豫了一下，不知该如何挽回局面。在他犹豫期间，机会就这样从他的手中溜走了。

“再见！”卡贾坦站了起来，说道。

“这是一个机会！我可能会调查清楚马特希德尔失踪事件的真相。”埃伦迪尔赶忙插话道，“当然，这需要您的帮助。”

“再见！”卡贾坦重复说道，随即走出休息室，穿过走廊，走向他的房间。

埃伦迪尔望着卡贾坦走回房间的背影，叹了口气。老人的拒绝十分有道理：埃伦迪尔没有权利干涉他的生活。然而，他却不甘心就这样离开。即使卡贾坦没有提供任何有助于揭开马特希德尔命运的细节，他仍是整个故事中的重要一环。

这时，一位工作人员走了进来，问他是否需要他帮忙，埃伦迪尔解释说他正准备离开。他无精打采地穿过走廊，经过卡贾坦的房间。老人的房门半开着，埃伦迪尔在门口停了下来。有那么一瞬间，他想再试探一下这位老人的耐心，但最终他还是决定先离开。

“你还站在那儿不走吗？”房间里传来了卡贾坦的声音。

埃伦迪尔推开门，发现卡贾坦坐在床上，眼睛盯着地板。

“在这里，除了听听走廊里的脚步声，也没什么可干的了。”他说。

“我这就走！”埃伦迪尔说道，“我只想让您知道，我并不是想打探别人的隐私。我不是一个把自己的快乐建立在别人痛苦上的人。我来这里也不是出于警务，仅仅是想找出真相。我和您的阿姨赫伦德一直保持着联系。”

“嗯，好吧！我和她不熟。”

“我猜也是这样。”埃伦迪尔在门口徘徊着。

“您认为马特希德尔遭遇了什么？”卡贾坦问道。

“我不知道，”埃伦迪尔回答道，开始调整方向往房间里走去。“她可能是在去雷达夫尤都的路上遇到雨雪天气而暴尸野外了。”

“我母亲和我的关系并不融洽。”卡贾坦说道，“所以我才早早地离开了家。我知道这听起来难以置信，但事实确实如此。”

“部分原因是您得知了自己的亲生父亲是谁吗？”

“是的。”

“您是什么时候得知自己的亲生父亲是雅各布的？”

“你为什么要知道这些？”

“我需要了解马特希德尔失踪事件的全貌。”埃伦迪尔谨慎措辞，说道，“所有事情都很重要，尤其是那些看起来很琐碎的细节。”

“自打我稍大一些后，我就知道了。”卡贾坦答道，“我感觉我好像一直都知道。但等我搬来东部这里时，他已经去世很多年了，所以我从没见过他，也从没收到过他的来信。我想我搬来这里的部分原因就是我父母曾在这里生活过，而且我母亲经常提起这里的人们。”

“所以，是她告诉你你的亲生父亲是雅各布的？”

卡贾坦点点头。“很明显，他否认他是我的亲生父亲。我不知道为什么。也许是和他的过往有关吧。我经常在想这个问题。我认为我母亲没有说假话。她对他也不是很了解——甚至都说不出他的全名。她总是满怀悲伤，甚至怨恨。你可以想象得到，这对我来说并不是一个令人愉快的话题。”

“嗯，我能理解。”埃伦迪尔同意道，“您认为自己姓哈尔多松。”

“我母亲能在雷克雅未克遇到那样一位正派的男人，她真的很幸运！哈尔多他一直对我很好。”

“在您得知这一切后，您母亲有没有联系过他？”

“没有。”卡贾坦说，“那是根本不可能的事。他都拒绝她和她的孩子了。我不怪她。”

“马特希德尔后来怎么样了？她和您母亲通过信。”

“是吗？我不知道，但她很年轻就去世了。”

“您母亲写了一封信告诉了她事情的真相，她才得知您母亲和雅各布的关系。那个时候，她和雅各布结婚已经有一段时间了，所以那封信自然对她产生了很大的影响。马特希德尔失踪后，您母亲说过些什么吗？她觉得到底发生了什么事呢？”

“你还发现了什么新证据吗？”

“没，”埃伦迪尔回答说，“没什么新发现。”

“她对他们了解得并不多，”卡贾坦说道，空洞的双眼凝视着他那双破旧的羊毛毡拖鞋，“她当然感到很悲伤，但只能埋藏在心里——我记得当时的情形——这件事传遍了整个冰岛。人们都知道了这件事。至少当时的人们都认为马特希德尔失踪了。我相信，到现在，仍有人坚持这种观点。”

“但外面仍有很多流言蜚语。”

“是的，我知道。我搬来的时候听到过一些。难道这不就是所有的看法吗？没完没了的闲言碎语？我母亲从未在意过这些，她的姊妹们也同样不在意。我猜，雅各布不是个特别……该怎么说呢？……容易相处的人。马特希德尔的家人因为不能给她办一个体面的葬礼而感到愧疚。我曾听我母亲提起过，他们很想好好安葬她。”

“您母亲得知雅各布溺水身亡时有何反应？”

“谢天谢地，他总算走了。”她只说了这个。

卡贾坦抬起头，望向埃伦迪尔的面庞。

“既然你问到了她的反应……”

“嗯？”

“我曾查出我的一位阿姨一直生活在那里。当时我想去见见我的亲人。”

“您是说赫伦德？”

“是的。我只见过她一次，她对我表现很冷漠。还说我和我父亲长得很像，但她好像并不是在夸我。她说她在我身上看不出与她的家人有任何相似的地方，然后就叫我以后不要再去打扰她。我想她肯定是听到了些流言蜚语。”

“您不了解——”

“我知道这听起来很幼稚，但是……每每想起总感到伤心。”

埃伦迪尔陷入了沉思。

“我在那个箱子里发现了您父亲的讣告。他的朋友对他的评价都很好。”

“是不是那张写有‘混蛋’两个字的报纸？”

“是的。”

卡贾坦苦笑了起来。“那正是我人生新的起点。”他再次转向埃伦迪尔，“你现在可以走吧？”他问道，“今后，请你再也不要来打扰我了！”

26

埃伦迪尔离开埃基斯蒂尔的时候，夜幕逐渐降临。听赫伦德说完以斯拉和马特希德尔的婚外情后，他就迫不及待地想去找以斯拉对证。但是现在去拜访，天太晚了，所以他决定等明天一早再去。让他一直觉得困惑的是雅各布到底知不知道他们之间的私情。如果知道的话，他会作何反应？他是在马特希德尔失踪之前就知道那件事了，还是他到死都被蒙在鼓里？多年以后，以斯拉跟赫伦德的母亲讲明了他与马特希德尔的关系，但却是在老人家的苦苦哀求下他才告诉她的。他有没有告诉过其他人呢？还有谁知道那件事呢？埃伦迪尔有种强烈的担忧，猜想以斯拉不太可能会配合自己。但他相信自己这种不懈寻求答案的决心定会打动他，让他打消疑惑。

他在埃斯基菲约泽的加油站停了下来，买了个三明治，把保温杯里装满咖啡，还买了足够的烟。之后，在一时冲动下，他走离停车处，漫步到一片墓地，这是他远足时常常来的地方。这片墓地位于乡村郊区的一个斜坡上；四周围着一圈漂亮的石墙；满眼绿色，像个小绿洲似的；而且非常静谧。现在在这一黄昏时分，地上覆盖着一层薄雪，但碑文依旧清晰可见。和以前一样，他仍对这个地方充满敬畏！它有着朴素自然、错落有致的美，安静的气氛，还是逝者灵魂的安息所。

他带着父亲的灵柩回到东部故乡，多年以后，他的母亲住院没多久也去世了。他一直守在她身旁。自从母亲住进医院，他就一直没有离开过。他们母子之间很少说话，但在人生最后一程她感受到了儿子守在她身边，这就足够了。她总是说，希望死后回到故乡埃斯基菲约泽，并安葬在丈夫斯温的墓旁。所以，这一次，埃伦迪尔带着母亲的灵柩坐飞机回来，和父亲所历经的人生最后之旅一样，母亲的灵柩也由卡车运送到墓地。这些年来，路况几乎没有任何改善。可能是由于某种特殊的运气吧，这次运送母亲灵柩到墓地的司机和上次运送父亲的是同一个人。而且他现在仍很健谈。

“上次和你一起来的是你母亲吗？”司机问道，他是个说话粗鲁且欠考虑的人；一举一动都伴随着超级大的噪音和忙乱。当他们把灵柩放到卡车后面的时候，他们有了这样的对话。

“是的，”埃伦迪尔回答道，“这次也是。”

“嗯？”司机看起来很困惑。

埃伦迪尔选择了沉默。直到一便士掉在地上，发出响声，才打破了这般沉默。

“你是说……”他尴尬地问道，话都说不完整。这条通往墓地的路崎岖不平，比起以前，司机这次驾驶时小心多了，之后的路上他们几乎没说话。

主持仪式的牧师是个性情温和的人。埃伦迪尔与他从未谋面，但两人在电话里讨论过他母亲的生平。到教堂里参加哀悼仪式的人很少——只有一些认识他父母的朋友或一些远方亲戚，但埃伦迪尔对这些远方亲戚一点也不熟悉。

最后，随着缓慢进行的入土仪式，灵柩得以下葬。

“你一定要照顾好自己！”母亲生前对他说。住院最后一段时间，母亲一直神志不清，都不认得他这个儿子了：唯有在这一小段时间内她的神志还算清醒。

埃伦迪尔点了点头。

“你没有好好照顾自己。”

“别担心我，妈妈！”他说。

“再见……我亲爱的孩子……”

她的话还没说完就昏睡过去，稍后仅醒了一下。看到埃伦迪尔正坐在她旁边，她尽力微笑，然后问他有没有找到他的弟弟。

“如果你找到他的话……一定把他跟我们埋在一起。”

不到一分钟，她就断气了。

他慢慢地走过这片小墓地，在松软的雪地上留下了一串脚印。他立在父母坟前的墓碑是用玄武岩做的，光滑的碑面上刻着他们的名字和生卒年月，接下来是简单的祷告或者说是祈愿，“愿父母在天之灵安息”——这取决于你怎么解读。埃伦迪尔仍留着他父亲坟头的那个旧十字架，一直把它放在他雷克雅未克的公寓里。他不知道要怎样处理它。即使父母过世这么多年了，他还是没办法逼自己去做这件事。

父母的墓碑上长满了青苔，鸟儿在上面栖息，再加上来自北方的狂风的吹打和来自南方的微风的吹拂，墓碑已成了灰色，上面的文字也变得模糊不清。时间从不放过任何人和任何物，埃伦迪尔心想，并伸手摸了摸冰冷的玄武岩。这块墓碑总把他跟这个地方联系起来。

当初，他是用自己的车把这块墓碑从雷克雅未克运来的。他开着车沿着这条尚未硬化的马路，一路向东，花了两天时间总算回到了故乡，途中还在一个叫阿克雷里的北方小镇过了一夜。因为他一直都想给他父母立一个共同的墓碑，所以就一直没给母亲的墓立碑。但过了这么长时间了，他还没办好这件事，就只能怪自己办事拖拉了。他感到十分愧疚，最终愧疚感迫使他赶紧联系石匠去雕刻墓碑。但还有一个原因造成了他的疏忽大意。在内心深处，他其实是害怕回老家的；老家唤起的回忆和感情太痛苦了。然而，当他最后鼓起勇气踏上这一旅程回到老家后，像是打破了诅咒一般，从此以后他便经常性地回来一趟，有时候间隔的时间长点儿，有时候短点儿。现在的他已经能够坦然地接受自己永远也逃避不了的过往。

多年来，他一直试着回想起灾难发生之前的生活，却怎么也想不起来。在弟弟贝古尔失踪后，以前的生活也被彻底破坏了，再也回不去了，好像他们的生活是在那个时候才真正开始的。然而，随着日子一天天流逝，他却越发频繁地回忆起灾难发生前的日子。有些是转瞬即逝的生活影像，他很难确定那些事情是在什么时候发生的；其他的场景却记得很清楚。比如，过圣诞节的时候，父亲头上戴着一顶颇能体现冰岛风俗的帽子；他们一起装扮圣诞树；在冬日的夜晚一起听广播连载小说。这些温馨的记忆像昏暗里闪烁的烛光一样在他的脑海中闪现。有一次，他们全家人进行了一次前往北方小镇阿克雷里的短途旅行；还有一次，全家人想要乘船前往帕佩岛旅游，但他却怕水；每逢夏日，他都会坐在马背上，由母亲牵着马的缰绳；恰逢干草大丰收，男人们在屋外喝着咖啡、吸着烟，他和弟弟则在谷仓内充满香气的干草堆间玩耍。

某些记忆唤起了一种强烈的失落感，这种失落感反反复复地萦绕在他的心头。当站在父母的墓前时，他听到远方传来了一阵歌声，这歌声悲伤凄凉，使他想起了父亲在客厅里拉小提琴，而母亲则半闭着眼站在客厅门口的场景：一个漫长的夏季白天过后，父母的脸都被晒得红通通的了，他和弟弟正躺在沙发上打盹；她侧着脑袋听着，同时专注地看着她的丈夫。

“拉点欢快的曲子吧？”她说。

“孩子们正睡着呢。”他不同意。

“但你可以小声地拉给我听呀！”

他变换音乐节奏，轻柔地拉起了一段欢快的华尔兹圆舞曲。她站在门边，面带微笑地听着，然后走过来拉起他，他将小提琴放在一边，和她在客厅里安静地跳起舞来。

贝古尔已经睡得很熟了，但埃伦迪尔还是把弟弟弄醒了，这样，他们才能悄悄地看着父母在一片安静的气氛中彼此相拥地跳舞。他们低声地说着话，以免吵醒孩子，母亲都不敢笑出声来。她是个很爱笑的女人。贝古尔像母亲。他们母子俩在很多地方都很像：长得像，而且都很爱笑。贝古尔总是性情开朗，不像他那么易怒、霸道和苛刻。他不爱笑，长得像父亲、脾气也随了父亲的。

伴随着记忆而来的是夏日新割青草的青草味和冰岛热浪带来的闷热潮湿感。那天早些时候，他和贝古尔沿河而下玩耍着，边沿河岸走，边用手拍打水面，水花溅到了他们的小脸蛋上，清凉无比。

那是他们一家四口一起度过的最后一个夏天。

埃伦迪尔爱抚着那块已被风化了的玄武岩墓碑。从斜坡上刮来一阵寒风，冷飕飕的，穿透了他的棉夹克。他抬头看了看周围的群山，并把外套往紧裹了裹，然后赶忙回到了加油站。天气预报说冰岛东部将迎来强降温天气，这股刺骨寒风的来袭正好证实了这一点，而且它的到来像是预示着某种不祥之兆。

27

“你为什么躺在这里？”

他被这个问题吓了一跳，便费力地朝那位旅行者说话的方向望去，随后陷入了忧郁。

“你还在这里？”他问。

“我一直在这里。”这位旅行者回答道。

“为什么？你想干什么？”

“你起来，我就走。”

“你从哪儿来的啊？”他又问。

“从很远的地方来。”这位旅行者回答道，“但今晚我得回去。”

28

汽车的鸣笛声把他从沉睡中惊醒了。此时，天已经亮了。由于他只在天亮前才睡了一小会儿，所以他现在感觉睡眼惺忪，大脑昏昏沉沉。门猛地拍打着门框，雪被渐近的脚步踩过所发出来的咯吱咯吱声也越来越近。来访者只有一个人。埃伦迪尔从他的睡袋里爬出来。雪已经堆满了房间一角。这种房子显然是不适宜人居住的!

“有人在家吗？”一个熟悉的声音问道。随后，博厄斯的脸便出现在了破碎的窗户外面。

“我打扰到你了吗？”他问。

“一点也没有。”

“我给你带了些咖啡和一块丹麦酥皮饼。”农夫笑着说道，“我想你可能需要有人陪陪。”

“请进！”埃伦迪尔说道。

“你太客气了。”博厄斯说着，走进了这间没有门的房子，来到了埃伦迪尔所睡的那个破旧的客厅。他的手里拿着一个保温瓶和一个散发着香甜味的纸袋。"为了稳妥起见，我带来了两个大杯子，"他说，"我不知道你在这里过得好不好。"

"还可以吧！"埃伦迪尔说道，随手接过一杯咖啡。

博厄斯帮他收拾好他的睡具——毯子、睡袋和气灯。他的"营地"还算整洁，虽然比起希尔顿酒店套房的整洁程度这里还差得很远。埃伦迪尔从一堆杂物里找到了一个牛奶搅乳器，把它做成了一个大烟灰缸，立在墙角，装满水，把烟灰弹进去。旁边摆放着一把折叠椅，在干的地板上还堆放着一些书。

"我觉得你把这里收拾得很整洁，而且还挺有家的感觉。"博厄斯说，"你特别喜欢流浪，是吗？想着能做真正的自己。"

埃伦迪尔微笑着，吃了一口刚出炉的丹麦酥皮饼。咖啡又浓又烫。他小口啜着，怕烫到舌头。

"这日子还不算太糟！"他答道，"谢谢你的咖啡。"

"不用谢！有没有见到鬼？"

"这附近总还是有一些的。"

"孩子们过去常说这个地方闹鬼。"博厄斯说道，"这又得追溯到那些日子了，孩子们不能安心地在外面玩耍，而且知道闹鬼的屋子是什么样子的，尽管那已是很多年前的事了。他们来到这里，点上火把，讲鬼故事。当然，也是想故意装神弄鬼，并偷偷喝点酒。"

"他们还在墙上涂鸦。"埃伦迪尔补充说。

"嗯，都是些旧情人的标志罢了。据我所知，没有人再来过这里了。当然，除了你。"

"是没什么人再来过。"埃伦迪尔应和道。

“尽管如此，这还算是个漂亮的地方。你想在这里继续待下去吗？”

“不知道。”

“难道你不冷吗？”

“不冷，真的不冷。”

“原谅我这个爱管闲事的糟老头——我不是有意要打听别人的私事。”博厄斯说，“不管怎样，你上次问过我的一些问题，我问过当地的一些猎人了。你知道的，就是关于狐狸洞和乌鸦巢能否给你提供一些找你弟弟线索的事。很抱歉地告诉你，没问出什么。”

“没关系！”埃伦迪尔答道，“我没指望过能找到线索。不过，还是要谢谢你！”

“你的案子呢？进展如何？”博厄斯接着问道。

“我的案子？你是指马特希德尔失踪一事？”

博厄斯点点头。

“这算不上是一个案子。我不知道该说什么，尽管以斯拉似乎告诉了我一点信息。”

“怎么了？”博厄斯赶忙问道。他对此事的兴趣一直未减。

“我也是和赫伦德又聊了一次后才有这种感觉。”埃伦迪尔答道，如果可以的话，他不愿意透露更多的谈话内容。他不想提及以斯拉和马特希德尔的婚外情，尽管博厄斯也许早就知道了。毕竟这是别人的私事，而且他也不想引发谣言四起。“也就是这么一想。”他补充道，希望能让博厄斯转移下注意力。

“你觉得这件事有没有一些可疑的地方？”

“你觉得有就有吧。”埃伦迪尔说着，试图扭转谈话局面，“要不然，你也不会对我问的关于马特希德尔的问题这么上心。别忘了，当我告诉你我是警察的时候，你是第一个指引我去找赫伦德的人。”

“我知道的都已经告诉你了。”博厄斯反击道，“我只是从我个人的角度来讲述这个故事。我不知道发生了什么或没发生什么。”

“那么，这是一个疑点重重的事件，是这样的吗？”埃伦迪尔问道。

“我认为是这样的。”博厄斯回答道，“你还会去见以斯拉吗？”

“我不确定。”埃伦迪尔说，他现在确定博厄斯并不是因为善良才带礼物来看望他的。这位老农夫故意假装对这个案子不感兴趣，但说起话来却藏不住他那满满的好奇心。这点让埃伦迪尔觉得很有意思。

“如果你愿意，我下次跟你一块儿去。”博厄斯建议道。

“谢谢，不用了。我不想占用你的时间。”

“没关系！”博厄斯迅速回话道，“我认识那个老家伙，或许我还能劝他说点什么。”

“不知怎的，我之前怀疑过他。现在，我已经见过他了。”埃伦迪尔说。“我对他十分尊敬。总之，我不知道要不要再去找他谈谈。”

“好吧，如果我能帮上忙的话，你就尽管告诉我。”博厄斯说着，准备离开。很明显，他不想再跟埃伦迪尔交谈下去了。

“再次谢谢你给我带的咖啡和酥皮饼！”埃伦迪尔说完，送他出了门。整个巴卡塞尔小镇好像再次属于他一个人了。

29

这一次，以斯拉房子坡底的棚屋内没有传出任何响声，静悄悄的。接着，他敲了敲房门，没人应答。在轻敲了三次之后，他把耳朵贴在门上听房里的动静。以斯拉的汽车停在那儿，很明显，自他上次来拜访后，车子就没被开过，因为汽车的发动机引擎盖和车顶上都积了厚厚的一层雪。地上有一串从房子到车旁再延伸到棚屋的脚印，但埃伦迪尔可以判断出来这些脚印不是最近才有的。他漫步到坡底的棚屋，上次他就是在这里发现以斯拉敲打鳕鱼干的。埃伦迪尔刚把棚屋门上的小木栓拿开，推开门，门就立马被一阵寒风吹得嘎吱作响。里面的一切仍是老样子：石砧板、木凳子，还有一大堆没处理的鱼。此外，这个棚屋里还塞满了以斯拉一生所积攒的旧物件，包括修理工具、园艺工具、旧镰刀、一个拖拉机引擎、轮毂，还有一些从旧车上拆卸下来的生锈了的保险杠。一堆原木堆放在一个墙角，两件破旧的工装裤挂在墙上的钉子上。

埃伦迪尔一边观察着这个小棚屋，一边走向那堆风干了的鱼，并从其中一个敲好了的鱼干上撕下一小块，放进嘴里嚼了嚼。看来以斯拉似乎在过去的二十四小时之内没有离开过这里。因为埃伦迪尔在开车赶来的一路上并没有看到轮胎碾过的痕迹。他捡起这个以斯拉常用来敲打鱼干的木槌，拿在手上掂了掂。

手里拿着这个木槌，他上坡回到以斯拉的房门前，再次敲了敲门。但还是没人应答。房门是锁着的，但他记着之前门被他打开过，便想再试着打开一次。他摇了摇门把手，发现门是从里面锁上的，于是断定老人肯定在家里。

他尝试隔着窗户喊以斯拉的名字，但仍没人应答。周遭的一切都静悄悄的，只有聚集在房子周围的鸟儿们叽叽喳喳地叫着。他又回到前门。门的上半部分是玻璃小窗格，里面用片小窗帘遮着。埃伦迪尔正准备用手里的木槌砸开离锁最近的那块玻璃的时候，门突然开了，以斯拉出来了。

“你拿着木槌，到底想干什么？”他质问道，怒视着埃伦迪尔。

“我……”埃伦迪尔没敢继续往下说。以斯拉带有敌意的反应与他上一次来拜访时的反应形成了鲜明的对比。

“你想干什么？”这位老人突然说道。

“我想跟你谈谈。”

“那你拿着那个干什么？你不是打算要破门而入吧，嗯？”

“我觉得你应该在家，但担心你可能会发生什么意外，”埃伦迪尔回答道，“你还好吧？”

“非常感谢你的关心！”以斯拉答道，“但很明显，我没什么事。现在，你赶紧离开。别来烦我！”

“为什么你……”

埃伦迪尔话还没说完，以斯拉便砰地把门关上了，门上的小窗格丁零当啷作响。埃伦迪尔手里拿着个木槌，静静地站在那儿。之后他走回棚屋，把木槌放回原处。他从没对以斯拉说过谎。他的从警经历以及最近在赫伦德身上发生的意外事件使他明白了这样一件事：老年人会遇到各种各样的困难，但因为够不上报警条件而无法寻求警察给予帮助。

他又瞥了一眼棚屋四周，注意到了一副带有皮带和长竹枝的破旧的木制滑板。他已经好多年都没见过这种东西了，心想它们肯定有一定历史了。他挺喜欢的，就把它们拿了起来。

这时，棚屋门嘎吱一声响，以斯拉进来了，表情凶神恶煞，手里还拿了把猎枪。枪管指着地面。以斯拉还是穿着刚才站在房门口时穿的衣服：拖鞋、背心，还有一条用细带子扎起裤腿的裤子。

“给我滚出去！”他吼道。

“别做傻事！”

“滚！”以斯拉再次喊道，并把枪管举了起来。

“到底发生了什么？你在害怕什么？”

“我要你滚远点！你非法闯入了我家。”

“谁跟你说过些什么吗？”埃伦迪尔问道，“到底发生了什么？我觉得我们应该聊聊。”

“她给我打电话了——宁娜——并警告我警惕你的窥探行为。”以斯拉说，“我不想你插手我的私事。”

“好吧！”埃伦迪尔说道，“我能理解。”

“那好！那你现在可以滚回雷克雅未克了。”

“难道你不想找到她吗？难道你就不在乎她到底怎么了吗？你

不想知道到底发生了什么吗？”

“别来烦我！”以斯拉气愤地说道，“别再东打西探的了，快滚开！”

“那你先告诉我一件事——雅各布知道你俩的事吗？”

“天哪！”以斯拉大喊道，“你放手吧，好吗？放手，然后，滚！”说完，他再次把枪管举起来，瞄准了埃伦迪尔。

“好的，请你保持冷静！”埃伦迪尔说，“为了你自己，别把事情搞得更糟。我会离开的。但我必须将这件事报告给上级。你不能拿着枪到处对准别人。我会向埃斯基菲约泽的警察局汇报这件事，他们会来把你的枪没收掉，甚至还会联系雷克雅未克的枪支管理单位来这里找你。接下来的事你也知道，这下媒体界可有新闻报道了。你将会出现在所有黄金档的新闻报道里。”

“你以为你是谁啊？”以斯拉质问道，现在他的声音小了点，对站在他棚屋门口的这个人充满了疑问和惊愕。这个人厚着脸皮，摆弄着他的滑板，还在不停地威胁他，“你以为你是谁啊？”他重复问道。

埃伦迪尔没有回答。

“我警告你——我会毫不犹豫地开枪！”以斯拉挥舞着手里的枪，“我说话算数，别以为我不敢！”

埃伦迪尔站着，一动不动，看着眼前的这位老人。

“难道你不在乎自己的死活吗？”以斯拉大叫道。

“以斯拉，如果你朝我开枪——如果你觉得这能解决所有问题的话——你现在就开枪吧！你为什么不在着凉前回到房间里去呢？你穿成这个样子站在外面很容易生病的。”

以斯拉惊愕地看着他，却仍没打算“缴械投降”。

“你以为你很了解我吗？”他问道，“你到底想说什么？你什么都不知道。你懂个屁！我要你给我滚开！我不想跟你谈！你个木鱼脑袋，听见了吗？”

“给我讲讲马特希德尔吧！”

“无可奉告！宁娜说的全是假话，你一个字也别信！”

“我跟赫伦德谈过。她也告诉了我你对她母亲说的话。我知道了你和马特希德尔的婚外情。我也知道你欺骗了雅各布。”

“我欺骗了雅各布。”以斯拉轻蔑地重复着，并把枪降低了一点，“我欺骗了雅各布。”他再次重复道，“你说的好像他是受害者一样。”

“据我所知，他是。”

“你知道个屁！这才是重点。你什么都不知道！”

“那你告诉我啊！给我讲讲雅各布吧！”

“我跟你没什么好说的。”

“但你却把一切都告诉给了马特希德尔的母亲。”

“我是悄悄告诉她的。她求我无论如何都要告诉她。我从未想过让这成为众人皆知的事。她承诺不会告诉任何人。”

“她是怎么发现的？”

“关于我吗？”

“关于你和她女儿的事？”

“马特希德尔过去告诉过她母亲我们是好朋友，于是她就根据事实推断了出来。”

“如果这样对你算是一种安慰的话，我觉得她除了告诉她女儿就没告诉过其他人了。”埃伦迪尔说，“换句话说，她告诉了赫伦德，而赫伦德再也没有跟其他人说过。”

“最好那样！”

“你确定吗？这是很久以前的事了。”

“可恶的谣言！”以斯拉突然说道，“他们是怎么议论雅各布的？”

“还不就是那些话！”

“搬弄是非！”

“雅各布怎么了？”埃伦迪尔问道，发现了一个突破口，“他是个怎样的人？你和他的妻子真的有关系吗？至少马特希德尔的母亲完全相信了你说的。那是真的吗？”

“真的吗？”以斯拉迅速回应道，“当然是真的！难道你想扭曲事实，说我在撒谎？”

“那你为什么就不能告诉我呢？”

“你是在暗指我对马特希德尔的母亲撒了谎吗？”

“我现在郑重地问你：你是不是在她失踪这件事中负有部分责任？”

“我？！”

“难道这个问题有什么不合理的地方吗？你偷偷地与她约会。可她却是你朋友的妻子。”

“现在，听我说——”

“你为什么不跟我解释下，以斯拉？”

“所以，你来是想听我们是如何欺骗雅各布的？”以斯拉气急败坏地问道，“你来是想知道我们是如何欺骗那个‘可怜虫’的？好吧，跟我来！我告诉你，我们是这么骗他的。然后你就滚开，再也不要来打扰我！”

30

以斯拉还是没有放下手中握着的猎枪，但是当他和埃伦迪尔在厨房里面对面坐下的时候，他把枪放在了腿上。他的手指还放在扳机上，抚摸着枪管，开始低声讲述他的故事。

一开始，他不知道该怎么开口，也许是因为他已经有几十年没说起过这事了吧，而且现在他也不愿意说起这事了；也许是因为他到现在还没摆脱这事的影响吧，尽管那是很久以前的事了。然而，一切仍历历在目——每个细节、每段对话和每个事件都好像刚刚发生的一样。沉默许久后，他继续讲述，埃伦迪尔也小心翼翼地不敢打断他的思绪。他慢慢地回忆，痛苦地讲述，故事大概有了雏形。埃伦迪尔乐意让以斯拉掌控讲述节奏。

这位老人的讲述证实了赫伦德从她母亲口中得到的信息大部分都是真实的。她母亲告诉赫伦德，马特希德尔与以斯拉的私情是如何开始的；那封信成了马特希德尔婚姻危机的导火索，尽管她和雅各布的婚姻早就有了破裂的痕迹。

“雅各布是我的朋友。”以斯拉说，“我不记得我之前有没有告诉过你，也不清楚你究竟了解到了何种程度。我搬来东峡湾后不久就在迪尤皮沃厄尔认识了他。刚开始那段时间都是他帮我渡过难关的。我来到一个陌生的地方，完全是个外乡人，但与他相处很融洽。据我所知，其他人也都喜欢他。他虽然貌不出众，却很受女性欢迎。我不知该怎么说，他对女人很有一套。”

“可能这就是他名声不好的缘由。”

“他不在乎那些女的是否已婚。我见过他有次因为这个还跟别人打了一架。”

“那种事情同你与马特希德尔发生婚外情有什么不同吗？”

“我不像他。”以斯拉厉声答道，“他根本没法和我比。”

“在迪尤皮沃厄尔工作的时候，你记得马特希德尔的姐姐英甘恩吗？”

“不记得，一点印象也没有。”以斯拉回答道，“马特希德尔也问过我这个问题。她给我看了她姐姐的照片。我告诉她，雅各布跟其他女的有染，但我不知道是和谁。我在那之前就搬来了埃斯基菲约泽。后来，雅各布来到此地的时候，他和马特希德尔已经好上了。他们结婚后，我和雅各布在一条船上工作，一起出海捕鱼，因此我才遇见了她。清早，我常常顺路去雅各布家，喊他一起去做工，所以马特希德尔和我才逐渐了解彼此。”

“有些人试着跟我描述雅各布，但我根本不能了解他的为人。”埃伦迪尔说，“有人告诉我他患有‘幽闭恐怖症’。这是什么危险的征兆吗？”

“嗯，我只记得马特希德尔告诉过我，晚上要是关上卧室门，他就睡不着觉。所以，他总是开着门睡，而且还得睡在离门最近的地方。”

“当马特希德尔得知他和英甘恩的事时，肯定受到了很大的打击，对吧？”

以斯拉渐渐地冷静了下来，尽管他还是紧紧地抱着那把枪。但他似乎不那么抗拒了，开始接受而不是排斥埃伦迪尔了。

“可怜的姑娘！”他说完叹了口气。

“大家都能理解她的窘境。”

“理解她？”以斯拉平静地说道，仿佛在说他自己一般，“怎么理解？你都不知道自己到底在说些什么。”

埃伦迪尔没有说话。

“你什么都不知道！”以斯拉重复道。

*

马特希德尔失踪两个多月以来，搜救队一直没能找到有关她的任何线索。

自雅各布告诉他马特希德尔在狂风暴雨中走失那一刻起，以斯拉就被彻底击垮了，陷入悲痛无法自拔，他却只能独自一人承受这痛苦，他的秘密是无法向人诉说的。他想过向牧师倾诉，但他却不信教，而且跟当地的牧师也不熟悉，所以他只能坐在家中默默地流泪。悲伤一波一波地袭来，夹杂着恐惧、愤怒、无助与困惑，但最糟的是持续不断的自责，因为除了他自己，也没人可以责怪。

他本该更好地照顾她，本该将她从她的命运中解救出来。他在导致她死亡一事中起了什么作用？是他诱使她出轨的。难道是因为这件事，马特希德尔才在狂风暴雨中走失的？尽管他安慰自己说他也救不了她，试着以此来缓解懊悔的心情，但他的内心仍饱受负罪感的折磨。可能她义无反顾地选择出门远行，可能她命中注定要那样死去。但不能这样想！她的出行肯定跟他们的婚外情有关，与他们偷食禁果、所有的偷偷摸摸和欺骗有关。为什么？天啊，为什么他们当时没有立马告诉雅各布，然后光明正大地在一起？为什么？

雅各布是唯一一个能给他提供确切答案的人，但他无论如何也无法鼓起勇气去找雅各布问个清楚。他不相信自己。也许是他害怕听到事情的真相。

三月里，白昼正变得越来越长，春天即将来临。他和雅各布还是又见面了。在那之前，他一直都在试图避免和雅各布有任何交集。他仍在痛苦地缅怀着马特希德尔，每天都想起她以及他们一起度过的短暂时光。他俩开始讨论他们的未来，讨论搬离这里的可能性，因为如果还要继续跟雅各布住在同一个村子，他俩的结合根本就是不可能的事。

*

“我们可以搬去雷克雅未克。”一天晚上，她偷偷来见他的时候，提议道。

“可以。”他回答道，“虽然人人都说在那里几乎不可能找得到住的地方，但人人都往那里跑去为军队做服务工作。你已经告诉他你要离开他吗？”

“我……”

“你想让我去说吗？”

“别去！”她说。

“根本没有所谓的好时机。”他说，“最好直接跟他摊牌，而且越快越好。如果你同意的话，我现在就去找他谈。”

“还是我跟他开口比较好。”

“他开始怀疑了吗？”

“我不知道。应该没有吧。”

“你在害怕什么？怕他打你？”

“我不是怕我自己被打，”马特希德尔说道，“我是怕你被他揍。”

“他伤不了我的。”以斯拉说，“他动不了我一根毫毛。我不怕他，马特希德尔。”

“我知道。”

“我一点也不喜欢这样做。他从来没有伤害过我，而且我把他看作是我的朋友。我们过去常一起做工，所以……我觉得很难开口；但另一方面，我又觉得我们不应该害怕告诉他。我们一定得跟他说——让他明白发生了什么。这种事没什么大不了的。爱错人也是常有的事。”

“我知道。”马特希德尔重复道。

他们并肩躺在毛毯上，安静地感受着来自对方身体的温暖。午夜，门口传来一阵轻轻地叩门声。他没想到她会来，却对她的突然到访感到兴奋不已。他俩接吻；突然，他停了下来，温柔地轻抚着她的脸，接着两人继续接吻，吻得越来越激烈，随后他就半抱着她进了卧室。他激起了她所有的饥渴和激情，两人甚至连衣服都没脱完就开始缠绵。她抑制着不喊出声来，如此销魂的幸福是她的丈夫从未让她体验过的。

“在我们告诉雅各布之前，他一定不能知道。”以斯拉躺在她身边说道，“他一定不能从其他人那里得知此事。在消息传开之前，我们必须对他坦白。”

“我会告诉他的，我保证！”马特希德尔说道。

“让我跟你一起去。他算是我的朋友。”

“不，最好让我一个人去跟他说。我相信我能说服他。我去跟他说，我打算和你一起生活；我还要跟他解释，在我得知他和英甘恩有私生子后，一切都完了，我不能和他继续生活在一起了。还有，我另有所爱了。”

“好吧！”他答道，“但我还是想跟你一起去。”

“别太在意雅各布了。把注意力多放在我俩身上吧！”

说完，她就走了。

*

两个月后，在一个明媚的三月天里，他碰见了雅各布。以斯拉正经过墓地，这时，他听到墙那边有个声音跟他打招呼。走近一看，他看到雅各布正撩起衬衫袖子在那儿忙活着。他正在为第二天在教堂里举行的葬礼挖坟墓。有一个当地人在经受了短暂的病痛之后逝世了，预计会有很多人来参加葬礼。以斯拉穿过大门，走了进去。

“你现在急匆匆的，这是要去哪儿吗？”雅各布问道，暂时停下了手里的活。雅各布当时在给教堂打零工，主要负责维修墓碑和挖墓地的活儿。

以斯拉解释了一下，还尴尬地补充说他现在很忙。他在雅各布面前感到很不自在，担心马特希德尔可能已经把他俩的事告诉他了，或是他通过其他方式发现了他俩的私情。尽管他俩特别小心，但毕竟世上没有不透风的墙。

“我很久没见到你了。”雅各布说。

“我最近一直很忙。”

“努力工作吗？”雅各布说，“谦恭的人将继承世界。说的就是我们啊，以斯拉！像你和我这样的劳动人民。”

31

以斯拉没有在意那个问题。他的思绪跑远了，脑海里浮现出他和雅各布在墓地里宿命般的相遇以及由此引起的所有影响。尽管在那个时间、那个地点相遇纯属巧合，但他们碰见对方这事可能永远也逃避不了。后来，那一天注定还是来了，而且来势汹汹，就像死亡一样无法逃避。

以斯拉说到一半就停了。猫咪在厨房里踱着步，在确定爬进自己的窝是安全的之前，一直疑惑地盯着埃伦迪尔。

埃伦迪尔把同一个问题重复了三遍，以斯拉才做出反应，从他的沉思中回到了现实。

“你刚刚说什么？”

“后来发生了什么？”埃伦迪尔问道。

“他邀请我去他家。”

“你去了吗？”

以斯拉没有回答。

“你去了吗？”埃伦迪尔又问了一遍。

“他说这话的时候，语气令人很不愉快。”以斯拉继续往下讲，“雅各布是个令人讨厌的家伙，是一个卑鄙的人。”

*

雅各布拿出一包烟，把它递给以斯拉，让他取一根抽，但他拒绝了。

“还是不抽烟啊？”雅各布问道。

“我一直都没学会抽烟。”以斯拉答道，试着挤出一丝微笑。

“这是我从英国人手上买的波迈牌卷烟。非常好的香烟！斯嘉尼翘辫子了——我想你已经听说了。”

“嗯，我听说了。葬礼就在明天，对吗？”

“对的。我得赶在那之前把活干完。还好，明天天气很好，我们还算幸运。”

“嗯！”以斯拉答道，斜视着太阳，“我还要赶路。”说完，他打算离开。

“比我亲爱的马特希德尔要走运啊！”雅各布突然说道。

以斯拉愣住了。“你说什么？”

“今天能见到你真高兴！”雅各布说，明显是想打发他走，但是他却没动。

“你刚才说马特希德尔怎么了？”

不是他说的这些话让以斯拉顿住了。这些话都是些司空见惯的话，没什么特别意义，雅各布完全有权利表达这样的情绪，但他说话的语气让以斯拉竖起了耳朵。这不难理解，可能是因为他对与马特希德尔有关的任一语气变化都很留心，尤其是对雅各布的。毫无疑问：雅各布没打算隐瞒。他的语气带着指责的意味。

“关于马特希德尔，我有很多想说的话。”雅各布仍用同样的语气说道，“我早就想跟你说一说，但我总感觉你在躲我。”

“没，我没躲你。”以斯拉赶忙反对道，但反应有些过快了。他担心雅各布的情绪会变得焦躁起来，他的心跳得很快。

“好吧，但我的确有那种感觉。那段时间你总是请病假，之后突然就不出海打鱼了，而是找了份岸上的工作。好像是我得罪了你，搞得我们已不再是朋友了。”

“你没得罪我，”以斯拉努力使他信服，“我们当然还是朋友。”

雅各布是故意扭转话题来针对他吗？是以斯拉愧对雅各布：他和马特希德尔背着雅各布发生了婚外情，背叛了他的友情和信任。可能与他保持距离是一个错误的决定。他一直在躲避雅各布，这是个不争的事实。自马特希德尔失踪后，他就再也没和他的这位朋友联系过，也没有给予他任何帮助。他只是采取从雅各布的生活中消失了这一最简单的方式，就像马特希德尔一样。现在回想起来，这样的行为肯定会引起他的怀疑。

“好吧！听你这么说，我就放心了。”雅各布说道。

“关于马特希德尔，你想说什么？”以斯拉问道。

“你再说一遍？”

“你刚才说你心里有很多话想要说出来。”

“是的！”雅各布答道，“我正在考虑要不要给她办个追思会或者……呃，这不能称之为葬礼，因为必须先正式宣告她死亡才行。而且要证实她死亡得花很长时间。他们得先确定这事，你说是不是？但是她永远都不会被找到了。过了这么久也没被找到。”

“当冰雪融化时，要找到她不是不可能。”以斯拉反驳道。

“还有件事我从来没有跟任何人提起过。我不知道我该怎么说。说起来有点……没面子。我真的不知道怎么说或者是跟谁说。我信任的人没几个，而且……”

“什么事？”

“关于马特希德尔的事，”雅各布说道，“她失踪前对我很冷淡。”

“冷淡？”

“对的，可能是因为一些个人琐事吧。你知道的，在婚姻生活中，这种问题时常突然冒出来。等你哪天有了属于你自己的女人，也许你就会懂了，以斯拉。”

以斯拉再一次感受到了他的那种语气，还有措辞：“属于你自己的女人”。

“也可能是些其他的原因。”雅各布继续说道，之后沉默了很长时间。

“其他原因，你指的是？”以斯拉最终开口问道，尽管这时雅各布似乎不打算继续说下去了。

“我没有任何证据——没有确凿的证据，应该这样说。但处在我这种处境下的男人一般不会坐等事情在眼皮底下发生之后才敢确定发生了什么。就在眼皮底下——你懂吗？”

“处在你这种处境下的男人？”

“被戴绿帽子的，以斯拉。我说的是被戴绿帽子的男人。你知道我什么意思吧？被戴绿帽子？”

以斯拉一言不发。

雅各布扔掉了手里的烟。“就是有人背着你把你的妻子给睡了。

其他人可能知道，但你却不知道，你完全被蒙在鼓里。然后有一天你的妻子决定离开你，就像那样，好像这种事跟她丈夫没有半毛钱关系似的。”

以斯拉试着藏起他的慌乱，但不知道自己有没有成功藏住。他想要跑走，但不确定能否迈开双腿；他双膝发软。他完全没想到会是这样的对话，也不知道到底该如何应答。

“你是说马特希德尔……”以斯拉都没法说完这句话。

“我只是猜测罢了。他们日复一日地撕扯着我的心，但我可能永远也没法查明真相。那件事发生之后，一直到现在，我都还没搞清楚。”

雅各布用脚踩灭脚下的烟头。

“哎，现在我们不可能找到她了。”他说着，眼睛盯着以斯拉。以斯拉从他的凝视里、话语里以及他的所有行为里读出了责怪之意。

“下次顺路来看看我！”雅各布说，“有些事情你应该知道。”

“什么事？”

“下次顺路来看我时再说吧！”雅各布答道，“今天我们就先说到这儿吧！今后再聊。晚上，我通常都是一个人在家。”

*

以斯拉晃动着他的椅子，再次变得紧张起来。这段记忆仍深深地刻在他的脑海里。他能回想起雅各布当时说的每一句话。

“我不知道该说些什么。我并不想去看他，但当然，我也不能承认那件事，所以我也只能夹着尾巴回去了。”

埃伦迪尔看着眼前的这位老人。他注意到他激动地哽咽了起来，对他来说，再次回顾那次见面是多么痛苦。这可能是很久以前的事了，但它却极大地改变了他的人生，可能比他所意识到的程度还要大。即使是一个陌生人、一个不沾边的局外人都能感受到这些陈年旧事所造成的巨大影响。

“难道你没觉得这谈话有些奇怪吗？”最终，埃伦迪尔问道。

“一开始我就觉得奇怪，”以斯拉回答道，“我很困惑。但后来，我确定他肯定知道——肯定知道我和马特希德尔的事。他故意给我暗示就是因为他知道了所有的事。因为她已经告诉他了！”

“那你去见他了吗？”

“去了，”以斯拉答道，声音小得像在自言自语，“最后，我还是去见了他。然后发现了整个事情的真相。”

32

在经历了和雅各布阴阳怪气的谈话之后，以斯拉好些天都感到惶恐不安，马特希德尔失踪后所带来的疑惑、害怕和恐惧再次气势汹汹地向他袭来。早晚他都得向他坦白。在他们之间有一个知而不宣的肮脏秘密，而且无论他有多么畏缩、胆怯，他都必须去面对。自马特希德尔在一月份失踪后，因为不知道雅各布到底对他俩的事知道多少，他一直饱受折磨。除了直接问雅各布，根本没有其他方法可以得知马特希德尔可能对他说了什么。他可能什么都还不知道，也可能知道了所有的事。在猜想他们的婚外情引起雅各布和马特希德尔大吵一架，还导致了马特希德尔的匆匆出走后，以斯拉感到深深的恐惧。在马特希德尔失踪后的几个月里，这种想法一直使他心神不宁。

他曾有三次打算去见雅各布，但却退缩回来。那个男人在墓地里的行为干扰了他，也给了他个警告。他不停地在家里踱来踱去，思考着为什么雅各布要用那种语气说那些话，为什么他要提戴绿帽子的丈夫，还解释了那个词语是什么意思，好像在讽刺他一样。

一天晚上，他咬紧牙关决定去找雅各布问个明白。他走下山，就像他过去每天早上去和雅各布一起做工一样。尽管那个时候，他很害羞腼腆，而且没什么恋爱经验，但他已钟情于马特希德尔；而她对他的秘密情愫所做出的回应，让他感到既高兴又吃惊。她让他那胆怯的追求轻而易举地达到了目的，好像他们之间的爱情是那么的顺理成章和命中注定。没有哪一天不是这样度过的：她对他微笑、朝他挥手、凝望着他、走向他以及发出她那爽朗的笑声，可以说，她的一举一动陪着他度过每一天。在漫长孤独的夜晚，他刻骨铭心地思念她，悲叹她的命运多舛以及老天爷对他俩的不公。

看到雅各布客厅的灯亮着，他敲了敲门。一股自北方吹来的狂风猛烈地袭击着村子，寒冷干燥。他又轻敲了下，雅各布这才开了门。

“哎呀，你好，朋友！”他边请以斯拉进屋边说道，“我一直在等你。”

“朋友”一词让以斯拉立马感到很虚伪。雅各布把他领进了客厅，等两人落座之后，他拿来了一瓶黑死酒，倒满两小杯。他自己喝完一杯后，马上又给自己倒上了一杯。显然，他近来一直在酗酒。以斯拉还记得他喝完酒之后变得有多么的讨厌、多么的咄咄逼人；以斯拉则小口地品着酒，立刻后悔到这里来。他本应选个雅各布不太可能喝酒的时间来拜访。环视四周，他发现屋子比以前乱多了，到处是脏衣服、吃剩的食物以及没洗的碗筷。

“很高兴见到你！”雅各布说。

“你最近怎么样？”以斯拉问。

“糟糕透了！”雅各布回答道，“我状态极差，让我说给你听听吧，以斯拉！生活再也没有欢乐可言。”

“我相信这段日子对你来说并不好过。”

“不好过？你根本想象不到这段日子有多艰难，以斯拉。真他妈太艰难了！让我说给你听听吧——让我说给你听听吧，以斯拉！失去我的爱妻马特希德尔，这一点也没让我感到快乐。”

“对不起，我不该在这个时候来拜访。也许我应该以后再来。我该——”

“什么？你要走了？放松点！喝杯酒吧！我没什么事可干，就是坐在这儿听听广播。没什么不方便的。”

以斯拉沉默不语。

“我没喝醉，”雅各布纠正道，“我只是有些孤独。”

“哦！”以斯拉应和道。

雅各布收拾好心情，挺直了身板，准备开口说，却很注意措辞。

“说实话，你愿意来这儿见我，确实让我感到吃惊！”他说。

“愿意？”以斯拉小心翼翼地重复道，“我想来安慰你——”

“哦，真的吗？你可真好！”

“我想知道你最近过得怎么样。”

“但不光是想知道这个，对吗？”

“我……”

“你想知道与马特希德尔有关的事，对吗？”

“与马特希德尔有关？”

“别装蒜了！”

“我想都没想过——”

“你以为我不知道吗？”

“知道什么？”

“你真以为我不知道你和马特希德尔之间的事吗，以斯拉？”

雅各布突然清醒了。他的表情严厉冷酷。以斯拉的疑虑就这样被证实了，非常尖锐且毫无预兆。好长一段时间他都在担心这个问题，当事实终于明了的时候，反而让他松了口气。

“我想跟你谈谈。”以斯拉说，“所以我来到了你家。我们没想过要伤害你。这件事已经发生了。”

“没想过要伤害我？”雅各布附和道，“你们没想过要伤害我？”

“我们一直想告诉你。”

“但是你们却一直没有告诉我。”

“不。马特希德尔当时正打算告诉你。”

以斯拉意识到这听起来有多么可悲，好像这都是她的责任一样，“她想自己告诉你，”他纠正道，“她不想让我跟她一起。”

“你知道我是怎么发现的吗？”雅各布问道，“你知道我是怎么发现自己被戴了绿帽子吗？”

“不知道。”

“你觉得那会是种什么感受，嗯？如果你的妻子跟另一个男人睡了，你会有什么感受？更何况那个男人还是你的朋友，天哪！你他妈到底会有什么感受？”

以斯拉哑口无言。

“你曾是我的朋友，对吗？”

以斯拉仍然一言不发。

“难道你不是我的朋友？”雅各布坚持质问道。

以斯拉点点头。

“你过去早上顺路来接我一起出海的时候，我就注意到了你们俩常常眉来眼去。”雅各布继续说道，“你以为我没有看到你两眼直勾勾地望着她？我看到你迷恋地看着她，而她非常享受你看她的那个样子。”

“她告诉了我关于她姐姐和那个孩子的事，”以斯拉说道，“她很沮丧。”

“那根本就是一派胡言！”雅各布大吼道，“那孩子不是我的！她姐姐撒谎。我是睡过那婊子，没错！我在迪尤皮沃厄尔睡过她，可能有过几次吧。但那孩子确实不是我的，而且我不知道她们两个是姐妹。”

“马特希德尔当时心都碎了。”以斯拉说道，“就是出于这个原因，她向我求助。她很生气。”

雅各布看起来一团糟——胡子拉碴、头发蓬乱，只穿了一只袜子，格子衬衫吊在裤子外。意识到他有些神志不清后，以斯拉觉得继续跟他谈下去不太好。从这次谈话中，他知道了事情的真相，这让他感到如释重负，但是雅各布现在的状态只会让事情变得更糟。以斯拉起身，准备离开。

“也许我们应该再找时间继续讨论这事。”以斯拉说。

雅各布怒视着他。“我没说完，你哪儿也不准去。”他咆哮道。

“我不知道这样对不对——”

“闭嘴！”雅各布喊道，“闭上你的臭嘴，坐下！”

他俩怒目相对，直到以斯拉最终屈服，不得不在他对面重新坐了下来。

“你知道我是怎么找到你们那点丑事的证据吗？”雅各布问道，

“我告诉过你吗？”

“没，你没有。”

“当然，我先是怀疑。我和马特希德尔常常因为她姐姐和那个可恶的小鬼吵架。这一点我不否认。这件事确实影响到了我们夫妻间的感情，但我原本以为我们已经度过了这道槛。直到她在你身上看到了她喜欢的东西。就是你！我花了那么长时间才弄清楚事情的真相，原来那个男人是你！天啊，以斯拉！没有哪个女人会多看你一眼，她到底看中了你什么？”

可能他活该遭受雅各布的责骂。毕竟，这才是他来这儿的原因——听这些谴责和侮辱，并忍受他的愤怒。

“他可以是任何一个老家伙，但就不能是你。任何人都可以，但就不能是你，以斯拉！如果她和你这样的人上了床，一个女人都不喜欢的怪物居然把我老婆给睡了，那别人会怎么看我？他们会怎样议论我？”

以斯拉没有回应。

“你还记得吗？有一天我去雷达夫尤都，假装说我要在那里待一晚。宁娜的丈夫维戈开车载了我一程。”

以斯拉还是没有回答。

“记得吗，你这狗杂种？”雅各布朝他咆哮道。

以斯拉点了点头。“嗯，我记得。”

“嗯，我去了那里，”雅各布说，“但那天晚上我又搭便车赶回来了，还看到她趁着夜色偷偷地跑去你家。我看到你们在一起了，以斯拉。我在你家房子外面像个傻子似的徘徊着，目睹了全过程。所有的事！”

“那你为什么不打断我们？你为什么不大声说出来？”

雅各布低下头，像战败了一样。“以斯拉……你觉得这很容易做到吗？”他说着，逐渐抬高嗓门，“看来，你事先就想好怎么回话了。你为什么不打断我们？你为什么不大声说出来？这都是些什么问题？我该说什么？别睡我老婆？”他大喊道，“我是该对你说这些吗，以斯拉？”

“我能理解你当时肯定很生气。”

“生气？”雅各布嘀咕道，他现在冷静多了，“你根本就不懂，是吧？但我已经很克制我的怒气了。我需要发泄的时候才生气。我溜回家，肆无忌惮地发泄了我的愤怒，气得我七窍生烟，感到快要窒息。没有人可以那样对我。我已经受够了。我告诉她——直接坦荡地告诉她，我不想那样被欺骗、被羞辱了！”

“这就是她去雷达夫尤都的原因？”以斯拉迟疑地问道，害怕听到答案，“因为我俩的事儿？”

“是的，以斯拉！这就是为什么她得去那儿。”雅各布说完，拿起酒瓶一个劲儿地往嘴里灌酒，“这就是她得出远门的原因。”

33

以斯拉在讲述这个故事的时候，已经把猎枪放到一边去了。埃伦迪尔不知道他有没有意识到自己这样做了，因为他是如此沉浸于回忆六十多年前他和雅各布的那次会面。埃伦迪尔安静地听着这位老人的讲述。傍晚来临，厨房渐暗。以斯拉还穿着个背心坐在那里，拖鞋被外面的雪弄湿了，埃伦迪尔担心以斯拉会感冒，便问他需不需要穿件外套或是裹个毯子，但是老人没有回答。于是，埃伦迪尔起身找了条毯子披在了他的肩上，并把猎枪放到了安全距离以外，还拿走了他枪上的一个弹夹，但以斯拉对此并没做出任何反应。

两人就那样静静地坐着，时间一分一秒地过去了。突然，这种沉默被窗外麻雀们欢快的叫声所打破，原来是鸟儿们发现了以斯拉撒在屋后雪地里的种子。埃伦迪尔问他要不要喝点咖啡，但他还是没有应答。

两人又回归沉默。

“我不知道该不该继续往下说。”以斯拉终于开口说道，声音中夹杂着忧伤，“我不知道为什么我现在又要提起这些往事。”

埃伦迪尔正准备说，把那些长期压抑在他心头的往事说出来有助于他摆脱思想负担，但却没说出口。他没资格去判断。

“是因为马特希德尔吗？”他试着问道。

以斯拉刚才一直盯着窗外的荒野看，现在却突然转向埃伦迪尔。

“你觉得呢？”

“这么多年来，你从未停止想念她。”

“嗯，是的。但是有原因的。”

“因为她失踪了。”

“对，她失踪了。我从来都没从那个痛苦中恢复过来，永远也不会。”

“经常有人失踪。”埃伦迪尔说。

“经常有人失踪。”以斯拉重复道，“要是那么简单就好了。”

他的注意力突然回到了现在，发现埃伦迪尔把他的枪拿开了，还给他披了条毯子。

“也可能是雅各布说了谎，”他说，“我不知道。现在说什么都太晚了。马特希德尔一直没能找到。结局就是这样。之后我一直在想，可能是他故意想折磨我；可能是他乐于看到我遭受痛苦，通过这样的方式来报复我。他威胁我说，如果我敢告诉其他人的话，他就会做出更过分的事，我相信他敢那么做。我照他说的做了，我一直保持着沉默。”

*

雅各布喝完后，将酒瓶啪地放在桌子上，眼睛盯着以斯拉的同时，用手背擦了擦嘴巴。

“你想知道发生了什么吗？”

“想。”

“当然，你有权利知道。”

“到底发生了什么？你在说什么？”

“我在说马特希德尔，以斯拉。我亲爱的妻子马特希德尔。难道这不是你来这儿的原因吗？你根本不是来安慰我的。好吧，我来告诉你。别急，我来告诉你整件事的原委！因为我想让你知道。你跟我一样有权利知道真相，可能比我更有权利知道。我只是她的丈夫，而你却睡了她！你干了我的——”

“我不想再听类似这样肮脏的话了！”以斯拉吼叫道，“不许你那样说她！”

“肮脏？”雅各布质问道。

他开始漫不经心地讲述起来，讲了马特希德尔收到她姐姐的信之后他们的婚姻是如何触礁的。他没法让她相信那孩子不是他的，还有他不知道她和英甘恩是姐妹。于是，她将他过去的那些事看作他一开始就想躲避她家人的证据。雅各布不想他们的婚礼搞得太复杂，所以就免去了教堂仪式和招待宾客，只在埃斯基菲约泽的一个牧师家里悄悄地结了婚。她还指责他对她不忠，而且发誓不会放过他。

“之后，我就发现她背着我跟你乱搞。”雅各布说。

“你在和马特希德尔谈恋爱之前知道她和英甘恩是姐妹吗？”以斯拉问。

雅各布窃笑道：“我准备告诉她。”

“告诉她什么？”

“她姐姐一点不亚于古巴比伦的妓女。想让我承认那孩子是我的，没门！打死我也不会承认！”

34

那天晚上，雅各布假装要去一趟雷达夫尤都并在那里留宿一晚。但那晚稍后，他又回来了。他看见自家厨房的灯还亮着，就决定在房子附近藏起来，等马特希德尔出来。他早就开始怀疑她想报复他。在过去的几个月里，她的行为发生了变化：她对他越来越冷淡，越来越疏远；对他提不起任何兴趣；当他问她话时，她也很少回答。

他花了很长时间和很多精力才说服马特希德尔自己并没有做错什么；他坚持说自己不太认识她姐姐英甘恩，也完全不知道她们两个是亲姐妹；英甘恩说的那个孩子与他无关。马特希德尔虽然很不情愿，但好像接受了他的解释，好在她和英甘恩并不是很亲近。他很小心，从来不会提及她姐姐，但其实他对发生在迪尤皮沃厄尔的那些事都记得一清二楚。他睡了英甘恩，但却并不满足于此；英甘恩一直不懈地追求他，直到他叫她走开，说他对她已经没了兴趣。

看到厨房的灯灭了，他想着自己给妻子设置的小圈套是不是要失败了。他本打算要放弃抓她个现行这一行动，但就在这时，他注意到自家的后门打开了。马特希德尔偷偷溜进了花园，随后消失在黑夜里。他小心地跟上她来到了以斯拉住的地方，她轻叩门后，以斯拉出来，开了门，她赶紧溜进屋去。屋里很黑，但雅各布熟悉屋子的布局。过了好一会儿，他悄悄地爬近以斯拉的家，偷偷地透过窗户往里窥探，一扇一扇地看，直到到了卧室的窗户边。在昏暗的灯光下，他只能瞥见两个身体在床上缠绵着。

愤怒并没有立刻涌上心头，相反，他突然觉得自己为自己的怀疑找到了证据。对于她跟以斯拉有一腿，他一点也不感到吃惊。以斯拉经常来家里玩，和他一起做工，并且无妻无子。就雅各布所知，他从未有过恋爱经历。每次他逼问以斯拉这种事的时候，他总逃避回答。在捕鱼收获不好的漫长日子里，他总想拿这种事来取笑他，但以斯拉却拒绝谈起这种事。雅各布将他视为好友，觉得在出海捕鱼的时候他是个值得信任的人。

是的，愤怒并没有立刻涌上心头。恰恰相反，他离开了以斯拉的住所，慢慢走回了家，比起怒气冲冠，他更加心事重重。他并不想立马冲进去，把马特希德尔拖出来或者把以斯拉暴打一顿。不知为何，他觉得那样做显得他很没尊严。他不打算去巴结他们，求他们给他赏脸；不想听到任何求他放过之类的话；也不想听到任何烦人的牢骚声。

相反，他耐心地等着。他在自家客厅里坐了下来，夜越深，马特希德尔和以斯拉在床上缠绵的时间越长，他的火气也越大。他在脑海里不断上演了一百个不同的场景：自己会说些什么，会做何反应，他的愤怒愈演愈烈。一股热流涌遍全身，他体会到了形容一个人勃然大怒是什么感觉。他的血液在血管里沸腾着。他气得跳了起来，在地上踱来踱去，然后又坐下去，想要控制自己的情绪，但一想到马特希德尔背叛了他、背叛了他们的婚姻和他们的生活，他就怒不可遏。他又气得跳了起来，在房间里大发雷霆。接下来，他又想起了以斯拉。他不知道他是怎样得手的，但他一定要让他一辈子都记住这种背叛的后果。

雅各布是如此的愤怒，以至于当马特希德尔在第二天清早偷偷溜回家并悄悄掩上身后的门时，他都没有听见。她立刻发现了他，吓得心脏都要跳出来了。他们两眼对视的瞬间，她就意识到他已经知道了。她立马转身，想开门逃到以斯拉那里去寻求保护，但他一把抓住了她，并把她打倒在地。

“你觉得你能跑到哪里去？”他低声说道，嗓音沙哑、带着恶意，同时猛地把门关上。

马特希德尔试着站起来，但他按住了她。他骑坐在她的腹部，用他工人般粗壮的手掐着她细长的脖子，使劲勒紧，还拼命地摇晃着她的头，以至于她的头被砰砰地砸在了地板上。

“想跑到他那儿去吗？”雅各布咆哮着问道，“你是不是想跑到他那儿去？你觉得他现在帮得了你吗？”

面对他如此强烈的愤怒和长时间的虐待，马特希德尔一句话也没法说出来。他勒得越来越紧，直到他感觉到她的身体没了劲。她的脑袋耷拉了下来，奇重无比、没了生气，重重地掉在了地板上，发出了一声沉闷的巨响。他松开手，低头看着她躺在地板上一动不动，忘记了时间的流逝。渐渐地，他的愤怒平息下来，恢复了意识。他站了起来，看了看马特希德尔，像刚跑完长跑一样气喘吁吁。一开始，他都没有意识到自己干了什么。他跟她说话，还用脚戳了戳她，之后才逐渐意识到她已经死了。她的脑袋耷拉着的角度很奇怪。他不确定自己是勒死了她，还是把她的脖子给扭断了。他只知道她已经死了。

在一阵惊骇中，他找了把椅子坐下去，大口地喘着气。不知道过了多久，窗外狂风的怒吼才把他从恍惚中拽回到了现实。他走到窗户边，抬头看了看窗外的荒野，开始制定一个计划。

*

“杀人犯！”以斯拉喊道，从椅子上跳了起来，踉跄着准备远离雅各布，并用充满厌恶的口吻说道，“我真不敢相信！我不相信你会做出那样的事来！你可真有本事啊！”

雅各布平静地看着以斯拉。“这都是你造成的，以斯拉！”他冷冷地说道，“如果你没有把她从我身边夺走，她还活着。”

“都是他妈的谎话！”以斯拉大步走到门边，用力推开门。

“别做蠢事！”雅各布朝他的背影吼道，“你只会让事情对你更加不利。我说，是对你不利啊，以斯拉！”

以斯拉猛地将身后的门关上。雅各布一动不动地坐在椅子上。他想象着地板上马特希德尔的尸体，并记起把她抱起来的时候有多沉。他等待着，眼睛盯着门。过了好长一段时间后，门又开了，以斯拉又回来了。他走进来，小心地关好身后的门。

“你为什么要告诉我？”他问道，朝雅各布走过来，“为什么要对我坦白？又怎么会对我不利？还有，你到底为什么这么冷静？”

雅各布幸灾乐祸地笑着，令人生厌。“你个可怜的混蛋！”他说。

“你做了什么？”

“它可能是世上最能制住你的事情了，以斯拉。”

“你什么意思？”

“如果你敢告诉其他人，这将会对你更为不利。”雅各布说，“我会指控是你谋杀了她。我会告诉他们，你的举止有多么的滑稽反常；还有马特希德尔怎么计划结束和你那桩肮脏的婚外情；她是多么的焦虑，因为她知道你不会就此罢休，而是会继续骚扰她。她本来打算从雷达夫尤都回来后就结束跟你的私情，但我不确定她是不是前往荒野了。可能她跑到了你那儿，告诉了你分手的事，然后你就攻击了她，把她打死了。”

以斯拉瞠目结舌地瞪着雅各布。“没有人会相信你说的！”他咬牙切齿地说道。

“那你呢，以斯拉？谁会信你呢？”

以斯拉最终还是问出了那个问题：“她在哪儿？”

“不关你的事。”

“你怎么能那样对她？”

“不是我，以斯拉，是你怎么能那样对她？”雅各布纠正道，“是你做了那样的事。下次，你要是再想和别人的妻子偷情的时候，最好记住这件事给你的教训！”

“她在哪儿？”

“滚出去！”

“告诉我，你到底对她做了什么。”

“滚出去！我已经告诉了你我要做什么。”

“告诉我她在哪儿，你这个混蛋！”以斯拉喊道。

“滚！”雅各布站起来，大声吼道。反常的冷静消失了。“你给我滚出去！我永远也不要再看见你这张臭脸！”

突然，以斯拉冲向他，两个男人摔倒在了地板上，以斯拉猛揍着雅各布，雅各布也试着抓他的脸。他们来回地打斗着，直到雅各布最后占了上风。他往以斯拉的脸上狠狠地揍了一拳。

“记住这一拳，你个混蛋！”雅各布气喘吁吁地说道，“这全都是因为你！你最好永远记着，混蛋！”

说完，他站了起来。随后以斯拉也爬了起来，擦擦嘴角的血，轻轻揉了揉自己的下巴，觉得整张脸都很疼。

“你会遭报应的！”以斯拉回应道。

“你真是一个小丑！”雅各布又说，“滚出去！滚蛋！给我滚！”

“你会遭报应的！”以斯拉重复说道，退出了门外，“老天爷饶不了你！”

35

寂静降临，鸟儿们都飞离了花园。天色渐暗，猫咪在窝里睡着了，两人仍坐在厨房里。以斯拉的精力随着日光一起减弱了，身体在椅子上摇晃着。

“所以，你选择了保持沉默。”埃伦迪尔问道。

“是的！”以斯拉答道，“我没告诉任何人。我就是这样的胆小鬼。”

“你不该对这一犯罪行为保持沉默，虽然你也卷了进去。掩盖事情的真相对任何人都没好处。”

“不用你来告诉我。”

“然后，就这样过了很多年？”

“是啊，很多年都过去了。”

埃伦迪尔意识到，对这位老人来说，用一辈子的时间来保守这个秘密一定很痛苦。六十年来，他没有揭露雅各布的罪行，即使在雅各布死后也没有揭露，就是因为害怕自己被指控有罪。他选择了最简单的做法来求得自保，但埃伦迪尔却对他的困境表示同情。如果雅各布过去一直威胁以斯拉的话，事情可能会对他不利。

毕竟是他处于一个不利的位置，背叛了朋友，还夺走了朋友的妻子。像雅各布那种复仇心重的人会在任何时候指控以斯拉，逼以斯拉为这样严重的指控辩护。

“我当时不知所措。”以斯拉说道，“我感到非常害怕，我被雅各布吓着了。一想到我们的恋情会被曝光，还会被人说成是肮脏下流之事，我就无法忍受。我很怕雅各布会把我们的事传开，然后指控我，栽赃说我是杀人犯。他威逼我保持沉默。当他确信我会为自己所做的事感到非常愧疚后，才告诉了我事情的真相。好吧，他得到了他想要的。”以斯拉突然停了下来，“他赢了！他把我们俩都打败了。”

“他是怎么处理她的尸体的？”

“他没告诉我。他说他在马特希德尔身上藏了个东西来陷害我，还声称他想什么时候告发我就什么时候去有关当局告发我。我不知道这是什么意思，而且到现在也不知道他有没有撒谎，但他当时就是那么说的。在那种情况下，我还是选择相信了他。”

“所以，你仍不知道她在哪儿？”

“我一直都不知道。”

“你先是失去了马特希德尔，然后这件事又这样被摆在了你面前。”

“雅各布……是个可恶的混蛋！”

“而且你还得继续跟他住得很近。”

“是的，这确实很难。当然，我跟他再无任何瓜葛，我还隐约记得他搬走过一段时间。可能他也怕我去警察那里告发他，就像我怕他到处散布关于我的谎言一样。我们两人之间仿佛爆发了一场冷战。他说……”以斯拉犹豫了。

“说什么？”

“他说他确信我也会受尽折磨，确信我也会受到惩罚。他达到了他那阴险的目的！”

“那你没试着搬走，搬回西部或者去雷克雅未克吗？在战争期间，这应该不算什么难事吧。你可以隐居在人群中——在这个国家，那样做是可能的。”

“我没法搬走。”以斯拉的声音又变得含糊起来，“尤其是我知道马特希德尔就埋在这里的某个地方。我不忍心丢下她而去。因为她的尸体一直没被找到，好像她从没真正离开过一样。你能懂吗？我知道这听起来像胡话，但我能感觉到她仍和我在一起。每次我上街闲逛、远眺大海或仰望远处的山峰的时候，我都能感觉到她的存在。到处都是她的身影。她仍在我身边。”他停下来，补充道，“我马上也要死了，这件事终于要结束了。”

“对于她埋在哪儿，你真的一点线索都没有吗？”埃伦迪尔再次问道。

以斯拉摇了摇头。

“你确定？”

“你觉得我在说谎吗？”

“没。”埃伦迪尔说，“我没觉得你在说谎。但因为你说雅各布威胁要陷害你，所以站在你的立场考虑，找不到马特希德尔会对你有利。”

“你个臭警察！”以斯拉叫嚷道，“你总是怀疑所有人和所有事。我猜，你肯定觉得我一直在说谎——我把马特希德尔杀了，然后让雅各布当替罪羊。你心里是不是这样想的？是我把整个故事颠倒了？”

“你的反应——”埃伦迪尔刚开口说。

“我什么也做不了！”以斯拉打断道，“这件事一直笼罩在我心头，就像对我宣判了死刑一样，直到雅各布死了。但他所做的事已成事实。马特希德尔已经死了。即使警察查出了真相也不能让她重新活过来。”

“所以，你就接受了雅各布的说法？”

“是的。”

“你早些时候告诉我，你确定雅各布绝对没有伤害过马特希德尔。这是骗局的一部分吗？”

以斯拉点点头。

“你从来没有怀疑过他的说法？”

“怀疑？怀疑什么？怀疑他是否杀了马特希德尔？从没怀疑过！至少我知道他说的都是事实。”

“但你却没有任何证据。可能她死在狂风暴雨中了。但因为你们发生了婚外情，他就故意用这个来折磨你。你想过吗？”

“我确定他说的是真话。”以斯拉顽固地重复道，并怒视着埃伦迪尔。

“你觉得有负罪感。在马特希德尔答应和你在一起前，你一直在关注她吗？是这个原因吗？”

“关注她？”

“你有没有给她一些暗示？”

“你什么意思？”

“你和她调情了吗？让她知道你对她有意思。”

“当然没有。”

“所以，你什么也没做？”

“没有，”以斯拉缓缓说道，“如果她发觉了的话。”

“但当她移情于你的时候，你却一点都没反对。”

“是的。”

“是这样吗？诱使她离开她的丈夫，你是有种负罪感吗？雅各布又拿此来威胁你，对吗？”

以斯拉没有回答。

“雅各布的死对你来说肯定是个解脱。”埃伦迪尔说道。

以斯拉不想被激怒。

“或者正好相反？因为只有他知道马特希德尔到底在哪儿？”

“嗯！”

“他把这个秘密带进了坟墓。”

“对的。”

“当雅各布溺水的事发生时，你在场吗？”

“嗯，我现在仍记得很清楚。”

“他的尸体被存放在了村子的冰库里。”

“是的，他的尸体在被送往迪尤皮沃厄尔下葬之前一直都存放在那里。然后这件事就这么不了了之了。”

“那你见了他的尸体？”

“见了，我当时负责冰库工作。”

“但你一直不知道他对马特希德尔做了什么？”

“他不肯告诉我。我一直都想知道他到底对她做了什么，但我想我现在无法知晓了。”

埃伦迪尔朝荒野望去，此刻，那里正漆黑一片。

“那晚，正是我的错才导致了她的死亡。”以斯拉嘀咕道，“我该死！此后，这种负罪感就一直陪伴着我、折磨着我。”

36

他们决定搬去雷克雅未克的那天，他最后一次从荒野上下来，帮助父亲收拾行李。这一次，他没有因为弟弟的失踪去寻找线索，而是去悄悄地对这个地方说了声再见，因为这里承载了他太多的快乐和忧愁。天刚破晓，他就动身前往，而且小心翼翼，以免吵醒父母。那是个美好的夏日，但他母亲不喜欢他独自一人在外游荡，她是这么说的。两年前，她失去了小儿子，所以她一定不能再失去大儿子。但这并不是他们搬家的唯一原因，还有其他原因。

父亲一言不发，只顾着将他们的行李搬进那辆小卡车里。这是一辆比较新的皮卡车，刚卖给了雷克雅未克的一位买主。父母同意帮忙将它开过去，条件是允许他们家用这辆车先搬家。搬往南部的只有些生活必需品：床、桌子、椅子，还有些传家宝。其他东西要不送人了，要不被扔掉了。一些零星物品等他们到了首都再购置也可以。为数不多的家畜也已经被卖掉了，一起被卖掉的还有割草机和运草马车，但母亲坚持留着她的脚踏式缝纫机，因为她相信无论他们住在哪里，缝纫机对他们一家来说都很有用。像以前一样，她一直在试着活跃气氛。但他注意到，她时常觉得很吃力，有些时候对她来说甚至很难，比如，一对年轻夫妻来家里搬贝古尔的床的时候。他们决定将它捐给有需要的家庭，当那对感到不好意思的夫妻来将床取走的时候，母亲就一直在厨房里忙活着。“把这张床带着也没什么意义。”母亲曾说过，“不管怎样，他们比我们更需要它。”但贝古尔的其他物品，她就不肯送人，而要一直留着。

埃伦迪尔一直不清楚父母到底是在什么时候决定要搬家的。他第一次听到父母讨论这事是在六个月前。这是母亲的主意。她想远离这个村子，但又不能搬到临近的峡湾或者是村子，因为这里的每一寸土地都能让她想起小儿子失踪的事。她觉得离得越远越好，最好能到一个可以让她忘记这里的痛苦并重新开始生活的地方，过上一种新的、努力上进的，并且之前从未体会过的生活。这个理想的地方就是雷克雅未克。

对于这个决定，父亲没说什么。他几乎没发表任何意见就同意了搬家这事。自从他从荒野回来后，就像变了个人似的，而且这不单单因为他失去了心爱的儿子。他面如死灰，荒野上死里逃生这件事对他产生的影响和儿子失踪那件事对他产生的影响一样深远，好像他甘愿接受自己必须一死这个事实。

父母在说服埃伦迪尔，因为他坚决反对搬家。他觉得离开家乡就像是对弟弟贝古尔的背叛，好像他们在抛弃他一样。母亲责备他说这是胡说八道；他永远都会和他们在一起，贝古尔永远活在他们心中。她告诉他，他们需要做些改变，到一个新的环境里去生活，而且有了他们的思念，他不会感到孤单的。

埃伦迪尔真的别无选择。一个十二岁的男孩对雷克雅未克能有多少了解？那里有比他想象中还多的汽车和大商店；还有被称为街区的一排排大房子，在那里，居民们挤住在一层层的公寓里；那里的大楼多到他数都数不过来，还有穷人们住的鼠患成灾的贫民窟，都是些占领军留下的半圆形活动营房。但那里有宽阔的大街，有警察指挥交通，有许多影院和剧院，有一群推搡来推搡去的人们，有母亲所说的时装店，还有整个冬天都不放假的学校，里面有上百名小学生学习。这令他感到很恐惧。这座城市对他毫无吸引力。他听说过一些人梦想搬来这里，但他不想。

当他们准备最后一次锁上家门的时候，夏天已经来临。母亲在胸前划了个十字，向老屋做了最后的告别，然后他们就上了小货车，接着车子便一颠一簸地开动了。他坐在父母中间，车子渐渐驶离巴卡塞尔，他们也没说一句话。一路上，三人都沉默不语，汽车开到埃基斯蒂尔时，父亲把车停在了一个车库旁，然后大声说道，“我要加点油。”母亲则说她要下车舒展一下筋骨。埃伦迪尔跟在她身后几步远的地方，他现在已经长大，不能再当众牵着母亲的手了。她走到路边停了下来，注视着拉加尔河，在河水沿着河道汇入大海前，河滩上形成了一个奶白色的湖泊，五千年来一直都是这样。她终于开始哭泣，偷偷地，埃伦迪尔几乎都没注意到。

他牵起她的手。

“别哭！”

“妈妈没事！”母亲小声说道。

这是他们最后一次站在这个地方。他们马上就要永远地离开了。现在就要离开了。

“我觉得我们做的这个决定是正确的。”母亲说着，从口袋里掏出一块小手帕，“但却不能保证这永远都是个正确的决定。我硬把你们父子俩拽来，可我却不知道这种未来的生活到底是什么样的。”

“我们永远都不会忘记他！”

“是的，当然不会！”她说，“当然不会！”

他们并排站着，看着奶白色的湖水，这时，他又想起了出发去荒野前他对父亲说的那句话。都是因为那些愚蠢的玩具，还有那个争来争去的红色小汽车。他没告诉过母亲他说了什么。自打那以后，他一直都感到很愧疚，甚至到了现在——整整两年过去了，这种负罪感竟然胜过了所有的忧伤。父亲好像忘记了是埃伦迪尔给他出的这个主意，是埃伦迪尔坚持要带弟弟上荒野去找羊群；也可能父亲还记得，但他不想说出来。父亲是个沉默寡言的人，从来不提过去的事。

在河的那一边，在埃伦迪尔的肉眼看不到但他的想象力却可以到达的地方，他的未来将在那里度过。

他转向母亲，回想起以前的家，他清楚地记得所有的细节。厨房里的收音机正播放着音乐。父亲已经开始穿他的户外防寒服了，并说要在夜晚来临前找回家里的母羊群，要不然它们肯定会在暴风雪中冻死，因为它们不知道自己回来。现在是在那天早上，父亲正站在卧室门边，穿他的外套，让埃伦迪尔跟他一起去找羊群。他得穿厚些，因为外面很冷。

埃伦迪尔停下正在做的事，抬起头。

“那贝古尔也得一起去。”他脱口说道。

父亲停了下来。很显然，他没想到要带小儿子一块去。他还有太多其他的事要想。

“那好吧，他也去！”

事情就这样定了。没再说什么了。母亲对两个孩子都跟父亲去找羊群表示反对，但反对无用。埃伦迪尔对此很开心。

但他却没有高兴太久。后来，自从他从荒野上被人们救回来，却发现弟弟贝古尔失踪了以后，这句话就一直回荡在他的脑海中。他几乎不敢相信自己曾说过这句话。都是他的错吗？一种强烈的负罪感压倒了他，还夹杂着一种奇怪的念头，这种念头开始涌上心头，后来变得越来越强烈，他觉得被救回来的应该是贝古尔而不是自己。他的身体变得僵硬，开始发抖，他无法控制自己的身体。他昏迷了。父母把医生请了过来。

那贝古尔也得一起去。

父亲呼喊着他们——他已经准备好再次出发上路了——母亲招手说他们马上过去。在她转身的时候，埃伦迪尔紧紧地抓着她，不要她走。

“怎么啦？”她问道。

他盯着妈妈，心怦怦地跳个不停，害怕说出他接下来要说的话。在寒冷的冬天里以及无法入睡的夜里，这句话已经在他心里说了无数次，但他还是猜不到要是他说出来母亲会做何反应。他幼小的心灵承受不了这一问题沉甸甸的分量。

“走吧！”她说道，“我们得走了。”

但他却拼命地抓着她的手。她不知道贝古尔上荒野找羊群是他的错。话就在他的嘴边，就差没说出来。他的眼角满是泪水。母亲发觉有些不对劲，用手梳着他额前的头发。

“怎么了，我的宝贝？”她问道。

他不知该怎么开口。

“难道你不想搬去雷克雅未克吗？”

此时，父亲正坐在皮卡车里，把车发动了，透过车窗玻璃看着他们。给车加油的服务员站在油箱旁，也看着他们。好像全世界都在朝他们那个方向看。

“埃伦迪尔？”妈妈催促他。

他从母亲脸上捕捉到了无比焦虑的神情。他最不想做的，最最不想做的就是增加母亲的担心。尤其是在他们的生活好不容易恢复了点儿平静，并开始接受现实的时候。

父亲按着喇叭。

时间一分一秒地过去。他让自己振作起来，还擦干了眼泪。

“没事！”他说，“就是眼睛里进了点沙子。”

他们回到小车上。给车加油的服务员已经离开了，父亲双手紧握在方向盘，眼睛望着道路正前方。他们将在这段崎岖不平的道路上行驶好长时间。

汽车经过河上的桥的时候，埃伦迪尔坐在父母中间，平静了下来。

从现在开始，他会将自己的负罪感深深地埋藏在心底。

37

以斯拉曾跟他说起过一个农夫，但当博厄斯向他提及那些熟悉狐狸洞的本地人的时候，正好漏掉了这个农夫。据以斯拉分析，博厄斯有意漏掉这个农夫的原因是他特别讨厌那个人，甚至都不愿提起他的名字。这个仇恨得追溯到博厄斯继承一小块土地时所引起的土地纠纷。最后这一纠纷在法庭上得以解决，博厄斯失去了他的一小块地，并觉得非常丢脸，两人因此结下了梁子。博厄斯发誓再也不会和那个人说话，这个诺言他已守了至少二十五年。

这个农夫名叫卢德维克，年纪跟埃伦迪尔相仿。对于埃伦迪尔的来访，他表现出爱理不理的样子。不知是因为他和博厄斯有长期的积怨，还是因为埃伦迪尔在他工作时打扰到了他。此时，他正在自家的棚屋内辛苦地维修着被拆卸掉的饲草压捆机。他解释说这个压捆机夏天就坏了，但是替换的零部件几天前才到。这服务太差了！是他的妻子指引着埃伦迪尔来到这个棚屋的，还让他提醒一下她丈夫那天晚些时候有唱诗班的练习。埃伦迪尔把这个消息传达到了。

“唱诗班的练习！”这个男人轻蔑地说道，“我才不会去什么唱诗班！”

埃伦迪尔没有回答，也搞不清这个男人是否希望自己把他的意图告诉他妻子。卢德维克曾对唱诗班的练习大加指责，特别是男声唱诗班，说他们荒谬地要求人们腾出时间来排练以进行巡回演出。卢德维克抱怨说，男声唱诗班的其他人都是些老头。除了组织一个又一个的会议外，他们也没什么事可干。但他不一样，他还有块农田需要耕作。

“你参加过唱诗班吗？”他问埃伦迪尔，“你的年纪看起来正适合。”

“没有，从来没有参加过。”埃伦迪尔回答道。

“到这里来钓鱼？”卢德维克接着问道，很自然地转换了话题。

“噢，不！”埃伦迪尔答道，“我……事实上，我想向你请教有关狐狸的事。我知道你是一位经验丰富的猎人。”

“狐狸？那你最好去请教一个叫博厄斯的人。你见过他吗？”

“实际上，我已经和他交流过了。”

“他说话狂叫，对吗？”

“你可以这样说。”埃伦迪尔婉转地说道，“但他帮了我很大的忙。”他不想这个人再继续对他说有关博厄斯的坏话。

“博厄斯就是个傻瓜！”卢德维克轻蔑地说道。

“呃，他给我留下的印象却不是这样。”

“你想了解有关狐狸哪方面的事呢？”卢德维克问，他把从压捆机上卸下来的零件放在地上，并用油抹布擦了擦手。“你不是这一带的人，对吧？从雷克雅未克来的吗？”

埃伦迪尔点了点头。他一直在琢磨如何妥帖地表达自己的请求，让自己的提问听起来不显得那么外行，而且也不会泄露太多信息，但没琢磨出来。

“这里的狐狸不多了。”卢德维克说。

“是啊,我对它们几乎一无所知,所以以斯拉建议我来找你聊聊。”

“以斯拉？”卢德维克听到了这个名字，“你认识他吗？”

“是的，很熟。”埃伦迪尔回答道，感觉这个回答也并不夸张。他可能是这个世界上最了解以斯拉的人了。

“噢，那好吧，所以是他叫你来找我的？”卢德维克问道，语气缓和了下来，“老头现在过得怎么样？”

“挺好的，我觉得。”

“以斯拉是个老好人！不管事大事小，他都愿意帮你。所以，你想知道些什么？”

“我想问，你是否在狐狸洞里见到过什么有趣的小物件，或者听别人说过在狐狸洞里发现了些东西……动物们可能叼回洞里的东西。你知道的，它们可能从附近的农田、村子里，甚至荒野上叼回一些东西。”

卢德维克疑惑地看着他。

“当然,你可以在狐狸洞里发现各种各样的东西。”他说道,“你知道有这么一句老话:‘狐狸潜伏在它的洞穴里,啃着发白的骨头。’”

埃伦迪尔点了点头。

“你在寻找什么特别的东西吗？”

“我对和人有关的一切物件感兴趣，比如，衣服、鞋子或靴子碎片，或者是我们扔在地上的那种垃圾。”

“这有可能。”卢德维克答道，“但是狐狸这种动物不像乌鸦一样是个‘大盗’。”

“你有没有在狐狸洞里看到过靴子或与之类似的一些东西？”

“靴子？什么样的靴子？”

“嗯，也不一定是靴子。”埃伦迪尔答道，“但是是像靴子那类的东西。”

“具体是哪类的东西啊？”

“不，没有具体的类型。任何人都可能丢的东西，只要是狐狸捡到的都算。我来只想碰碰运气，说不定你从其他猎人那里听过这些不寻常的零碎东西。我最近对狐狸很感兴趣。如果你记得听过这样的事，对我来说都很有帮助。特别是一些不寻常的骨头。”

“最近几年没怎么听说过。”卢德维克答道。

“那以前呢？”

“现在还没想起。但是你可以试着去问问丹尼尔·克里斯蒙德松。他住在赛第斯费约德——是个老滑头，他过去常常给这个地方的猎人们做向导。”

“丹尼尔？”

“是的，如果这个老滑头还没去世的话，他可能会帮到你。”

“好的，这就够了！”埃伦迪尔答道，他感谢卢德维克对他的帮助，还说他再也不会来打扰他了。以这样独特的方式结束谈话让他觉得如释重负。接着他转身朝向门口。和一个陌生人谈论这件事让他觉得有些不自在。

“有一个事实，是关于狐狸的，但不是所有人都知道。”卢德维克突然一本正经地说,“我不知道你是否也在思考着同一个问题。”

“什么问题？”埃伦迪尔停下来，问道。

“狐狸是食腐动物。”

“真的吗？”

“当狐狸遇到腐肉时，它会拖进自己的洞穴里，这不是什么大惊小怪的事，如果你也是这样认为的话。它可以拖动很沉的东西——我曾见过一只狐狸用嘴巴拖着一只羊羔的前半段躯体。”

“你是说羊羔或者母羊或者……？”

“不论什么东西。鸟也是。但是，狐狸不是真正意义上的食腐动物。它不会把捕杀机会留给其他动物的——它凭借自身能力成为一个非常娴熟的捕食者。但它也吃腐肉。我们经常发现狐狸把羊羔的骨头，甚至是已经完全长大了的羊的骨头拖回了自己的洞穴里，尽管我不太确定你所说的不寻常的骨头指什么。”卢德维克说，“你指的是动物的——还是人的？”

埃伦迪尔摇了摇头。“这就够了！”他重复着说道，准备朝门走去。他已经听到了足够多的信息，也拜访了很长时间。他不想再听一句：只要一想到食腐动物，他就觉得毛骨悚然。

“我没发现过什么胳膊或腿，如果这就是你想问的。”卢德维克还在说着，“虽然狐狸也有可能吃这类食物——如果一个人死在了荒山野岭的话，在过去发生过很多这样的事。我还听说过这样的故事——”

埃伦迪尔迅速逃离了，留下卢德维克在那里，一脸困惑。他赶紧回到自己的车里。这位农夫用极少且简短的话语使埃伦迪尔的脑海里浮现出了一幅恐怖无比的画面，怎么也挥之不去。

38

那天晚上，他坐在自家废弃的农舍里，用气灯来取暖，吧嗒吧嗒地喝着杯子里的热咖啡，心不在焉地吃着从便利店买回来的熏羊肉三明治。他没什么胃口，于是就把三明治放到一边，点了一根烟。他开始回忆和卢德维克的谈话，并告诉自己如果总想着狐狸的习性，没什么好处。

同时，他还想起以斯拉的故事。埃伦迪尔更倾向于相信这位老人的讲述：只要听以斯拉说一会儿，就能感受到他所受的折磨，他长期忍受的困惑以及折磨了他大半辈子的负罪感。可以肯定的是：雅各布杀死了马特希德尔，并把她的尸体埋藏地点这一信息带进了他的坟墓。对以斯拉来说，这还不能算作悲剧的终结。即使过去了六十多年，他的“伤口”还未愈合。他现在已经年老体衰，而且不断提起自己大限将至，不再指望能在他有生之年听到这一事件的终结——马特希德尔的尸体被找到。以斯拉承认，几十年前，他就已经放弃找寻她了。

埃伦迪尔重新把杯子倒满，慢慢地喝着热咖啡。雅各布杀死了马特希德尔却逍遥法外，这是毋庸置疑的。此外，他精心策划好一切后，才把实情告诉给了以斯拉，以此来折磨他、控告他，同时让他不敢出声，只能打掉牙往肚子里咽。他充分利用当时有利的条件——狂风暴雨和英国士兵所遭遇的灾难。他胆大妄为地谎称马特希德尔在狂风暴雨天出门远行。他知道如何针对以斯拉的弱点加压：与马特希德尔的不正当关系和对朋友的背叛。

在以斯拉的证词中，最显著的不足就是他找不到一个证人来帮他证实雅各布的谋杀和撒谎行为。没有目击者；他也没有跟其他人说过马特希德尔发生了什么；再加上知道真相的人中只剩他一个还活着。他的陈述是否成立全靠自己的信誉。此刻，埃伦迪尔想休息会儿：他觉得自己的调查已经取得了一定的成功。虽然严格说来，他并不是在真正调查马特希德尔的失踪一事；相反，他只是在满足自己的好奇心，而且他知道到最后没有人会承担责任。这个案子可能就是知情者出于道德舆论的压力，选择了一辈子保持缄默，最后反而成了“帮凶”。

但是马特希德尔的故事触动了埃伦迪尔的心弦；他觉得自己和她的命运息息相关，这种感觉让他觉得自己与此案有关联，尽管他还不清楚到底是什么原因驱使他调查真相。可能是因为想起了以斯拉那凄凉的处境：他注定要活在失去挚爱的悲痛中。如果他所说的是真的，那他只了解到了一半真相。而且埃伦迪尔深知这种情况下的生活是多么的不堪承受。

他对雅各布的报复行为做了一番思考；他是如何给以斯拉设圈套，让他成为他的同谋的，尽管以斯拉几乎没有参与这起犯罪。雅各布一时冲动犯了罪，可能他事先没有想过事情会是那样。这类案件通常都是由一阵狂怒引发的。狂怒之下，雅各布失去了理智，便把马特希德尔杀死了。但随后却是精心策划好的复仇：雅各布已精心算计好了一切，而且他相信承担所有罪责的那个人从此将过不上一天快乐的日子。

或者也许是这个爱情故事太凄惨，才吸引了埃伦迪尔调查的兴趣。马特希德尔和以斯拉之间的爱情还没等开花，就被这样的暴行给折断了。

下午，起风了。风通过屋檐时发出了低沉的恸哭似的声音。埃伦迪尔回顾了一下他所调查到的一切信息。这些信息都是他通过查找可能知情的人并询问他们关于马特希德尔、以斯拉和雅各布的事所得出的。他的思绪并不连贯：他所遇到的每个人、他们的故事和处境已经同东峡湾的大雾和暴风雪混合在一起，他在废弃农场里的短暂逗留，他的徒步旅行和驾车旅行，货船行驶到雷达夫尤都峡湾以及现代工业惊人的发展速度。所有的这些在他的脑海里混为一体，突然，他想起了三个当时没有太注意的小细节。第一个是以斯拉最初工作的地方；第二个是谈话中的一句话，埃伦迪尔当时没理解。要不是屋檐下的风发出的凄切声，恐怕他早就忘得一干二净了。他听了会儿风声，可想起来的事还是让他感到困惑不已。他突然想起一件事：有人听见雅各布的棺材里有响声；第三个细节是当以斯拉和他谈论雅各布的死亡，以及他的尸体是如何在以斯拉曾工作过的冰库里存放时，以斯拉随口说的一句话。它与马特希德尔的去向有关，以斯拉当时不加思考就说了出来，埃伦迪尔一直没意识到它有多大意义：他不肯告诉我。

“这有可能吗？”埃伦迪尔望向黑暗处，低声说道。

突然，他激动地从自己的轻便折叠椅上站了起来。

“他说的是在那个冰库里吗？”他大声说道。

时间不知不觉地过去了，埃伦迪尔还在绞尽脑汁地思考着这三个看似不重要的细节，试图找到它们之间的逻辑关系。他越想越困惑，直到他掐灭最后一根烟。没办法，他决定再去拜访一次赫伦德。

39

到了半夜，他突然从梦中惊醒，眨眼看看周围的环境。在气灯光环之外，他只看到了漆黑一片，但他仍记得他梦中的那个小男孩。起初，他并不清楚自己是睡着了，还是在做梦，或者是在想其他的事情。突然，恐惧向他袭来，但当他意识到这只是个噩梦的时候，便松了一口气。奇怪的是，在他小时候最痛苦的那段时间，他经常做这个噩梦，之后便一直没忘掉，直到现在它仍反复出现在他的梦里。

在这个梦中，他猛地被吓醒，发现自己正侧躺在睡袋里，身上盖着条毯子，房间里只有他一人。房门敞开着，房子里又漆黑又吓人。突然，他感觉到身后有人，便小心翼翼地转过身去，愣愣地朝黑暗处望去，一个看起来很沮丧的小男孩的幻影突然出现了，他们四目相对。

这个幻影消失了。

埃伦迪尔在黑暗中躺着，并思考着那个梦。很久以前，它就把他吓醒过。他认出了幻影中的那个男孩：就是他自己！

40

埃伦迪尔到达内斯克伊斯塔泽的养老院来看望赫伦德时，正值午餐时间，可她还在睡着。他不愿把她叫醒，于是便坐在她的床边，等她醒来。清早醒来时，他感到浑身发冷，身子怎么也热不起来；喝掉了保温杯里仅剩的一点咖啡，但还觉得冷。之后，他急忙跑向自己的汽车，打开空调让暖气对着自己猛吹，然后开车去村里的游泳池冲了个热水澡。这已经成为他最近每天早晨的习惯，他只冲个热水澡，从不进去泳池里面。那里的员工尊重他的隐私，向他道了声早安，并没表现出任何的好奇或者试着跟他搭讪。这次，他冲热水澡的时间比往日要长，因为想要恢复身体的血液循环。完了，穿好衣服后，他到加油站吃了顿早餐，把保温杯重新装满咖啡，接着开车前往内斯克伊斯塔泽。

他一直在思考昨晚那个已经成型的想法。当他突然顿悟时，他特别激动，但他越思考，越觉得难以置信。如果它是对的，那就意味他得摒弃之前的预想，包括他凭直觉对以斯拉所作出的判断。另一方面，他非常了解寒冷以及它对人的身体机能所产生的影响，特别是对心脏和血液循环的影响。鉴于此，他知道在寒冷的条件下，心脏和血液循环会逐渐放慢下来，直到几乎停止“工作”，但只要有充足的时间来介入治疗，就不会造成损伤或死亡。

赫伦德睁开眼睛，看见有人来看望她。她稍稍坐起来一点。

“怎么又是你？”她问。

“我不会打扰您很长时间的。”埃伦迪尔安慰她道。

“那好吧！”她说，“反正一般也没人排队等着见我。”

“我来拜访是有私心的。”他承认道。

“我能猜到。我还没糊涂呢。这回，你来找我又是为了什么？”

“我一直在琢磨各种想法和可能性。”

“我觉得他们都不会是最终答案。”赫伦德说。

“我又去见了以斯拉，而且我们聊了很长时间。他很悲伤，长期生活在痛苦之中。”

“是的，我能想到。”

“我们聊了很多关于他的朋友雅各布的事。”

“他告诉你关于马特希德尔的其他事了吗？”

埃伦迪尔停了下来。以斯拉向他吐露了很多事，这些他从来没跟其他人讲过，他也不打算辜负他的信任。所以，无论是谁问，最好还是改动一下这些事或是避免回答这些问题。

“他说了很多关于马特希德尔的事。他很想念她，一直都是。他非常爱她。在他这一生中，他还爱过其他女人吗？”

“没，从来没有！”赫伦德说道，“以斯拉一直都是单身达人。那他知道更多关于我姐姐的事吗？”

“目前为止，我们什么都不确定。”埃伦迪尔答道，“但事情总有水落石出的一天。”

“呃，如果你不打算告诉我实话，那你为什么还要来找我？”

“因为以斯拉。”埃伦迪尔说，“难道不是您告诉我他不出海打鱼后就在埃斯基菲约泽的一个冰库工作？就是在他不和雅各布一起出海后？”

赫伦德皱了皱眉头。“事情可能是那样的。我知道他在战后找了份那个工作，如果这就是你想知道的事情的话。”

“所以，那起海难发生时，他已经在那儿工作了？那艘渔船失事时，就只有雅各布和他的同伴两个人吗？”

“是的，那是在一九四九年。他们在回家的途中遇到了风暴，船沉了，他们两个都被淹死了。”

“然后他们的尸体都被送去冰库了？”

“嗯，听说可能是那样。”

“以斯拉那时候在哪儿工作？”

“总之，如果你想查的话，就读读那个时候报纸上的相关报道吧。这里有个不错的图书馆。你到底想知道什么？”

“没什么。”

“你问以斯拉那个时候在哪儿工作是什么意思？”

“还有一件事。”埃伦迪尔紧接着说。

“什么事？”

“雅各布被葬在迪尤皮沃厄尔。”

“对的。”

“我从哪里可以得知抬棺人的名字？”

“你想干什么？”

“我需要他们的名字。”

“为什么？”

埃伦迪尔摇了摇头。

“你到底想要他们的名字干什么？”

他看着赫伦德，继续沉默着。

“你不想跟我说吗？”她说。

“以后说吧！”他答道，“现在，我甚至都不确定自己在干什么。”

半小时后，他坐在镇上图书馆的书桌前，翻阅着一个热心的年轻女管理员给他找来的旧报纸。埃伦迪尔仔细翻阅着沉船事故发生时所发行的国家报纸和地方报纸。他在地方报纸上找到了两个较详细的关于沉船事故的报道，这证实了他所掌握的信息，但几乎没提供什么新信息。报道上说，淹死的两个人都是单身；其中一个来自格林达维克；另一个来自雷克雅未克，但他的老家是在东峡湾，他的葬礼在事故发生两天后举行。

第二份报道附有一张模糊的照片，照片上，雅各布的棺材被放进了墓穴里。埃伦迪尔认不出上面那些人的面孔，只看得出这四个抬棺人的大概轮廓，这四个人的身份被标明在照片下面的标题下。赫伦德准确地想起了其中一人的名字。在图书管理员的帮助下，埃伦迪尔查阅了当地记录，不久就找到了他家。

“他女儿住在迪尤皮沃厄尔。”在网上快速搜索后，图书管理员告诉他。

埃伦迪尔立即出发。公路沿着海岸线而建，他在一个接一个风景如画的峡湾中开进开出，沿途经过了一座座以东峡湾斜岩层而显著的山脉。迪尤皮沃厄尔这一小山村在这一带的最南部。经过两个小时的车程后，他到达了这个小村庄，并且很容易地就找到了那栋房子。他把车开到一栋维护得很好的别墅外面，熄灭引擎。别墅前门有一盏灯亮着，一扇窗里也有一盏灯亮着，可能是厨房里的吧，但他没看见里面有任何动静。在打扰这位女士之前，他决定再抽根烟。在过去的几天里，他抽了很多烟：这是他第三次有这种想抽烟的迫切和冲动了。

他踏上门廊前的台阶，敲了敲门，并思考着该如何解释他此行的目的，又该如何介绍他自己。最后，他决定说自己是来调查地方历史故事的，他对这些故事感兴趣。

没人应门。他发现了门铃，就试着按了下门铃。他听见屋里传来电视的声音。他又按了下门铃，这次屋里电视的音量被调小了。门开了，一个穿着红格子衬衫的男人站在门里，上下打量着他。

“请问阿斯塔在家吗？”埃伦迪尔问，不知道眼前的这个男人是不是她的丈夫。

这个男人对他的来访感到疑惑。埃伦迪尔偷偷地看了下手表，发现还不是太晚。

“等一下！”这个男人说着，扭头走进屋里。电视机的音量又被调大了，很快一个小个子女人走了出来。从她的面容来看，埃伦迪尔猜她刚刚可能在电视机前打了会儿盹。她身材丰满，穿着一身舒适的运动服。在晚上这会儿看到一个陌生男人来访，她惺忪的睡眼流露出惊讶的神情。

“请问你是阿斯塔吗？”埃伦迪尔问。

“是的。”

“那你应该是艾尔曼尼·弗里德里克松先生的女儿吧？他过去当过渔夫。”

“我是！”她犹豫了下，答道，“我父亲是叫艾尔曼尼。”

“我能占用你几分钟吗？”埃伦迪尔问，“一九四九年在埃斯基菲约泽发生了一起渔船失事，我来是想问一下，你是否听你父亲说起过那事？”

“渔船失事？”

“还有，你是否听说过其中一名遇难者在迪尤皮沃厄尔举办葬礼的事。我了解到你父亲是其中一个抬棺人。死者名叫雅各布·拉格纳松。”

41

再次犹豫后，出于好奇，阿斯塔·艾尔曼尼斯多蒂尔邀请他进屋。她邀请他进客厅，但埃伦迪尔说厨房里更好些，然后他拉过来一把椅子，在餐桌边坐了下来。另一个房间里，电视机发出的光在闪烁，阿斯塔的丈夫正窝在沙发上，目不转睛地看英国的犯罪剧。根据前门的门牌来看，他叫埃里库尔·霍约莱弗松。阿斯塔为她的客人煮了点特浓咖啡，还准备了一块带葡萄干的海绵蛋糕。埃伦迪尔礼貌性地吃了一小片，尽管他不是很喜欢吃甜食。

他为自己的贸然到访表示歉意，并解释说他对东峡湾的那些沉船事件非常感兴趣。其中一起事故发生在一九四九年，一艘来自埃斯基菲约泽镇的“希古尔丽娜”号渔船连同其船员一起沉入海里。在调查这起事故的过程中，他发现阿斯塔的父亲艾尔曼尼认识其中一名遇难者雅各布，并且在他的葬礼上帮忙抬棺。阿斯塔认出了这个名字。

“你父亲以前跟你或你的兄弟们说起过这件事吗？”埃伦迪尔

问。从当地的记录上来看，阿斯塔还有两个兄弟。

“他们都住在雷克雅未克。”她说，“如果你想问他们的话，我可以给他们打个电话，但我不确定是否能帮得上忙。在我的记忆中，父亲没怎么谈论过这件事。至少，没跟我们这些孩子说起过。事实上，那个时候我还没出生。他可能和他的朋友们说过，但他是一个不爱说话的人。”

“你父亲是怎么认识雅各布的？你还有印象吗？”

“他们在迪尤皮沃厄尔的一艘渔船上共事过几年，后来雅各布搬走了，但他们时不时会小聚一下。”

“那你知不知道雅各布的死有没有对你父亲造成什么不好的影响？”

阿斯塔耸了耸肩。“这里的渔民过去经常在恶劣的天气情况下出海。有一些人没有平安返回。这在小渔村是很常见的事。我想我父亲也不会为这事太伤感——那个时候好像也没受什么影响。你是对我父亲感兴趣吗？”

“不，不是特别感兴趣！”埃伦迪尔答道，“但你记得他有没有提起过那场事故中的一些不寻常的细节？”

“我不记得。”

“关于葬礼的也没有吗？”

“没有，我不知道。你想了解什么？”

“我和埃斯基菲约泽的一些人谈论过这事，其中包括一位女士，她模糊地记得你父亲曾说他听到过——或者他觉得他听到过——雅各布的棺材里传出了奇怪的声音，当他们把他的棺材放入墓穴里的时候。”

她仔细地打量着埃伦迪尔。“没人跟我说起过这个。”她最后说道。

“嗯，对于你的回答，我并不感到惊讶。这听起来像是无稽之谈。你知道的，他失去了他的妻子，还有些谣言说他妻子化为厉鬼缠住他。可能故事就是这样开始的。”

“嗯，我是第一次听到这种说法。我知道雅各布的妻子死了，但对于这件事父亲从没说过什么。不管怎样，据我所知，他没有说过。你确定你要找的人是我父亲？”

“我想，这个故事可能有点混乱。可能被人篡改过，也可能纯粹是编出来的。”

“但是你不这么认为？”

“不。”埃伦迪尔快速答道，“这仅是那起事故中一个小小的细节。我觉得我应该问问你，万一你碰巧知道的话。”

“我不知道。”

“你父亲跟你们说过雅各布和他的妻子马特希德尔吗？”

“真没说过！”

“你父亲的朋友有谁还活着吗？”

“眼下他们几乎都不在世了。嗯，除了老托尔迪尔。”

*

老托尔迪尔目前跟他的儿子、儿媳妇住在一起，离阿斯塔的家步行约两分钟。阿斯塔一告诉埃伦迪尔老托尔迪尔家的地址，他就立马起身，仓促地道别，出于礼貌，他没让阿斯塔送他到门口。他也不想引起一些不必要的怀疑。她的丈夫仍坐在电视机前。电视里传来枪击声和尖叫声。然而，埃伦迪尔如此仓促的离开使得阿斯塔对他此次唐突拜访和奇怪询问的意图更加好奇。埃伦迪尔被迫回答了她提出的几个问题，但巧妙地避开了有关她父亲、雅各布和他妻子、渔船失事的问题，以及为什么他这么关注这起事故和与之相关的人。埃伦迪尔感觉到，当阿斯塔跟他谈话的时候，心中存有一丝疑虑和不安，尤其担忧她父亲被牵扯进马特希德尔失踪一事。他不明白她的这种疑虑与担忧从何而来，当他站在门口向她道别的时候，他试着消除这种误会，但是没有成功。最后他离开了，丢下阿斯塔站在大门口，满脸疑惑。

老托尔迪尔今年已经八十五岁了，生活在一个无声的世界。他的耳朵什么也听不见了，带助听器也不管用。他能听到的也只有他内心的独白了，而且他很爽快地将其说出来，与他人分享。事实上，他一点儿也不怯于和陌生人交谈，并且总是说得很大声，像是生怕别人错过他所说的，虽然他自己听不见自己说的话。他住在儿子家的地下室公寓里，这是他儿子专门为他改造的。他的儿子把埃伦迪尔带下楼，留他们两个单独相处。埃伦迪尔向他解释了自己调查沉船事件的原因，并且重复了好几遍，怕他听不见。老人看起来对他的突然来访很高兴。这间屋子面积很大，里面有一张大小刚好的床、一台电视机、一张桌子和一个脸盆。空地方都堆满了书。

和这位失聪老人的交谈非常简单。他的书桌上有纸和铅笔，埃伦迪尔想说什么或想问什么就写在纸上，递给他看，他立马就回答了他。

“我看您读了很多书。”这是埃伦迪尔写给他的第一句话。接着，他表明了他的身份，并解释了到访的原因。

老托尔迪尔微微一笑。虽然他聋了，但是他看起来很健康，思维也很敏捷；他的头完全秃顶了；他的鼻孔因为吸鼻烟变得很黑；他用奇怪、嘶哑的喉音发着“r”这个音。

“非常正确！”他用低沉地声音回答道，“我收藏书已经有很多年了。但不知道我死后有没有人愿意帮我保管我的这些书。可能它们大多数都会被扔进垃圾堆。”

“真可惜！”埃伦迪尔写道。

老托尔迪尔表示同意。“事故那天我记得很清楚，”他接着写道，“我还记得最近发生的一些更惨的事故。”

“那您记得一九四九年的那场葬礼吗？”埃伦迪尔写道，想让老托尔迪尔回到正题上来。

“不记得了！”老托尔迪尔说，“我不在这儿。我正驾驶着船离开赫本，我那时住在那儿。但我全都听说了。海难发生时的天气应该很恶劣——刮着北风，海面上也结了厚厚的冰霜。他们把船开得离岸很近，人们甚至可以看清他们脸上的恐惧神情。如果我没记错的话，在最糟糕的时刻，那个生锈了的破船的引擎出了故障，船身被彻底摧毁，船上的两个人被抛到了船外。我猜，他俩可能会游泳——但那也救不了他们。在岸上的人一定听到了他们呼喊求救的声音。当然，他们也拼尽全力想救他俩，但天气实在是太恶劣了，他们不得不放弃了。最后，求救声没有了。”

老托尔迪尔拿起一罐鼻烟递给埃伦迪尔，埃伦迪尔捏起几粒放在手指间，把鼻子凑过来，用力地吸了起来。老托尔迪尔则把烟放在手背上，摆成一条粗线，然后用两个鼻孔使劲吸了起来。

“当时在现场看的话，肯定很恐怖！”老托尔迪尔边说边摆弄烟草罐，好像他想把它放得离自己近些。“太糟糕了！我指的是，帮不上任何忙。”

埃伦迪尔点了点头，鼓励老人继续说下去。

“总之，你可以想象得到，船沉后，他俩的尸体被冲到了岸边，随后被抬放到村子的冰库里。我猜，它们被安置在一个像担架一样的板子上。之后尸身开始变得僵硬，笔直笔直的。至少，我认为就是这个原因。”

“他们被证实死亡了吗？”埃伦迪尔写道。

“是的。当时村子里有个临时医生。他只看了下他们的眼睛就确定他们已经死了。之后他们被放进了棺材，其中一个被安葬到教堂的墓地。”

“您是从哪里知道的这些细节？”

“从我的一个老伙计那里，他叫艾尔曼尼。过去住在迪尤皮沃厄尔这里。他是我很好的朋友。几年前死了。肺癌。我们都认识其中一个叫雅各布的人，只是艾尔曼尼比我更了解他。”

“那您是怎样认识雅各布的呢？”埃伦迪尔写道。

“年轻的时候，我常在镇上碰到他。我跟他并不熟，坦白讲，我也没那个时间去了解他。他出生在雷克雅未克，只顾自己，是个十足的花花公子，跟许多年轻男子一样，特爱炫耀那些事儿。他曾经勾引过几个女孩，还为此惹上了麻烦。一旦得手，他就会立马甩了她们；但如果她们敢找别的男人就会遭到他的报复，那时他会变得非常卑鄙。”

“艾尔曼尼是他其中一个抬棺人。”埃伦迪尔写道。

“嗯，对的！之后，他们一起给他立了块墓碑。他的一个朋友皮图尔，我猜他的名字是叫这个，组织村里的渔民和船长为他进行了一次募捐。”

“艾尔曼尼应该听到了棺材里有声音。”埃伦迪尔写道。

“啊！你也听说了，是吗？”老托尔迪尔说道，突然降低了他的声音，“没有几个人知道。人们觉得这事很不可思议。后来艾尔曼尼也不提了，但它引出了各种各样跟雅各布死去的妻子有关的鬼故事。谣言说她可能钻进他的棺材里，跟他在一起了，等等。”

“人们都说她的鬼魂缠着他。”

“是的！也造成了这起事故。虽然我不知道她为什么想要报复他。”

“艾尔曼尼到底听到了些什么？”埃伦迪尔接着写道。

“我不是十分确定！”老托尔迪尔说，“他自己也有点模糊。”

“我猜是呻吟声。”

“不是，简直胡说！没有这样的事。在艾尔曼尼去世前不久，我曾经问过他一次，但是他不愿意说。我觉得他后悔提及这事。不，那声音更像是胃气或肠气之类的。”

“胃气或肠气？”

“好像是他体内有什么气体，考虑到他死后不久就被下葬，这也是有可能的。艾尔曼尼觉得他听到的就是气体的声音，并不是呻吟声。那个鬼故事是后来编出来的。还有些人说尸体在棺材里发生了位移。”

埃伦迪尔皱了皱眉。“艾尔曼尼的女儿对此好像一无所知。”

“艾尔曼尼曾告诉我，当时，为了对这事守口如瓶，他费了好大劲儿。”老托尔迪尔说，“他女儿当然不想承认。她想掩盖这件事。”

“也许吧！”埃伦迪尔写道。

“我从未听说过棺材里有什么呻吟声。”老托尔迪尔说，“要想从那样的灾难中活下来，必须得有超人的力量才行。”

“是的，可能吧！”埃伦迪尔大声脱口而出。

“有一些故事中说人可以在那样寒冷的情况下活下来。”老托尔迪尔接着说，“我曾听说，在西部也发生过一起类似的沉船事故。有三个人在快要靠岸的时候从游艇上掉进了海里。他们的尸体被打捞上来后，在村里的一个仓库里放了一夜。当时天气特别严寒，滴水成冰。第二天，当村民们去仓库检查尸体时，发现其中两个半夜爬到了地上，那已是他们能爬到的最远距离。但第三个人活的时间最长，他成功地一路爬到了仓库门口，虽然最后还是被冻死了。”

42

埃伦迪尔缓慢地开车回到埃斯基菲约泽。他心事重重，于是把车子停靠在路边，坐在车里思考自己下一步要做什么。他习惯性地点了一根烟，喝了点保温瓶里还有些温热的咖啡。事实上，这是他今天出门带的唯一的食物，但他一点也不觉得饿。相反，他十分焦虑不安，他知道应该趁早消除这种情绪。

有个办法十分奏效，他不喜欢，但不管怎样绞尽脑汁希望想出其他办法，最后得出的总是相同的结论。他想要准确的答案，同时也希望保护那些信任他的人的利益。尽管发现了恐吓和谋杀的证据，但他觉得没有理由让地方当局也参与进他的调查来。埃伦迪尔一直觉得还有一些罪行未被揭露，他还要继续单枪匹马地查下去，只要这样做不与公共利益相悖，而这起失踪事件正好是这样。他会尽量让他的发现越晚公布越好。毕竟这不是什么官方授予的正式调查。是天生的好奇心和对失踪人口的痴迷促使他深入探究这个很早以前就发生了的事件，虽然他以前从没打算这样做，但他并非一直在寻找犯罪行为：在这种情况下，犯罪行为主动找上了他。如果他没有调查这些怀疑或谣言，那么，关于马特希德尔、雅各布和以斯拉的那些故事就不会有所改变，人们仍然口口相传并习以为常。这个案件的真相仍不会被他或者世人知晓。埃伦迪尔清楚，如果按照他怀疑的线索继续追查，采取他认为必要的行动，他就必须通过官方渠道来追究此案，这就意味着在没有掌握任何实质性证据的情况下，他必须说服一个又一个权威专家接受他所掌握的信息。他的请求会被摆在无数个委员会和法官面前，他不得不参加无数次会议，陷入持续的争辩，这是他不想面对的麻烦事。即使他告知地方当局他发现的所有情况，他的申请能够不受阻碍地进入司法系统，他确信他仍不可能获得官方的点头同意。

渐渐地，他意识到他不是在调查一个案子而是两个，这两件案子有着显著的区别。当然，他们也相互关联。但毋庸置疑：第一个案子导致了第二个案子的发生。第一个案子是基于以斯拉一个人的证词，这几乎不可能去证实。没有其他证人来证实他的说法，没有确凿的物证，找不到受害者的尸体，也没有人知道尸体的下落；第二个案子与第一个案子的不同之处在于没有任何证人证言，也不确定是否构成犯罪，只是隐约怀疑。但在此情况下，埃伦迪尔相信他能找到证据的所在。他做的一切都是为了找到它。

他把车掉头，沿着空旷的路开回了迪尤皮沃厄尔。他边开车边回忆起他读到的一篇报道：一名女性被证明已经死亡，随后她的尸体被装进了密封的尸体袋里。不料，她又活了过来，赶紧被送进了急症室；他还听说过南美洲那边的人死后会把手腕割断，以免在棺材里活过来。甚至还有一个医学术语叫作“活埋恐怖症”，用来形容害怕被活埋；当一些人被证实死亡但后来又恢复意识时，他们称之为“拉撒路综合征”；还有的人在验尸的时候醒了过来。

埃伦迪尔在迪尤皮沃厄尔的墓地停了下来，仔细审视这一安宁的景象，此刻，天色昏暗，几乎什么也看不见。他带来了一盏气灯和一把铁锹，只想来碰碰运气。这一墓地面积很小，所以他觉得花不了多长时间他就可以找到雅各布的坟墓，而且他觉得今晚是处理这件事的最佳时机。他先前的顾虑被搁置在了一边。调查走到这一步，他也就没那么多顾虑了。

只峡湾的最南部下起了小雪。在秋天，大多数时候这里的天气都是温和的，地面上没有霜，这使得他的挖掘工作轻松多了。他看了下手表。越早开始，就能越早结束。他必须在黎明之前完成这项工作，而且要保证他的行为留下的痕迹越少越好。

埃伦迪尔走下车，手里举着气灯，从后座椅上取出铁锹，朝墓地方向走去。除非需要，不然他不想点灯。墓地位于主干道旁，但幸运的是，它位于村子上方，且从村子里看不到这里。现在已经过了午夜十二点，埃伦迪尔准备大干一夜。

远处传来狗吠声，他停下来听了一下，然后继续前进。墓地的周围被铁栅栏围了起来，人们可以从大门进去，门上挂着铃铛。他瞥见他的右边有一个棚屋，里面专门放工具。高大的松柏俯视着一排排坟墓，大多数坟墓都有一个鼓起来的坟头，上面竖着墓碑或十字架。二十世纪中期以后去世的人的坟墓靠后些。

他点燃了气灯，沿着一排排坟墓查看时，使用气灯照亮墓碑上的铭文。很快，他就发现地上平放着一块小墓碑，上面刻着雅各布的名字和生卒日期。他把灯光的亮度调弱了些，只留下一点光亮，然后眯起眼睛仔细看了看，同时紧张地竖起耳朵听还有没有狗吠声，然后开始工作，把铁锹铲进潮湿的草皮里。

他曾挖出过一具尸体，但当时的环境跟现在的完全不一样。那个时候是在南海岸的一个墓地里，他走的是正规的渠道，而且还有一个小挖掘机来帮忙挖开墓穴。挖出来的是一个死于罕见疾病的小女孩的棺材。这些年过去了，他还经常想起她。他也时常想起许多其他的不同类型的案子，但是没有一个案子能像这个案子一样驱使他在黑夜的掩饰下，拿着一把铁锹，偷偷地跑来墓地。

埃伦迪尔小心翼翼地用铁锹把铲下来的草皮放到一边，想待会儿再悄悄地把它们盖回去。泥土松软潮湿，他挖起来毫不费力。连续工作了大约一个小时后，他倚在旁边的墓碑上，抽根烟休息了一会儿。

在第二次休息之前，他也一直在挖。他的保温杯里还剩一半的咖啡，但是这点咖啡不足以消除他的饥饿感，何况现在这种饥饿感越来越强烈了。今晚是阴天，没有月亮，这样的环境对挖墓再有利不过了。如果有人路过这里发现他在挖坟墓，该怎样解释呢，他还没想好。但他顾不得这些了，还是得继续挖下去，只是尽量少留下一些痕迹。突然，铁锹的刀刃铲到了木头，发出了一声闷响。这个坟墓比他想象中的要浅得多，他加把劲继续挖，直到看到了雅各布的棺材，接着他赶紧把棺材盖上的土拂去。这是一个非常简单朴素的木棺材，用的是未上漆的便宜木材，但在微弱的灯光下，它看起来还完整无损。

棺材盖由四块宽木板组成。埃伦迪尔把铁锹刃插到其中一块木板下，试图将其撬起。木板在压力的作用下很容易就裂开了。接着，他又把锹刃插到另一块木板下，并像刚才一样用力把它撬了起来。

这么多年过去了，棺材上的钉子都松了，木头也腐烂了，棺材盖上的洞孔大的都能看见里面了。

他从墓穴边把灯拿了过来，并把它调亮了点，之后往棺材里照去，雅各布的遗骸映入眼帘。但遗骸奇怪的姿势让他大吃一惊！从遗骸翘起这一方面来看，死者去世时头像是向后扬起的；下颌骨从头盖骨上脱落，表明死者去世时嘴巴像是张着的；上排牙齿向外突出，但是两颗门牙却不见了；死者双手抱头，手指紧握弯曲，其骨头朝不同的方向扭曲着。他把灯举得近些，更仔细地检查了一番。他发现雅各布右手的中指断了。他放下气灯，检查了一下遗骸的长短，发现他的腿并不是对齐并排摆放着，而是像八字腿一样张开着。

埃伦迪尔弯下腰，拿灯照了照棺材里面，又用手摸了摸木头。有证据来证明他的猜疑吗？

他直起腰来，又看了下雅各布的遗骸，目光落在了他扭曲的双手和不见了的那根手指上。他记得听说过雅各布患有严重的“幽闭恐怖症”。

然后，他捡起了棺材的一块盖板，这是他刚才撬开棺材盖时弄折的那块木板。他把灯调得更亮些，仔细检查了一下盖板正对着雅各布脸部的那一块地方。他用手摸了摸，感觉到了那块木板的表面上有一些凹痕，照说在这一块地方不应该有这些凹痕的。在木块的其他地方却没有发现这些凹痕。更近距离地看了这些奇怪的凹痕后，他发誓这些是牙齿咬过的痕迹。他拿灯再次照了照雅各布断了的中指，想象着雅各布在这一小小的墓穴里拼命挣扎的场景：他使劲抓咬木板，却只是徒劳；大声喊叫，但没人听见；里面的空气逐渐稀薄直到没了。想着想着，埃伦迪尔的脸上不禁流露出痛苦的神情。

43

两小时不到，埃伦迪尔就大汗淋淋，全身都沾满了泥土，接着把铁锹放回了后备厢，坐回到驾驶座。虽然他已经尽最大努力去掩埋所挖过的痕迹，但还是可以很明显地看出坟墓被人动过。即使他把所有挖出来的土又铲回墓穴里，但鼓起来的坟头还是不能像以前那样扁平。一段时间之后，泥土才能沉降到原先的位置。他把坟头顶部的草皮换了，希望短时间内没有人来墓地祭扫。但愿村民们身体健康，迪尤皮沃厄尔镇整个冬天一直下大雪，还有，地上厚厚的积雪等来年春天再融化。埃伦迪尔耻于他的所作所为，他希望没有人发现，但他不后悔这么做。

他再次将车掉头，准备返回埃斯基菲约泽。一大清早，路上几乎没什么人，他只见了几辆车。在一些路段，路面上还有少量积雪，除此之外，全都畅通无阻。他把车内的暖气和电台打开，一边感受着温暖，听着舒缓的音乐；一边回想在墓地里发现的骇人情景。

当他开车回到自家废弃的小农场时，天空变得灰蒙蒙的。他爬进自己的睡袋，躺下之前，仔细地用毯子把全身裹起来。此时，他已疲惫不堪。由于挖墓时用力过猛，他现在浑身上下都疼痛不堪、肌肉僵硬，他觉得自己应该可以很轻松地入睡。他像着了魔似的不停地挖啊挖啊，惧怕在挖墓行动中被发现，直到最后一块草皮被放回，他才松了口气。他的胳膊和腿都很疼，手掌也磨起了水泡。他已经很久没有干这么高强度的体力活了。

尽管这样累，但他还是睡不着。一想到以斯拉在存放尸体的冰库里工作过，想到雅各布在棺材里的挣扎，想到马特希德尔的去向之谜，他就变得焦虑起来。他不知道该如何处理通过这样可怕的方式所获取的信息。醒来后，他决定去找以斯拉并跟他讲明，也许这会对他下一步采取行动有所帮助。他有许多问题想问这位老人，很多年前在冰库里到底发生了什么。毕竟，这些证据表明，当棺材盖被钉上的时候，以斯拉很清楚雅各布还活着。

人被证明死亡，后来却复活，这类情况往往是由于疏忽引起的。但是埃伦迪尔对雅各布事件的直觉让他觉得有必要去挖掘他的坟墓以搞清楚真相，因为他怀疑这不仅仅是由于疏忽引起的。以斯拉在谈话中说出的话提醒了埃伦迪尔，连同艾尔曼尼在雅各布的葬礼上听到棺材内发出了响声一起，再加上他自己的经验和对低体温症的了解，这些都让他觉得有必要去查个明白。事实上，以斯拉可以直接入出冰库更加深了他的怀疑；之后，老托尔迪尔讲的一个故事：冰岛西部的三名男子在被证明死亡后，又从他们的棺材里爬了出来，想要求救，尽管最后没有成功。埃伦迪尔坚信他应该有所行动。不管代价如何，他都不准备为他的行为找借口，而是会尽量解释他的所作所为。

那他发现了什么呢？他在墓地辛苦地发掘，最后查到了什么呢？

他找到了困扰他已久的答案：雅各布是被活埋的！他不禁脊背发凉，当看到棺材里的遗骸，识别出雅各布拼命挣扎的证据，以及从他死后的姿势可以推断出他经受了极大的痛苦——双手举起，头抬起往后仰，嘴巴张开。雅各布先是掉到冰冷的海水中，接着又在冰库里放了一晚，与其说他活着，还不如说他冻僵昏死过去。他用尽力气抓挠棺材盖板。他求生的欲望应该非常强烈，他的死亡过程肯定经历了难以言状的痛苦。

但是，还有些问题是埃伦迪尔从棺材中没找到答案的，他还需要从他人那里寻求解释。雅各布为什么会被活埋？是意外还是故意？

尽管想要完全了解一个人是不可能的，但埃伦迪尔还是觉得他很了解以斯拉那种人。他相信这位老人跟他以前遇到的罪犯们都不一样。以斯拉是一个有道德且温顺的人，就像埃伦迪尔遇到的大多数普通人一样，这些人甚至都没有接到过违章停车的罚款单。但有没有可能，就像埃伦迪尔所揭示的那样，他的内心深处潜伏着一个残忍的杀人愿望？

如果以斯拉所说的都是真的——假设雅各布杀死了马特希德尔，并一直拒绝告诉以斯拉他把她的尸体藏到了哪里——那么，以斯拉当然会心怀不满情绪，并想要报复他。七年后，雅各布的命运已被注定了，显而易见。那么，以斯拉在其中又扮演了什么样的角色？他当时知道雅各布还活着吗？他们是否交流过？雅各布告诉了他马特希德尔的尸骨在哪儿了吗？

只有一个人可以解答这些问题，埃伦迪尔下定决心尽快去找他谈谈。

44

你为什么躺在这里？

这一问题隔一会儿就被问起。但随后他又忘了，直到它再一次被问起，这时他便再也不能忽略它了。他觉得这个人像是来虐待他的。这个人可能是一位迷路了的旅行者，在某种奇特的巧合下被冲到这一陌生的海岸。这个人长得像站在乌达莱特悬崖上的猎人博厄斯。

然而，这个人并不是博厄斯，而是一个陌生人。他的答案并不能满足这位旅行者，而他也被他的窥探弄得十分生气。此外，他再一次感受到了在这个人的影子里还有另外一个人影在畏缩不前。他虽然猜不出是谁躲藏在那里，但他强烈地感受到了有人在那里。

他知道自己害怕这个人的出现。

“你为什么要躺在这里？”这个声音问道。

“为什么我不可以躺在这里？”

“你觉得你应该躺在这里吗？”

“是的。”

“为什么？”这个人问。

“因为……”

“什么？”

“跟你一起的是谁？”埃伦迪尔问。

“你想见他吗？”

“他是谁？”

“这取决于你。如果你想见到他，你当然可以见到。”

“他是谁？他为什么要躲起来？”

“他并没有躲起来。是你在躲着他。”

旅行者的身影慢慢退去，然后消失不见了。他想起来他曾在哪里见过他。

“是你吗？”他小心翼翼地问。

“你记得我？”

“不要走！”他说，尽管这个影子在恐吓他，“不要走！”

“我不会走很远的。”

“请你留下来！告诉我，谁跟你在一起。他是从哪里来的？他是谁？”

他逐渐恢复了意识，感觉到寒冷控制了自己。他的耳边仍模糊地回荡着自己无声的呐喊。他花了很长时间才想起来自己身在何处。他现在不仅全身麻木，而且寒冷也影响到了他的大脑神经；他的思维变得飘忽不定，失去了理性。然而，这并没有让他特别的担忧。他停止了担忧。

寒冷驱使他去想一些让人感到温暖的方法。他想起了一些能让身体恢复正常体温的老法子，这些法子是他在书中读过的。当没有其他办法时，最简单有效的法子就是用正常人的体温去温暖低体温症的患者，无论这些人是从海上被救起的船员，或是在暴风雪中走失的人们。施救者脱掉自己的衣服在患者的身旁躺下。有时，患者的两边都躺有施救者。

他想着如何寻来温暖。

他想着温暖的阳光。

母亲的微笑。

她温暖的抚摸。

炎炎夏日在河边玩耍的日子。

他把脸朝向天空，想象着在仲夏的太阳下晒太阳。

突然，他想起了这位旅行者，并想起自己曾在哪里见过他。他想起了在巴卡塞尔这里，有一天，他们家里突然来了一位客人，这位旅行者中途过来见了下他们，之后便接着赶路了。那年春天特别冷，干草几无收获，山坡上的积雪到了夏天仍未融化。他想起了这位旅行者跟他母亲说了件有关贝古尔的怪事。他至今还能想起母亲当时吃惊的样子。

他一直不知道这个人从何而来，或将去往哪里。短暂的逗留后，这个人便消失在了荒野中。也许那时他正打算途径哈瓦斯科山口，前往雷达夫尤都，或者打算走那条围绕着冰川山脚的老路，沿着哈德斯卡菲山的山脚一直往北走，去往赛第斯费约德。在巴卡塞尔常常会看见一些意外访客，他们看起来像是远道而来。他的父母总是邀请他们来家里休息一会儿并盛情款待他们。其中一些像这个人一样，独自一人；而另一些则是三三两两结伴而行，或成群结队而行，他们经常兴高采烈，气氛融洽。有时，一些人会请求住宿一晚，父母就会在他们男孩子的房间里给他们安置一张床，甚至也有外国人来过他们家——试着用手势来让父母理解他们的意思——请求给点水喝或者在他们家的土地上扎营。

从他的举止和装备来看，埃伦迪尔觉得这个人是一位经验丰富的徒步旅行者。他倚在门外的漂亮手杖更是加深了埃伦迪尔对他的印象。他的脚上穿着一双厚底鞋，鞋带系在小腿处；腿上穿着一条宽松的运动裤；上身穿着一件皮夹克，扣子到了脖子处；戴着露指手套。一边说话一边用粗壮的手指抚摸着自己的胡子。

他坐在埃伦迪尔父母家的厨房里，享受着主人端来的咖啡和食物，似乎对这个家里的一切都很好奇。他们一块儿聊天气，特别是那年春天的恶劣天气，聊这一地区和这里的风景。他还询问了许多地方的地名，好像他从来没去过那些地方。他可能是从南部来的，甚至可能是从雷克雅未克一路过来的，这个大城市好像跟世界上的其他大都市一样遥远。埃伦迪尔不敢跟这位客人说话。他在餐桌边来来回回，偷听大人们的聊天。贝古尔站在他旁边，认真地听客人说话，当客人喝他的咖啡和吃他们的母亲为其准备的三明治时，贝古尔一直盯着人家看。

这位客人时不时地会往两个男孩所在的方向瞅一眼，然后微微一笑。贝古尔很大胆地迎上他的眼神，而埃伦迪尔则很害羞，每次都故意躲闪开，之后便彻底离开厨房，去卧室“避难”。至今，他仍能想起这个人亲切的表情、真诚的眼神以及眉宇间的智慧。他是个和善的人，但他的身上仍有些品质让埃伦迪尔感到害怕，让他觉得跟陌生人同处一室很不安，最终这种不安感使他溜出了厨房。他想让这个人离开。他说不出是为什么，但他感觉这个人的出现不是什么好的预兆。

埃伦迪尔再次出来时，这位旅行者准备起身离开。他感谢他们的热情招待，现在正站在院子里，手里拿着他的手杖。他和贝古尔简单地说了几句，贝古尔当时正和父母站在屋外，送这个人离开。这个人离开时跟他们的母亲说了几句奇怪的话；当他向她断言贝古尔的命运时，一直对着她微笑。

“你的儿子拥有美丽心灵。我不知道上帝还能允许你养他多久。”

此后，他们再也没见过这个人。

*

他确信，在这寒夜中间歇性地拜访他的这位旅行者就是当时来到巴卡塞尔并对贝古尔的命运做出“裁决”的人，真是不可思议！这一“裁决”如此准确，却又如此残忍！他的意识渐渐减弱，并开始对跟随着这个人的人影产生怀疑，它一直像个影子似的跟着这个人，却从来不现身。

45

埃伦迪尔听到以斯拉的棚屋里传来木槌的敲打声。他昨晚睡得出奇得好，一觉睡到了下午两点。和往常一样，他先去游泳池冲了个热水澡，然后去自助餐厅吃了一顿晚午餐，享受到了新鲜的清蒸鳕鱼、土豆，还有黑麦面包。他把鳕鱼和土豆涂了很多黄油，又在面包上涂了厚厚一层黄油，好像增加卡路里能将昨晚干活后留在骨头里的寒气一扫而光。

他漫步到了棚屋。门是敞开的，以斯拉拿着木槌坐在里面，用同样不变的节奏在敲打着干鱼片。埃伦迪尔从容地看了他一两分钟，但他没有注意到他再一次来访。埃伦迪尔这次没有看到猎枪的踪影。老人表现得很镇定，但是他的动作暴露了他是故作镇定——除非这只是一种习惯。

“你又来了？”他连头也不抬便开口说道。虽然他刚才就感觉到了埃伦迪尔站在那儿，但他并没有发火。“我再也没有什么可以告诉你的了。”他接着说，“你骗我说出了所有的事。我不该把所有的事情都告诉你。我不明白我为什么那样做——你又没有要求我。”

“不，我也不能要求你那样做！”埃伦迪尔说，“但事实是你确实那样做了。”

以斯拉抬起头来。“你把我当傻子吗？”

“不敢！”埃伦迪尔答道，“如果这里有人是傻子的话，那么，这个人肯定是我。”

以斯拉刚才从塑料桶里重新拿出一条干鱼片，举起木槌，不停地敲打着。但现在，他停了下来，将举起木槌的手放了下来，看着埃伦迪尔。

“你什么意思？”

“我想谈谈您的朋友雅各布。”

“谈他什么？”

“我不确定！”埃伦迪尔答道，“你跟我讲的故事，还能提供更多详情吗？”

“没什么可提供的了。”

“你确定？”

“当然！”

“恐怕不是这样吧！”

以斯拉放下木槌，接着把干鱼片又丢回桶里，站了起来。

“我没什么可讲的了。”他说，“如果你不再来烦我，我将非常感激！”

他起身，把埃伦迪尔推出门外，然后拖着沉重的步伐重回到屋里。他今天上身穿着一件肮脏的防寒夹克，双肩耷拉着，帽子耳朵也贴在了脸上。埃伦迪尔犹豫着，不确定他是否还想揭开更多的旧伤疤，也不清楚自己这样做对不对。自从昨晚他掘完墓离开迪尤皮沃厄尔后，他就一直在想他自己或者其他人最好了解一下以斯拉到底想要掩藏他和雅各布间达成的什么秘密约定。埃伦迪尔对自己有这种好奇心感到很开心，但即使他是一名警察，这也不是他该管的事。如果相信以斯拉所说的，那么，雅各布犯下的唯一罪行就是谋杀了马特希德尔。而他如何处置了她的尸体将会是一个永远也解不开的谜。这种情况不属于刑侦调查范围，也不可能变成一起刑侦调查案件。以斯拉是否告诉过其他人？埃伦迪尔不会强迫他说出来。总之，多年后真相浮出水面，从中受益的将会是谁呢？为什么要重提最好不被打扰的事呢？最好莫惹是生非！

这么多年来,埃伦迪尔一直在考虑这些问题,但很难得出结论。每个案件都应按其具体情况具体处理。他倒是希望自己从来没窥探过以斯拉的私事，但现在太晚了。他知道了这些令他再也忘不了的事，想寻求一个答案也是可以理解的。惩罚或者让不幸的人入狱都不是他的本意。他只是想揭开每一案件的真相，查出被丢失和被遗忘的真相。

正是这一目标让他现在迈着沉重的步伐跟着以斯拉进入他家。以斯拉没有将门反锁上，这让埃伦迪尔心中燃起了希望的火焰。他知道他永远也无法帮这位老人免除惩罚，但他可以倾听他的故事，并试图去理解他的做法。帮他卸掉身上背负着的马特希德尔失踪一事的包袱，这显然对他有好处。以斯拉自己对埃伦迪尔说出来，可能因为他是个完全陌生的人，也可能因为他察觉到了他不会审判他。

“你为什么跟着我？”以斯拉问。此刻，他正站在厨房里的水槽旁，“求你离我远点！”

他的语气不够坚定。他转过身，背对埃伦迪尔，倚靠着水槽，呆呆地望向窗外。

“我想跟你再聊聊关于雅各布的事。”埃伦迪尔说。

“呃……关于他，我没什么好说的了。”

“让我重复一下我的问题：您跟我讲的故事，您还能提供更多详情吗？”

以斯拉转过身来，直视着埃伦迪尔的眼睛。

“请你离开，好吗？”他回复道，“求你了！走吧！我再也没什么可说的了。我已经把要说的都跟你说了。”

“雅各布长有龅牙吗？”

“什么意思？”

“我没看过他的任何照片，但在我的印象中，他的门牙往前突。”

“你可以那样认为。”以斯拉困惑地答道，“你现在是想跟我讨论牙科学？”

“也许吧！他死的时候发生了什么事？”

“你指什么？”

“当人们把他送到冰库交给你的时候，他已经死了吗？”

以斯拉目瞪口呆。“当然，他当然死了！”

“你确定？”

“绝对！”以斯拉答道，“他们两个都被证实死亡了。”

“医生不是当地人。”

“是的，他不是这一带的人。”

“他做过一段时间的临时医生，但他并没有很仔细地检查雅各布的尸体，对吗？”

“我又不是医生！”以斯拉抗议道，“而且你知道的似乎比我还多。听着，我不知道你在说些什么。现在，我只想要你离开！”

“你听我解释！”埃伦迪尔赶忙说，“我突然想到，雅各布被送来冰库的那天，你在值班。他们都以为他和他的同伴一样属于溺水身亡。也许那个医生的医术不精；也许他以为他能侥幸不被发现，所以只仔细地检查了其中一人的状况，因为他们两个当时遭遇的情况相同——船沉溺水；也许他听雅各布的心跳时并没有听得足够仔细。我不清楚你是否知道在极低温的情况下，人的心跳速度会放缓，所有的身体机能会变缓，呼吸也会变得虚弱。医生稍不注意就可能没注意到雅各布实际上还没死。”

“我不明白你的意思。”以斯拉说。

“这就是我昨天去迪尤皮沃厄尔的原因，因为雅各布埋葬在那里。我和一位很友好的老人托尔迪尔聊过，你可能认识他吧？他告诉了我一个非同寻常的案例——在冰点温度下，人依旧能存活。我想，你可能也记得三个西部男的落水的故事吧。他们的尸体从海里打捞上来。但那天晚上，谁都没有意识到他们还活着，所以他们其实是在仓库里被冻死的。”

以斯拉一言不发地看着他。

“前几天，我还同一位女士聊过，她父亲曾为雅各布抬过棺材。当雅各布的棺材放进墓穴时，他听到棺材里面有声音。那声音听起来很熟悉。”

以斯拉没有反应。

“你还不明白我在说什么吗？”

“不明白。”

“她父亲曾提过此事，因此惹来了许多麻烦，后来就后悔说过那样的话。但是，当我把所有这些事实放在一起时，我就觉得我应该到墓地那里停一下，去看看雅各布的坟墓。”

以斯拉仍没有反应。

“你和马特希德尔的故事确实打动了我，以斯拉——雅各布对她的伤害，还有他对你的伤害。我可以想象你所经受的痛苦和折磨，所以我就开始思考是什么让好人去实施报复行为，让他们犯下这么可怕的罪行。”

以斯拉转过身去，再次呆呆地望向窗外。门是开的，在微风中摇摆，生锈的门铰链在吱吱地响着。

“他们认为这是在报复。”埃伦迪尔继续说。

“我不懂，为什么你就不能让我一个人静静！”以斯拉小声说。

“‘他不肯告诉我。’这是你对我说的。”

“我不懂。”

“当我问你他是否告诉过你马特希德尔的尸体藏在哪儿时，我们曾聊过。沉船之后，雅各布的尸体被捞上来，之后被送到了冰库。你告诉我说：他不肯告诉我。那是发生在冰库里的吗？”

“我不懂你在说什么。”

“他那时候还活着吗？”

以斯拉没有回答。

“昨晚，我挖出了雅各布的棺材。”埃伦迪尔说。

慢慢地，以斯拉从窗外转过身来，好像不确定他所听到的。

“我把他的棺材打开了。”

以斯拉吃惊地看着他。

“我特别想知道！”埃伦迪尔说，“我特别想知道发生了什么。甚至无法控制自己！”

“你疯了吗？”以斯拉喘着气说，“你觉得我会相信你的这些鬼话吗？从我家滚出去，不要再来迫害我了！我烦透你了！”他提高嗓音，“我以为我可以相信你，但是你的想法太荒唐了。太荒唐了！立即停止吧！”

“我知道你不会相信我，所以我给你带来了我在雅各布的棺材里找到的东西，”埃伦迪尔说着，伸手去拿口袋里的东西，“我不知道你是否能认出它们。”

他走到以斯拉站着的地方，把从口袋里的东西取出来，放在桌面上。

起先，以斯拉一直盯着他看，之后才低头往下看。他皱了皱眉头，表示不认识埃伦迪尔放的是什么东西。

“这些……这些是什么东西？”他轻声问道。

“靠近点看！”埃伦迪尔答道。

以斯拉弯下腰，仔细地检查这些小东西。一共有两个：小小的、呈灰白色，似曾相识，但他仍不明白是什么。它们看起来像形状怪异的小鹅卵石。

“这些是什么东西？”他又一次问道。

“他用尽全力撕咬棺材盖板。”埃伦迪尔答道。

“你什么意思？”

“你还没认出它们吗？”

“没！”以斯拉说，“我认不出来。告诉我这些是什么东西！”

“他的牙齿！”埃伦迪尔答道，“这些是雅各布的门牙。它们就落在棺材里，雅各布的遗骸旁。”

46

埃伦迪尔对以斯拉的反应并不感到惊讶。他从水槽跌跌撞撞地往后退，一只脚没站稳，撞翻餐桌，跪了下去。埃伦迪尔上前去扶他，但他把埃伦迪尔给推开了。

“离我远点！”他吼道。

埃伦迪尔并没有走开，反而把桌子摆放好，并弯腰去捡掉在地上的杯子和盘子。

“走开！”以斯拉大喊，并将视线转向了那两颗牙齿。

埃伦迪尔把牙齿捡起来，重新放回自己的口袋。他早就知道他需要拿出证据来让以斯拉信服他确实挖了雅各布的坟墓。透过微弱的灯光，埃伦迪尔看到棺材板上散落着两颗牙齿，当即就决定把它们带走。他不相信鬼魂之说，但即使这样，把它们带走并留在车里还是让他觉得隐隐不安。

“你干的是什么恶心人的事？”以斯拉从极度震惊中缓过来后，对埃伦迪尔吼叫道，“你怎敢？”

“我检查了雅各布的遗骸，那样子看起来很可怕。”埃伦迪尔说，“头朝后仰，下巴裂开。”

以斯拉瘫倒在角落的一个破藤椅里，低着头，似乎不敢再看埃伦迪尔，且脸色发白。

“你想听我解释他的牙齿为什么会掉下来吗？”埃伦迪尔问道，顺手拉过来一把椅子，坐了下来。

“你算老几？”以斯拉咆哮着，仰起他那受伤、愤怒的脸庞，“谁会做这种事？你可真恶心！”

“有人告诉了我一些事，我才想那么做。”埃伦迪尔接着问，“我想知道，雅各布被送去冰库后到底发生了什么？”

以斯拉沉默不语。

“我怀疑，他的牙齿掉落跟我在棺材盖板上看到的凹痕有关。你想知道我是怎么想的吗？”

以斯拉双手抱着头坐着。

“你能面对事实吗？”埃伦迪尔问。

“这些牙齿也可能是从别处来的。”以斯拉表示不服，反驳说。

“不，这绝不可能！”埃伦迪尔也反驳说，“你是知道的！”

“我求你！请看在上帝的份上，走吧，再也别来了！我不知道你为什么总来迫害我。我没有做过什么伤害你的事，我甚至都不知道你是谁。你欺负我，让我告诉了你关于马特希德尔的事。这还不够吗？就让我平静地奔赴坟墓吧！”

“那雅各布有没有告诉过你，他对她做了什么？”

“没，他从没告诉过我。可怜可怜我，你走吧！让我一个人静静！”

“就算希望很渺茫，我也想帮你找到她。”埃伦迪尔说，“你问我为什么不让你一个人静静。我懂你的意思，同时我也希望你能理解我。”

以斯拉的脸仍埋在胳膊肘里。

“很简单！”埃伦迪尔继续说，“我想要帮助你！这就是我能给予你的唯一答复。而且我想这就是我目前所做的，尽管你可能很难理解这一点，特别是现在。但是，我想找到马特希德尔。如果你知道她在哪儿，以斯拉，请告诉我；如果你不知道的话，我会尽我所能帮你找到她。”

“我不知道她在哪儿。”以斯拉答道，“而且你永远也不可能找到她。”

“我不是在追捕犯人，”埃伦迪尔接着说，“不是在查找罪行或者给予严惩，也不是在做警察该干的事。你不需要害怕我会泄露秘密。最终，总会有人注意到迪尤皮沃厄尔墓地被人挖过。我不知道还要多久——可能过几天或几周，也可能过几个月。我找两个当地人打听过雅各布的事。他们可能会把这两件事联系起来，但他们不知道我是谁，也不知道我从哪儿来，只知道我在调查东峡湾的沉船事件。而且，即使他们发现雅各布的坟头被人动过，也没有人会想到棺材被人挖过。看起来仅像是破坏小墓地的行为。至少，我是这么希望的。”

以斯拉没有打断埃伦迪尔。

“我所想做的就是找到马特希德尔！”他说，“在这点上，我们两个一样，如果没有其他事的话。”

“其他事？”以斯拉问。

这回轮到埃伦迪尔词穷。

“你还没找到你弟弟。”以斯拉温和地试问道。

“是的。”

“但是你觉得你能找到我的马特希德尔？”

“我不知道，”埃伦迪尔承认道，“你必须告诉我关于雅各布的事。我知道，要你说出那些往事很难，尤其是已经过了这么多年。但是你必须告诉我。”

“我没什么可说的了。”

“以斯拉，请你帮忙找到她。”

这位老人仍沉默不语，十分顽固。但是埃伦迪尔不打算就这样放弃，他接着说他是怎样下决心去挖雅各布的坟墓的；他跟以斯拉、赫伦德的谈话是怎样引起他的猜疑的；他对人类抵御极寒能力的关注是如何促使他们说出更多此类事例的；这种关注源于他的工作经验。他告诉他，租来的车里有把铁锹，这把铁锹对他夜间挖掘坟墓发挥了很大的作用。他还特别怕有人路过，看到他的行为并发出警报。埃伦迪尔想要赢回以斯拉的信任，让他觉得自己小心谨慎、办事可靠。他还描述了一下棺材所用的木板是怎样的。已经过了五十多年，如今这些木板轻易地就被他撬开了，但仍能看得出来它们当时被钉得有多牢固。

“我不想听！”以斯拉抗议道。

“但你会听的。”埃伦迪尔说，“不要再说没什么可说的了。我觉得你犯了很严重的罪，以斯拉。”

“我想知道马特希德尔的下落——这是我唯一的想法。自从她失踪后，这成了我唯一关心的事。我想知道她在哪儿。”

“我理解。”

“我现在所想的或者能想到的，就是她当时受了什么罪。”

“那是可想而知的。”

“我想要报复。”

“我确定你也那么做了。”

以斯拉又垂下眼睛。“棺材盖板上有什么凹痕？”他含糊地问道。

埃伦迪尔没听见他问。

“你说，你看见棺材盖板上有凹痕。”

“我认为雅各布当时下葬时肯定还没死。他仍有力气去抓咬棺材盖板，但没有持续很长时间，因为很快他就窒息而死了。但是我能想象得到，他意识到了自己被封在了棺材里。他死的时候肯定极其吓人，那种可怕是无法用言语描述的。”

以斯拉坐直了，直视着埃伦迪尔，好像已经做出决定。

“他是活着的！”他说，“另一个人——他的同伴——在海里就死了。但是雅各布活了下来。而且……”

“而且什么？”

“我没有告诉过任何人。我保守着这个秘密。我是唯一知道这个秘密的人。”

他又用手捂住了脸。

“上帝啊！”他呻吟道，“因为我当时的所作所为，我至今还在做噩梦。”

47

那天早上，风暴来袭，大部分渔船在中午过后不久就回到了海港。人们没有预料到恶劣的天气竟影响到了遥远的北部——天气预报称有强风和弱降水——但是午饭时间过后没多久，天气急剧恶化，狂风大作，卷起巨浪拍打着海岸，还裹挟着雪花与严寒。这场风暴影响到了全国，最北至沃普纳菲厄泽，风力达到了十二级，气温骤降。

以斯拉以前在冰库里工作过几年，尽管那时冰库里没有冰。现在，冰库已被一个开办两年的水产加工厂所取代。过去，那栋大楼常被用来储存渔船队和石油加工厂的设备，并由以斯拉看管。当时，他正在收拾捕鱼用的诱饵盒，有人过来告诉他，今早有一艘船出海至今还没回来，而雅各布和另一个男的就在那条船上。人们越来越担心，打电话给临近村子的村民，问他们有没有看到那艘船停靠在了他们那里的港口，但都说没有。那时，狂风已是非常猛烈，以至于走一小段路去邻居家几乎都不可能。

自从雅各布告诉以斯拉马特希德尔死了以后，两人就再也没见过面了。以斯拉听说，雅各布从埃斯基菲约泽搬走已有一段时间了，然后在霍拉费约杜尔市的埃基斯蒂尔和赫本生活了一段时间。有谣言说，在战后的经济繁荣期，雅各布发了点小财。但两年后，他又搬回了埃斯基菲约泽，租下了他和马特希德尔在一起生活过的那间屋子。他还被重新聘回“希古尔丽娜”号渔船上干他的老本行，从那以后，就一直跟着渔船出海捕鱼。他很少有机会来冰库，所以他们两人就没什么交集了。尽管雅各布一直没有再婚，但是他与其他女人有染；而以斯拉在遇到马特希德尔之前是单身，现在仍是。

在第一次灾难性的碰面后，以斯拉又去见了雅各布两次，求他告诉自己，他到底把马特希德尔的尸体埋在哪里了。两次乞求都被拒绝了，雅各布还嘲笑他、羞辱他是个“花花公子”。然而，每当雅各布提出要将这件事报给地方当局时，以斯拉便失去了问下去的勇气；转而，他想出了一个可以逼迫雅各布告诉他真相的办法。他天生就不是一个暴力狂，也知道从这个混蛋那里是问不出真相的。他也没钱去贿赂他。此外，出于自保的目的，雅各布也不会轻易说出来的——这个事实他不能否认。当两人最后一次见面时，雅各布反复强调，如果以斯拉知道马特希德尔在哪儿，就会利用这一信息指控他犯了杀人罪。但是，没有找到的话，以斯拉就没法指控他，警察也没法审讯他。“对我们两个来说，她的尸体一直不被找到，那样最好！”雅各布说，“说她在荒野上被冻死了，这样最好！”

以斯拉将冰库门锁好后，迎着强风，沿着斯坦嘉塔，迈着沉重的步伐往家走。这时，一个人从他身边跑过，大声说一艘渔船在峡湾的另一边沉了。“他们说是‘希古尔丽娜’号渔船！”以斯拉不知道这个人将前往哪里，想着要不要跟他去看看。但随即那个人就在风雪中消失得无影无踪了。他低下头继续迎着风雪往家走。到家后，他脱下上面满是雪的外套，把它挂起来，让它慢慢晾干；并把咖啡壶放在煤气灶上想煮点咖啡喝；得过一会儿，屋里才能暖和起来，他冰冷的四肢也才能恢复知觉；在火炉旁坐下后，他开始把鱼干往嘴里塞，狼吞虎咽地吃了起来，同时想着失事的船只及其上面船员的命运。如果他听到的消息是对的，“希古尔丽娜”号渔船真的沉了，船上的人会没命吗？雅各布死了吗？

吃完鱼干后，他的四肢开始暖和起来。这时，他听见门外有人大声敲门。他起身，开门一看，是和他一起工作的男孩法尔迪。法尔迪快步走进屋里，他的身上落满了雪。以斯拉随即把门关上。

“你必须回去开冰库的门。”这个男孩告诉他，“他们想把尸体放到里面。”

“尸体？”

“‘希古尔丽娜’号上的两个人都淹死了。”法尔迪说。

“雅各布死了吗？”

“他和奥斯卡。发动机出故障了。他们在海上毫无办法。我听到的就是这样。”

当法尔迪重复他所听到的片言只语时，以斯拉穿好外套，戴上厚厚的手套和帽子，返回冰库。以斯拉后来从两名目击者那里得知了整个事件。这两名目击者当时正在岸上等待尸体打捞上来，所以清楚整个事件。他们和其他几个人开车经过埃斯基菲约泽附近的山脊时发现霍马波吉悬崖附近的海面上有个亮光，那个地方叫斯科雷丽。当时，他们自己也深陷困境，准备掉头返回，但立刻想到那一亮光意味着有一艘船正靠近海岸，并面临危险，便尽可能快地开往海岸。透过白色的海浪，他们发现那艘船朝斯科雷丽那里的岩石开去。他们看到船上有两个人影，那两个人看起来像是被冻僵了，浑身湿透，正在努力求生。之后，渔船似乎不动了——至少他们听不到引擎的声音了——但那时，狂风的呼啸声是如此的震耳欲聋，以至于他们连自己的喊叫声都听不清了。这艘船迅速且不可阻挡地朝海岸撞来，直到撞上了悬崖。虽然岸上的这些人有绳子，但无论怎么使劲扔，绳子还是扔不到船员那里。狂风巨浪不断拍打着悬崖，船也无法靠岸。船在触礁后突然开始破裂，并被海浪卷走，高高地被顶在浪尖，打翻，然后又猛地被扔向悬崖，摔成了碎片，这一切都发生在他们眼前。船上的两个人被甩进了海里，然后被大浪卷起摔到礁石上，在退潮后不见了人影。过了很久，他们才看到一具已无生气的躯体浮出了水面，先是在船的残骸上，随后又到了礁石上。他们把绳子拴到一名施救者的身上，把他一点点放下去，尽量接近这名船员；这名施救者成功地抓住了这个已无生命迹象的船员，并把他拉回了岸边。猛烈的撞击过后，他全身的骨头都散架了。他们判断他已经死亡。之后，他们向另一名船员大声喊去，但是没有回应。在这么冰冷的海水中，这名船员要想存活下来几乎是不可能的。渔船的残骸散落在海面上。时间一分一秒地过去，施救者们也湿透了，不停地打颤，他们放弃了寻找另一名船员的希望。就在这时，他们中的一个人发现在悬崖底下有一个人影，那个人朝下趴着，满脸是血，头上有个很长的伤口。

等以斯拉返回冰库时，冰库外面已聚集起一大堆人，尽管他们在狂风中被吹得连站稳都很难。一名来自雷克雅未克的临时医生很年轻，也显得有些紧张，他给这两名船员签发了死亡证明。四名目击者把两名船员的尸体直接抬来了冰库。因为以斯拉听了他们的讲述，所以事情似乎变得非常简单。“希古尔丽娜”号渔船的船主吩咐说，在死者的亲属前来确认之前，这两名船员的尸体要一直存放在冰库里。据说，雅各布有亲戚住在迪尤皮沃厄尔，但是他的同伴奥斯卡来自冰岛西南部格林达维克的一个村子。奥斯卡曾是一个流动的渔夫，到了捕鱼季节，他会在全国不同的地方工作，包括埃斯基菲约泽。他才来这里工作没多久。船主不知道该和谁联系来为他料理后事。

以斯拉立即着手为这两具尸体安排了一个地方。他搭建起支架，把两片旧木板放在上面，然后把尸体并排摆好。他们就像是两个大冰块。其中一人的脸上血肉模糊：好像是雅各布。

围观的人群很快就散了，现在只剩下以斯拉一人留在这一安静的大楼里。当时已经接近午夜。经过一天漫长的工作后，他疲惫不堪且浑身打冷战。他在想着，是该给尸体守夜，还是回家睡觉？他还没反应过来——雅各布已经死了。这个他恨之入骨的人，他曾多次想报复的人，现在却死了。他不知道，雅各布的死对他自己意味着什么，或者对马特希德尔的命运意味着什么。但有一件事是肯定的：他再也找不到马特希德尔的尸体了。看着躺在木板上的雅各布血迹斑斑，以斯拉对这件事的意义逐渐清晰了起来。他最好还是放弃寻找马特希德尔。

“该死！”他小声说道。

暴风雪慢慢减弱，但是狂风仍在大楼周围呼啸，在屋顶上怒号，把椽木吹得吱吱作响。光秃秃的电灯泡吊在一根电线下摇晃个不停。

“该死！”以斯拉又一次小声说道，“我真该亲手杀了你！”

他决定回家睡觉，说服自己不该由他来为他们守夜：其中一个，他根本就不认识；而另一个，他恨之入骨。

*

经过一个短暂的不眠之夜后，第二天早上，他早早地回到冰库来上班，惊讶地发现雅各布从木板上滚落下来，掉到了地上。以斯拉赶紧跑过去，扶他坐了起来，又费了好大劲把他搬回到木板上。他不清楚，雅各布是怎么从板子上掉下来的。当他把雅各布搬回去的过程中，他的头撞在了木板上，以斯拉觉得他的尸体里发出了一声微弱的呻吟声。他检查了另一个人的尸体，并试着动了一下他的腿，但他的肢体僵硬，无法弯曲：整个尸体都是僵硬的。他觉得雅各布的尸体应该也是僵硬的，但他的不是。虽然雅各布全身非常冰冷，但是没有僵硬的迹象。

他再次感觉到了从雅各布的尸体里传出了微弱的呻吟声。他先是十分震惊，把雅各布放到地上；然后伏在他身上，想检查一下他还有没有呼吸，但没有发现呼吸的迹象；接着，他把耳朵贴在他的胸口，也没有听到心跳。

以斯拉又站了起来，凝望着雅各布的尸体。

他看见雅各布的面部扭曲变形，一只眼睛被血块给覆盖住了，头发上也粘着血迹，面颊上有一道未愈合的伤口，下巴那里有一道深深的口子。以斯拉猜想，这些伤肯定是他撞到霍马波吉悬崖上留下的。

他肯定是看错了，尸体怎么会动呢，但是他又不确定。

以斯拉在转身时又看到了这一场景——雅各布的嘴角轻微地抽搐了一下。这回没有疑问了！当他盯着雅各布的脸看时，他清楚地看到他的嘴唇在动。

看起来像是雅各布在呼吸。

此时，门突然开了。

以斯拉心头一惊：他想他差点就被吓死了。

“希古尔丽娜”号渔船的船主从暴风雪中走进来，上下打量了以斯拉一番。

“该死的暴风雪！”他一边说，一边跺脚以抖落橡胶套鞋上的雪。

48

以斯拉站起身，脑海中不断翻涌着对往事的回忆。他再也坐不住了，在厨房里踱来踱去。听完他的讲述后，埃伦迪尔心里清楚，这位老人对过去所发生的一切仍记忆犹新，但却难以言喻。他慢慢讲述着，声音越来越沙哑，话语间经常停顿，双手不住地揉搓，还刻意躲闪埃伦迪尔注视的目光。埃伦迪尔同情这位命运坎坷的老人，就像同情那些无法逃脱命运折磨的人一样。

"来杯咖啡怎么样？"埃伦迪尔起身问道，"喝一杯也许会感觉好些。"

以斯拉正沉浸在自己的思绪中，没有回答。埃伦迪尔又问了一遍，他才停止踱步。

"你说什么？"

"要不要来杯咖啡？"埃伦迪尔又问了一次，"一人来一杯怎么样？"

"你喝吧，不用管我！"以斯拉答道。

说完，以斯拉便继续沉浸到他的回忆中，他回想起那个寒风凛冽、天寒地冻的严冬。埃伦迪尔没有催促他，他相信以斯拉最终会将整个故事的经过和盘托出，但也清楚以斯拉将需要更大的勇气、承受更多的痛苦。以斯拉之前从未提起过这些事，也不愿详细描述。从他讲述的方式和语气可以看出，老人对整个事情的前因后果以及每一个小细节都记得清清楚楚，似乎从来没有想过要将它们从脑海中抹掉。此刻，去判断他是否卸掉了心理包袱还有点为时过早，但埃伦迪尔依据其丰富的工作经验推断，他迟早会卸掉心理包袱，说出全部真相。

两个人都没有说话。埃伦迪尔找了两个比较干净的杯子，用开水冲了两杯浓咖啡。他递了一杯给以斯拉，以斯拉接过后小心地抿了一口这滚烫的浓咖啡。

“我理解，要你讲出这件事很不容易。”埃伦迪尔说。

“这件事本身就不是什么令人愉快的事。”

“我知道。”

以斯拉犹豫了一会儿，说：“我给你看过马特希德尔的照片吗？”

“没有，如果你给我看过，我会记得。”

“你想看吗？”

“那真是太——”

“在我房间里。”以斯拉说道，“等一下，我去给你拿！”

以斯拉走进他的房间。埃伦迪尔则走向窗户，朝窗外的荒野望去。地上白茫茫一片。从这一角度望去，他无法看到巴卡塞尔山谷。于是，他踮起脚尖、伸长脖子，但也只能瞥见一栋旧农舍。这时，以斯拉回来了。

“这是她送给我的，也是我仅有的一张她的照片。”

他恭敬地把照片递给了埃伦迪尔，仿佛手里捧的是一件无价之宝。埃伦迪尔小心翼翼地接过照片。这张照片的边角已揉皱，中间有一条明显的折痕，好像是一张大照片被剪成两半后其中的一半。

“这张照片是在埃斯基菲约泽这里照的。有一年夏天，一名摄影师正巧路过村子，给她和雅各布照了这张照片。就在他们家的房子外面。雅各布当时就站在她旁边。后来马特希德尔把照片剪成了两半。”

埃伦迪尔看着照片里的马特希德尔，她正站在自家门前，眯着双眼望向太阳；脸上露出迷人的微笑，一袭乌黑齐肩的长发，双臂很自然地贴在身体两侧，头微微倾斜，脸上带着一种温柔、亲切而又坚定的神情，身影映照在身后的门上。

“那时，我们还没见过彼此。”以斯拉说，“一年以后，我们才认识。但第一次见她时，我就有似曾相识的感觉。”

“‘希古尔丽娜’号渔船的船主来到冰库时，你对他说了些什么？”埃伦迪尔边问，边将照片还给他。

“我也不知道我那时为什么会撒谎。”以斯拉说，“当时，我还没想好下一步该怎么做，但当我撒了第一个谎后，之后就不得不继续撒谎去圆前面的谎。一开始，我只是想逼雅各布告诉我马特希德尔的下落——如果他确实还活着的话，就这么回事。我想利用他的困境，逼他说出他对马特希德尔都做了什么，可是后来……”

“满脑子都想着报复？”埃伦迪尔接着他的话，说道。

“我要伸张正义！”以斯拉盯着照片，说道。

*

这位船主年近八十，全身上下都裹得严严实实的，上身穿着厚棉衣，头上戴着羊毛帽，脖子上还围着一圈厚围巾。他在门边徘徊着不进来，似乎不希望更近距离地接触死亡。他不仅损失了两名船员，还有一整艘船，而且这些损失显然是由于他的个人行为造成的。以斯拉知道他是个好人。不久前，他还给他打过工，如果要对他进行评价的话，就一个“好”字。这位船主还有两艘大一点的渔船，配备的船员也更多些。如果他的出航船只碰上了糟糕的天气，他就会在码头上不停地走来走去，等着他的船平安归来。他有很多年的出海捕鱼经验，大部分时候都是好运相伴——除了一次鲱鱼汛期出海时一个船员溺亡。

老船主对以斯拉说：“他们都是我的得力帮手。”

“已回天乏术。”以斯拉答道，假装一切都很正常。但当看到雅各布的嘴还在动时，他仍感到非常惊讶，以至于几乎无法控制自己的面部表情和声音。他尽可能地让自己表现得自然些，但感到头皮发麻，额头上冒出了汗珠。

“关于这名来自格林达维克的船员，我还没有收到太多的消息。”老船主说着，眼神有意避开尸体。“我不是很了解这个年轻人，但雅各布的家庭情况很简单。他的父母住在雷克雅未克，不过都已经过世了。他也没有兄弟姐妹，倒是有个舅舅住在迪尤皮沃厄尔。他舅舅托我给雅各布买口棺材，打算今天晚些时候过来认领尸体。他们想尽快把后事办妥。他说这事没什么好耽搁的。我认为尽快办理后事也好。趁着地面还没有冻结得更厉害，他们打算今天一大早就开始挖墓穴。”

“这……我……觉得他们这么做是对的。”

“他们不想再多花冤枉钱。”老船主耸了耸肩，说道，“他处理事情干脆利落。我本来还想搭把手、帮个忙什么的，但他没理会我。”

“哦，好吧！”以斯拉似乎还想说些什么。

“他们两个都没有家庭，没有妻儿，还算有点小福气吧！”老船主继续说道。

以斯拉仍困惑不解。渐渐地，他明白了，雅各布可能还活着。正常情况下，他应该通知大伙赶紧将雅各布转移到一个更暖和点的地方，照顾好他，等医生到来。他自己也很清楚，在这种情况下，不论受难者是谁，他都有义务去挽救一条生命。

可是，眼下这个人却是雅各布啊！

如果他在这个世界上真正恨过一个人的话，那这个人就是雅各布。如果有人问起他昨天是否真心想过要救雅各布一命，他确实不知道该如何回答。现在主动权掌握在他的手中。他的良知驱使他要报告他所看到的实情，并立刻为雅各布寻求帮助。他几乎期望雅各布能自己从板子上站起来。可是时间一分一秒地过去，他什么也没说，什么补救措施也没做，就那么眼睁睁地看着那个人在鬼门关徘徊。

“活见鬼！”老船主一遍遍地抱怨着，“你给雅各布简单做口棺材，行吗？你可以把冰库周围的树砍掉几棵。试试吧，做得像样点，伙计！”

以斯拉点点头。

“接下来就等迪尤皮沃厄尔那边来人了。他舅舅不愿劳神费力。

打算走海路把棺材运走，而且已经通知我不用去参加葬礼了。真是个怪家伙呵！当然，无论如何，我还是得去的。你和他很熟，对吧？”

“呃……是很熟。”以斯拉结结巴巴地答道，“我们之前在‘希古尔丽娜’号渔船一起工作过几年。”

“哦，我想起来了！”老船主大声说道，“我真是老糊涂了。他妻子名叫马特希德尔，人不错。说来真是可惜了！”

“没错！”

听到老船主提起马特希德尔的名字时，以斯拉的主意已定。他打算尽可能不惊动其他人。他想先好好看看雅各布，然后从他嘴里套出话来。如果雅各布还是不肯开口的话，以斯拉便断然不会救他，或者至少可以拿他的命威胁他。

老船主转身离开，剩以斯拉一人愣在原地，望着他走出冰库大门。就这样，过了一会儿，他才回过神来去看雅各布。他走近木板，目不转睛地盯着雅各布看。没有动的迹象。以斯拉蹲下来，考虑了好久。难道是他看错了吗？他刚才究竟有没有看见雅各布的嘴唇动过啊？

以斯拉开始相信那是他看走眼了，那不是真的，然而，就在这时，雅各布的嘴唇又一次微微颤动。他似乎想说点什么，但嘴唇颤动的幅度小得几乎察觉不到。

以斯拉俯下身，把耳朵贴到了雅各布的嘴边。此刻，他感觉到了雅各布微弱的呼吸。雅各布每一次呼气声都听起来像是在乞求帮助……

救命！

救命！

49

以斯拉仓皇地抬起头。雅各布竭力求生的意志真是令人难以置信。他历经了海难、惊涛骇浪，被捞上来后送到了冰库。尽管肉体上受尽了摧残，浑身是伤，但他依然怀着生的渴望与刺骨寒冷作斗争。

“雅各布？”他一边小声唤着雅各布的名字，一边紧张地看看冰库大门。“雅各布！”他又唤了一声，这次声音大多了，“雅各布？”

雅各布的一只眼勉强睁开了一条缝，另一只眼被头部伤口流下来的血水给凝住了。

“你知道这是哪儿吗？”

以斯拉再次将耳朵凑近他的嘴边。

“……救命……”他听见雅各布艰难地发声说道。

这不是幻觉，雅各布的确还没死！

“你能听得见我说话吗？”以斯拉问道，然而，雅各布没有回答他的问题。他把嘴凑到雅各布的耳边又问了一遍。

他的眼睛稍微睁大了些。

“我会救你的，雅各布！”以斯拉在他耳边轻声说道，“我会给你找条毛毯裹上，带你离开这里，然后替你找个医生，我说到做到！”

听到这番话，雅各布缓缓地闭上了眼睛。

“雅各布！”以斯拉又轻声叫道。

雅各布再次睁开了眼。

“我会救你的，雅各布！如果你告诉我马特希德尔在哪儿，并告诉我你把她怎么样了，我会救你一命的！”

雅各布的嘴动了，以斯拉把耳朵凑得更近了些。

“……好……冷。”

“快告诉我真相，我就会马上救你！你到底对马特希德尔做了些什么？”

雅各布用力将眼睛睁得更大了点，以斯拉觉得雅各布正在看着他。他全身冻得发青，嘴唇发紫，门牙从上嘴唇中露出。他那被海水打湿了的头发上也结了冰棱，黑色的厚针织衫和防水裤上也结了冰碴。他的一只眼半睁着，以斯拉看见他的瞳孔在转动。

“马特希德尔在哪儿？”

“……冷……”

“我知道你能听得见我说话。告诉我，马特希德尔在哪儿，我就救你。”

“不……能……”

“你不能什么？不能告诉我她在哪儿？你要说的难道就是这个吗？”

雅各布的眼睛又闭上了，嘴唇也停止了颤动。以斯拉心想他这次肯定咽气了。这下子，他慌了。一切都来不及了，是不是？他该不该先去找人来帮忙？他该不该想尽一切办法救活他？雅各布杀了他心爱的人。他掐死了马特希德尔，还把她的尸体给藏了起来。这样凶残的人有什么好值得怜悯的？

以斯拉对雅各布的仇恨不是一天两天了。这股仇恨压抑了许久，如今终于喷薄而出，如一股热流涌入了他的体内，涌上心头，使得脸也热辣辣的。他的眼前浮现出马特希德尔在雅各布的手里拼命挣扎着想要活下去，她逐渐感觉呼吸困难，用乞求怜悯的眼神望着他，然而雅各布并没有给予任何慈悲，表现出丝毫同情。

以斯拉站在原地，凝视着躺在木板上的雅各布。

然后，他出门去找些木材，给雅各布做棺材。

锁好冰库门后，他推着一辆单轮手推车出去找木材。一路上他没有碰见任何人，也没有跟任何人说话。他决定听从老船主的建议，在新建的水产加工厂的工地上找了些铁钉，然后回家把自己的锤子和锯子拿来了。当他在冰库前做棺材时，他努力不让自己去想雅各布，而是专心去想马特希德尔，想想他俩在一起度过的快乐时光，还有他俩可能会有的美好未来。他经常幻想他们的未来是什么样子的，幻想如果马特希德尔还活着的话又会怎样。也许他们现在已经结为夫妻，有了他们自己的孩子。每天清晨，孩子们去上学；晚上，孩子放学回家。睡前，他们还可以给孩子们读读书，讲几则小故事。雅各布这个罪魁祸首！当他狠狠地掐死马特希德尔时，他就毁掉了这本该美好一切。

以斯拉把一块块木板纵向摆好，并钉上钉子，不一会儿，一口棺材基本成型了。寒风凛冽，天空依旧下着雪，气温极低，只有三两个路人向他打听点消息。以斯拉告诉他们，雅各布的遗体将送回迪尤皮沃厄尔，那个格林达维克人也将送回南部老家。

雅各布在村里几乎没什么朋友，死后只有一个人来和他道别，他叫拉鲁斯。他从以斯拉身后走来。地上积了厚厚的雪，脚步声也被湮没了。以斯拉一点儿也没察觉到身后有人，所以拉鲁斯的突然出现把他吓了一跳。

“我听说雅各布的遗体今天就要送回迪尤皮沃厄尔。”拉鲁斯说道。他个子不高，大约五十出头，以前常和雅各布出海捕鱼。他的脸上有一道道深深的皱痕，常年抽烟让他的牙齿也变黄了，而且他的双肩也因为繁重的苦力活变得宽厚。以斯拉在村子里见过他，也知道他的生活挺艰辛。

“没错！”以斯拉停下手头的活儿，舒展了下四肢，手里还握着木槌。

“你这是在做棺材？”

“对！”

“我来见他最后一面。”拉鲁斯说完，走过去敲了敲冰库的门。

以斯拉犹豫了。“他的死像有点惨。”他说，企图找理由搪塞过去，“还是不看为好。”

“我确信我见过更惨的。”说着，拉鲁斯拿出攥在手心里的半截烟，用拇指和食指掐掉烟头部分，然后将剩余部分扔进了上衣口袋。

“那请进吧！”以斯拉不情愿地答应了。

他们进去，绕过棚屋，来到木板旁。雅各布一动不动地躺在木板上，这让以斯拉松了一口气。他平躺在木板上，双臂放在两侧。拉鲁斯径直走向他，在胸前划了个十字，然后立在那里。他应该是在为死者做祷告。以斯拉慌乱地看了看雅各布的眼睛和嘴巴，然后又看了看站在他身边的拉鲁斯。时间仿佛定格在了这一刻。

“他是个好搭档！”拉鲁斯突然转过身对以斯拉说道。

“是的，我知道！”以斯拉回应道。

“他的阳寿已尽。”拉鲁斯接着说道，“他将离我们而去。世间万物都有始有终、有来有去。”

以斯拉的注意力全都集中在雅各布身上。他发誓，他刚刚看到雅各布又睁开了眼。幸好拉鲁斯当时正好转过身去，没有注意到。

“我也是这么想的。”以斯拉随口应和了一句。

拉鲁斯又回头看了一眼雅各布，以斯拉的目光也落在了木板上。想必他一定注意到了雅各布有一只眼睛半睁着。他等着拉鲁斯发出一声惊叫，然而，什么都没发生。他缓慢地抬起头，看见拉鲁斯仍在看着雅各布。

“他也是个凶狠的家伙！”拉鲁斯突然大声说道。

以斯拉没有说话。

“凶狠的家伙！”拉鲁斯又念叨了一遍，意味深长地看了眼以斯拉，然后大步向门口走去。

做好棺材后，以斯拉搬起棺材的一端，拖着它朝冰库里去；另一端在水泥地面上磨出道道划痕。他将棺材拖至雅各布平躺的地方，砰地放在地上。以斯拉观察了许久，雅各布一动不动。于是，他出去搬来了棺材盖子。

之后，他又出去了一趟拿来锤子和钉子。

50

以斯拉终于下定了决心。当他在找木板做棺材的时候，他的脑海里浮现出了一个想法。但其实，早在马特希德尔失踪那年，这一想法便萌发了。雅各布必须为他的恶行付出代价。以斯拉将想方设法迫使雅各布说出马特希德尔的下落。倘若他成功了，那当然好；他长期忍受的折磨也将结束。但就算是这样，也无法改变雅各布的命运。他的天数已尽。罪该万死。在渔船触礁的那一刻，他就该一命呜呼。以斯拉为自己的行为找到了最合理的解释：他说服自己，自己这么做是在替天行道。

想罢，以斯拉意识到自己做出拒绝救雅各布的这一决定竟然没有经过任何思想斗争，这让他感到有些不安。或者相反，他的理性已被感性所战胜。他甚至没有停下来去想想自己将杀人，这是一种刑事犯罪，也是一种要下地狱的道德罪恶。或许他故意克制自己不要多想，给自己的意图找一个好理由，因为它听起来卑鄙、无情、残忍。

等到他再次回来时，他发现，雅各布那只没有受伤的眼睛已完全睁开，正在环顾四周，仿佛已经察觉到了某种危险。原本放在身体一侧的一只手臂现在放在胸前。从他的嘴巴和鼻子呼出一丝气息，如此微弱以至于几乎看不见。雅各布之前一直在生死之间徘徊，但现在出现了转机。他顽强的求生毅力战胜了不可能。

“快说，马特希德尔在哪儿？”以斯拉弯下腰，在他耳边低声问道，“你把她怎么了？”

雅各布一只眼睛死死地盯着他。被血凝住的另一只眼睛也试图睁开。

“她在哪儿？”

雅各布的眼睛现在全睁开了，并盯着以斯拉。他双唇微颤似乎要说些什么。以斯拉赶紧把耳朵凑近去听。

雅各布用他那死尸般冰冷而无力的手臂勾住以斯拉的脖子，吃力地把他的头往下拽到自己嘴边，喘着粗气一字一字地说：

你

去

死

吧

！

以斯拉一把甩开他。雅各布再次陷入了昏迷，手臂无力地落回了原处。

*

以斯拉找来两个相当长的板条箱放在棺材底部，然后把雅各布从木板上拖拉起来，往棺材里放。这个家伙如此重，砰地放入棺材底部时发出了很大的响声。

接着，以斯拉搬来棺材盖板盖上，从口袋里掏出一颗颗钉子，用锤子钉上。他刻意不去想自己正在干什么。事实上，他正在杀死一个毫无防御能力的人。为了余生的安宁，他克制自己尽量不要去想这些。

以斯拉刚钉上最后一颗钉子，便听到有人来了。是雅各布的舅舅和船主来搬运遗体。

船主责怪以斯拉不该这么快把棺材盖板封住，应该等雅各布的舅舅来见他最后一面。他吩咐以斯拉赶快找根撬棍来。

“你想看他最后一眼吗？”船主问雅各布的舅舅。这个上了年纪的男人穿着并不讲究，一件旧皮夹克配一双胶筒靴，而且脸上似乎没有流露出丝毫难过的神情。

以斯拉紧张地看着他，而他根本没有想要见他外甥最后一面的想法。“不必了！”最后，他的回答让以斯拉舒了一口气，“我们平时都不怎么联系。”

雅各布的舅舅获得了他在迪尤皮沃厄尔一位邻居的帮助。这位邻居有一艘船。以斯拉也过来帮忙，他们三人一起把棺材抬上了船，盖上一层防水布后，用绳索拴紧。

事情弄完了。风也变小了。载着雅各布棺材的船在波涛汹涌的峡湾中准备起航。雅各布的舅舅拍了拍以斯拉的后背，感谢他悉心照看雅各布。以斯拉也含含糊糊地应了一声。他们互相道别，然后就此分开。

51

现在，埃伦迪尔已经得到了他想知道的事，但他不确定这是否对以斯拉施加了过多的压力。或者他真的需要听到全部真相。他静静地坐着，听老人讲完他的故事，他觉得以斯拉已经下定决心和盘托出，不论他感到多难受、多痛苦。但很明显看得出来，坦白自己的罪行已成为他一生中最痛苦的经历。

埃伦迪尔等着他继续往下讲，但是以斯拉却坐在角落的藤条椅上陷入了沉默，他的思绪没有停留在厨房里，也没有停留在这栋房子里，甚至没有停留在此时此刻的这个世界里。他紧紧握着马特希德尔的照片，用手指轻轻地爱抚着，仿佛他多么想再抚摸她一次。

“信不信由你——”以斯拉突然说道，“我说的话，信不信由你！”他又说了一遍，“从那时起，我便一直充满自责。当我处置完雅各布的事的时候，我犹豫不决，不知道要不要告诉他们实话。在某种程度上，我希望他们把棺材先放置几天，不要急着下葬，这样，就会有人注意到他还活着。我没有去救他，但是我为他祈祷了——

祈祷他别再遭受痛苦。愿上帝保佑他不要再受苦受难！我不敢想他当时在棺材里会怎样痛苦地挣扎。但是当我盖上棺材盖板的时候，我的脑袋里一片空白。我从来没有同我自己的良心作斗争，因为我根本不知道我盖上棺材盖板之后会发生什么事。这几年来，我虔诚地信奉上帝。我现在所想的就是一个人静静等死。想不到你还是找上门来了。”

以斯拉抬起头。

“你刚才来的时候说你把他的墓挖开了。你说你看见棺材盖板上有抓痕，还把他的牙齿放在了我的桌子上。”

“我很抱歉，如果——”然而，以斯拉并没让埃伦迪尔把话说完。

“谈论我有生以来做得最卑鄙的一件事，这还是头一次。”以斯拉低着头，看着手中的照片说，“你一定彻底瞧不起我了。”

“我怎么认为并不重要。”埃伦迪尔答道。

“你说得容易。但如果不是你一直像幽灵一样缠着我，我也不会把自己的老底都揭开。”

“我能理解……”

以斯拉再次打断他，说道：“我从没见过像你这么固执的家伙。”

埃伦迪尔不知道该怎么回答。

“但不管怎样，我也活不了多久了，这一切也该结束了。”以斯拉说。

“我能理解，对你来说，独自承受这一切有多么不容易。”埃伦迪尔说。

“没错，嗯，就谈这么多吧！”以斯拉说，“我已经尽力用我自己的方式来赎罪了。至于你，你绝对不能忘了雅各布是如何对待马特希德尔的。总有一天，我会为自己的罪行辩解。这一切都该怪罪于雅各布，每当这样想的时候，我才会觉得好受些，但这种想法并不是一直都管用。”

“就像我说的，我听说过的关于存活下来的特例不止一件。”埃伦迪尔说道，“有些人被认为已经死亡，可人在死前有着强烈的求生本能。”

“我经常想，要是他在海难中丧命，事情就再简单不过了，也不会弄得像现在这么复杂。”以斯拉继续说道。

“人生本来就不简单。”埃伦迪尔接着他的话，说道，“这是人生第一课。人生不可能一帆风顺。”

“你现在要抓我回警察局吗？”以斯拉问道。

他们对视了一眼。

“不，除非你想要我这么做……”

“你把决定权留给我？”

“这不是我关心的事。我只想探究真相。”

“可你是警察，你的职责不就是……”

“一个人的职责可以有很多。”

“你怎么处置我都没关系。就算这里的一些乡亲们会对我另眼相看，我也不在乎。只要马特希德尔的故事没有被曲解，我就感激不尽了。有首诗不就是这样写的！尽管一切都是谎言，可一想起她正在跨越哈瓦斯科山口，我便想活在人们的记忆里，除非他们都已去世。”

“可我不这么认为。这些年来，从没有人去关注过雅各布，对吧？”

“是的，你是唯一一个。”

“那他没告诉你他把马特希德尔埋哪儿了吗？”

“嗯。”

“你到现在都还不知道？”

“对，还不知道。”

“如果你救了他一命，他可能告诉你吗？”

“不可能。救不救他都一样，他是不会说的。”以斯拉说，“我确信，哪怕我救了他，他也不会轻易开口说出真相。”

“当你把雅各布放进棺材以后，他似乎一直在缓慢地恢复健康。”埃伦迪尔措辞很小心。

“其他人都认为雅各布已经死了，”以斯拉说，“我只是把他装进棺材里罢了。”

此后的这些年，这样的辩解仿佛演练了无数遍。以斯拉起身，朝窗外望去，在天空的笼罩下，荒野朦朦胧胧、若隐若现。一切都是杳无人迹的蛮荒状态。

“有时我在想，一定不要误解我，我不是存心想置他于死地的。但如果他能表现出悔过的样子，哪怕是一点点自责或悔恨的暗示……将会令事情的结局有所不同吗？我会心软去救他吗？”

埃伦迪尔不知道该怎么回答。

“从那以后，我天天忍受这种困惑的折磨。”以斯拉面对着窗户低声说道，“有时，羞愧到自己都无法承受。”

52

赫伦德老太太已经康复出院了。埃伦迪尔开车到达她家时已经是晚上，并看到她习惯性地坐在靠窗的地方。这次，赫伦德走到前门来亲自迎接他，满面笑容。他们一同来到客厅坐下，埃伦迪尔问候了一下她的身体状况。她说那天上午就回到了家中，并没有感觉哪里不舒服。

“有什么新发现吗？”她给他端来了一杯刚磨好的咖啡，并问道，“有没有马特希德尔的消息？”

关于马特希德尔和雅各布的命运，以及以斯拉在一九四九年海难后对雅各布所采取的报复行动，埃伦迪尔不知道该跟老太太说多少才合适。他宁愿把他挖掘雅各布坟墓的那件事也搪塞过去。既然他不打算把这些事讲给赫伦德，那么，其他的事也还是不说为好。因此，埃伦迪尔把他和以斯拉之间谈话的大部分内容先加以修饰改编，再讲给赫伦德。赫伦德坐在那里静静地听着，没有发表任何意见，直到听到了她最关心的事情。

“这事只能我们俩知道，我希望你千万不要告诉其他人。”埃伦迪尔说。

“肯定的！”

“以斯拉坚信雅各布把马特希德尔给杀了。”

赫伦德无动于衷地看着他。

“以斯拉没有证据证明雅各布杀了马特希德尔，”埃伦迪尔说，“但他告诉我，雅各布当面向他承认了，他那么做是出于嫉妒和报复。有些人称之为情杀。马特希德尔当时打算去找以斯拉，但雅各布怀疑他俩在一起没啥好事，便尾随她去了以斯拉家。那一晚，所有的事他都看得一清二楚，他无法容忍马特希德尔的背叛。”

赫伦德的脸上露出了难以捉摸的神情。

“事后，雅各布撒谎说马特希德尔去雷达夫尤都看望你们的母亲，并在荒野上遇到了狂风暴雨。事实上，她根本就没出家门。”

“噢，天呢！”赫伦德终于惊叹道。

“我没有理由怀疑以斯拉所说的话。”埃伦迪尔说。

“那个可恶的混蛋！”

埃伦迪尔讲述了他是如何一步步诱导以斯拉把他所知道的事情全都讲出来，比如，他和马特希德尔是如何相爱的，得知马特希德尔失踪后他是如何痛不欲生的。他还向赫伦德讲了以斯拉在马特希德尔失踪后碰巧遇到雅各布的事，第一次是在墓地，第二次就在雅各布的家中，雅各布亲口承认他杀了她。

“你是怎么让他开口的？”赫伦德问埃伦迪尔。

埃伦迪尔耸耸肩。“他似乎准备把自己的负担卸下。”他希望这不是什么大谎话。

他不想承认他给以斯拉施加了压力以让他配合自己的调查。事实上，他对他的做法感到非常后悔，特别是想起那样做所付出的代价有点太大。埃伦迪尔并不为他的调查所取得的进展感到自豪。挖了雅各布的坟墓让他感到愧疚，但对待以斯拉的方式让他感到更为愧疚。为了让以斯拉说出全部真相，他甚至恫吓过这个老人。但现在想想，他挺同情这位老人的。也许他那时一心想着查清楚事情真相，不善罢甘休的劲头促使他那么做了，但当时为什么就不能让以斯拉永远保守这个秘密呢？他不是什么不知悔改、十恶不赦的罪人，他也不会威胁到周围人的生命安全。以斯拉在分别的时候告诉埃伦迪尔，无论埃伦迪尔最后如何处置调查到的结果，他都挺得住。然而这一点，埃伦迪尔比他更清楚。

*

真相被揭穿之后，随之而来的便是愤怒。

“几乎不可能想得出比这更糟糕的结局了。”埃伦迪尔说。

“你以为我不知道吗？”以斯拉咆哮说，“你知不知道，它每天都在折磨我的神经？你不需要告诫我那一点。”

他转身怒视着埃伦迪尔。

“你现在可以走了。”他说，“走开，让我一个人静一静！我再也不想见到你！我没有多少日子了，我不必再见到你了。”

“我懂——”埃伦迪尔还没说完就被打断了。

“滚！”以斯拉提高了嗓门，“我叫你滚！这次你得听我的。给我滚远点！”

埃伦迪尔站起身，朝厨房门口走去。

“我不希望我们分别时怀着对彼此的愤恨。”他说。

“你想知道的我没法告诉你，赶紧给我滚！”以斯拉说。

埃伦迪尔转身离开，丢下痛苦不堪的以斯拉一个人站在那儿，这让他没法开心起来。眼下，他什么也帮不了以斯拉，尽管以斯拉一再请求他走远点，但埃伦迪尔还是打算第二天再去拜访他，看看他的心情是否已经恢复平静。

*

听完他的讲述，赫伦德花了一些时间认真地思考了一下他话里暗含的意思。

“你是说，雅各布自己向以斯拉坦白他杀了马特希德尔？”她惊愕地问道。

埃伦迪尔点点头。

“是怎么杀死她的？”

“用他的双手，”埃伦迪尔答道，“很显然，他徒手把她掐死了。”

赫伦德想象着她姐姐最后的死状，吓得用手捂住了自己的嘴巴，似乎是尽量不让自己哭出声来。

“但以斯拉为什么不把真相说出来？他为什么没报警？”

“事情远比想得更复杂。”埃伦迪尔说，“雅各布抓住了以斯拉的把柄。雅各布谋划了一件事，或者至少他声称自己已经计划好了。所以，如果以斯拉把听到的事情告诉给其他人，雅各布会设法栽赃以斯拉是真正的凶手。以斯拉不想冒这个风险，这么做也不会让马特希德尔死而复生，而且他坚信雅各布永远不会说出马特希德尔的尸体埋在哪儿。事实证明，的确如此。”

“他都干了些什么？雅各布到底对她都干了些什么？”赫伦德急切地问道。

“他一直不肯说。”

“这么说，没人知道了？”

“对！”

“连以斯拉也不知道？”

“是的！”

“而且，你也没查出来？”

“还没！”

“这么说，她的尸体永远找不到了？”

“可能永远也找不到了。”

赫伦德回想着埃伦迪尔刚刚说的话，震惊不已！字字句句如一阵强风，瞬间就能把她吹倒。

“以斯拉也是个可怜人。”她最终说道。

“自那以后，以斯拉的人生变得更加痛苦了。”埃伦迪尔说。

“马特希德尔失踪后尸体一直没能找见，这件事这些年来一直折磨着他。”

“是啊！”

“谁会做出那种事来呢？——什么样的人才能做出那种事来呢？雅各布可真是个魔鬼！”她愤愤地跺着脚，大骂道。

“你说过，雅各布的名声不好。”

“没错，可是杀人的事，谁能做得出来？”

“他的下场也是罪有应得！”

“依我看，便宜他了！”赫伦德厉声说道。

“或许在他死前，他有机会去反省他给别人造成的痛苦和伤害。”埃伦迪尔说。

赫伦德的眼神突然变得犀利起来。

“你说这话是什么意思？”

“他死前所忍受的折磨，作为惩罚算够了。”埃伦迪尔解释道。

53

在漫长一天的最后几个钟头，埃伦迪尔开车前往赛第斯费约德小镇，那儿有一个小木屋，其外墙覆盖着一层波纹状铁皮。离开赫伦德家后，他开车沿着法格里河谷一路直行，途中在埃吉尔斯塔第尔小镇做了短暂的停留，给车加满油，买了香烟和咖啡，然后再次上路，穿越高山关口一直向东驶去，到达赛第斯费约德峡湾，前方就是赛第斯费约德小镇。他还有一个电话要打，并且希望当天晚上就把这件事办妥。他在电话簿上查到了这个地址。他赶着要去见的这个人名叫丹尼尔·克里斯蒙德松。他在和博厄斯的死对头——卢德维克——聊天过程中得知了这个人。丹尼尔是雷克雅未克人，以前常为这里的猎人们担任向导。卢德维克称他为“老滑头”。

丹尼尔的家位于这个小镇东边一个僻静且路灯昏暗的街道上，一扇窗户里透出一缕暗淡的微光。埃伦迪尔在昏暗中摸索门铃，可没有找到，只好敲了敲门。屋里没有人应答，所以他又敲了几次。过了好长一会儿，他终于听到屋内有了动静。他耐心地在门外等着。

门开了，一个五十岁出头，胡子拉碴，蓬头垢面的男人带着审视的目光眯着眼看了看他。

“有事吗？”

他觉得眼前的这个人不能说是个“老滑头”，便以为自己找错了人。于是，他问这里是不是丹尼尔·克里斯蒙德松的家。

“那个丹尼尔已经去世了。”这个人答道。

“啊？他去世很久了吗？”埃伦迪尔惊讶地问。

“有六个月了。”

“我知道了。”埃伦迪尔说，“呃，那就没办法了。不过，电话簿上还有他的住址。”

“看来我得打电话跟他们说一下。”

这个人打量着埃伦迪尔，眼里闪烁着好奇的光芒。“你为什么想要见他？你是来推销商品的吗？”

“不，我不是推销员。抱歉，打搅您了！”

他道完别，准备转身回到车上去的时候，这个人跟了过来。

“你找丹尼尔有什么事？”这个人问道。

“没什么事。我来晚了一步。你认识他吗？”

“非常熟。”这个人回答道，“他是我父亲。”

埃伦迪尔露出了笑容。“我想和他聊聊以前捕狐狸的事，特别是关于狐狸的习性以及狐狸洞。就这些！我听说他是这方面的行家。”

“你想了解些什么？”

黑漆漆的房间里，昏黄的灯光洒下来，照亮了他们站着的地方。来之前，埃伦迪尔对怎么说明自己的来访缘由感到很为难而且对能否找着丹尼尔没把握；可现在，他却得知他要见的这个人已经去世了。美美的一觉突然被埃伦迪尔搅乱了，丹尼尔的儿子本该觉得恼怒，但他却又对埃伦迪尔来访的目的产生了兴趣。

“没什么要紧事。”埃伦迪尔回答说，“我只想知道他以前在南边的荒野上有没有发现什么不寻常的东西。在雷达夫尤都或埃斯基菲约泽附近的山上——比如，安德里山、哈德斯卡菲山。我想，您可能不太清楚这种事吧？”

“你是修筑大坝的工人吗？”这个男人问他。

“不是。”

“那你是炼铝厂的工人？”

“也不是。我只是路过这里，我不在这里工作。”埃伦迪尔解释道。

“我父亲生前捡过来的东西很多，”这个人说，“各式各样的杂物，我还留着一些。”

“你是说，他在鸟窝或者狐狸洞里发现过一些东西？”

“没错！还有他在海边捡到的一些东西。他以前经常去海边捡些贝壳、鹅卵石回来，还有动物骨头。我猜，你要是能见到他的话，一定很高兴。”

“很遗憾听到你父亲去世的消息。”

“啊，嗯，他身体强壮，本该会长寿的。结果一病不起，这一点也不像他。他去世的时候很安详。你想看看他捡的杂物吗？车库里都堆满了，虽然之前有想过全部烧掉，但我还是一件也没舍得。”

埃伦迪尔犹豫了一下，这一整天真是把他累坏了。

“嗯，随你吧！”这个人说完，等着埃伦迪尔的回复。

“看一看也无妨。”这个人很乐意能帮上些忙，所以埃伦迪尔不想辜负他的好意。

“我的名字也叫丹尼尔，丹尼尔·丹尼尔松。这里叫丹尼尔的人不多了。”这个人边说，边招手示意埃伦迪尔跟过去。

埃伦迪尔不知道该做什么，只好默不作声地跟在小丹尼尔身后。他们绕到房子后面，那里一片漆黑。他们走到一个混凝土建筑前面，它以前可能是个车库。丹尼尔打开门，摸着开关后，开了灯，这是个用根电线吊在天花板上的无罩灯泡。

眼前的一幕令埃伦迪尔大为吃惊！因为从来没有人说过，这个“老滑头”会将其捡回来的杂物摆放得如此整齐、有序。这里堆满了各种有用的、没用的东西，而且很显然，每当老丹尼尔捡回新东西，就堆放在他当时恰好站着的那块地方。埃伦迪尔在门口止步了，因为屋内连一处下脚的地方也没了。

“看，我说的没错吧？干脆点把火全烧了。”丹尼尔说道。

“恐怕这里没有我要找的东西。”埃伦迪尔礼貌地说，“不必再占用你宝贵的时间了。我该走了。”

“你刚刚提到狐狸洞？”丹尼尔问。

“是的。不过，还是算了吧！实际上，我赶时间。”

“我记得这里的某处放着几个板条箱——我记得有三个——里面有一些小盒子，还有一些纸袋子，装着我父亲捡到的各种骨头。他以前经常拿出来给我看，还告诉我他在哪里捡到的那些骨头，等等。他收集了很多骨头，包括狐狸的骨头。相当多。你是想找这些东西吗？”

小丹尼尔把汽车零部件、轮胎、破自行车架推到一边，在杂物中间清理出了一条过道。天花板上挂着一些水暖建材，比如管子和接头。埃伦迪尔注意到了两把旧式猎枪，估计已经不能用了：其中一把的扳机不见了，另外一把的枪托和枪管装错了方向。一个乌鸦标本和一张他叫不出名字的动物皮点缀着车库一角。小丹尼尔还在一直往里走，埃伦迪尔后悔把他叫醒。他正准备不打招呼、悄悄溜走时，小丹尼尔突然大叫道："哈！找到了一个！"

埃伦迪尔见他直起腰，手里举着一个盒子。

"过来瞧一瞧，如果你愿意的话。"小丹尼尔说着，把盒子递了过去，"我再找找其他两个。"

"真的，不用再找了！"埃伦迪尔想劝阻丹尼尔，然而丹尼尔压根儿没听见，或者说他根本就不听劝。

埃伦迪尔接过盒子，放在一堆地毯边角料上。他打开这个盒子，发现里面装满了青紫色的骨头。尽管无法辨认出是什么骨头，但埃伦迪尔觉得里面可能有鸟和猫的头骨，带有锋利牙齿的狐狸下颌骨，断成许多节的腿骨和肋骨，还有一些类似老鼠的骨架。总之，没有一个上面贴有标签、注明种类或是发现地点。埃伦迪尔抬头看了看丹尼尔，只见他怀里抱着一个旧木箱，那木箱过去应该是用来装一种名叫"斯普尔"的冰岛汽水，现在已经停产很久了。反正埃伦迪尔没喝过。

这个木箱里的骨头摆放得稍稍井井有条一些。有些还用棕色纸信封装好，上面写着动物名称，还标注了发现地点。埃伦迪尔猜，老丹尼尔原本想将收集来的骨头系统地归类，但最终还是放弃了。也许是他捡骨头更频繁些，以至于整编目录的进度跟不上。

"他对骨骼非常了解，尤其是鸟类的。"小丹尼尔站在车库的另一头说，语气里带着自豪。“他年轻的时候接受过制作动物标本方面的培训，尽管他从没干过那一行，仅把它当作爱好。我家里有一只白狐的标本。他的手艺相当好，做得栩栩如生。如果你感兴趣的话，还有一只猎鹰的标本可以看。”

“这只乌鸦标本也是他做的，对吧？”埃伦迪尔手指着椽上的那只黑鸟，问道。

“对！”小丹尼尔说道，“我猜，你是从雷克雅未克来的吧？”

“是的，我住在那里。”埃伦迪尔说着，仔细检查起木箱里的信封。他现在正全神贯注地看着这些信封。其中一个上写着“北极燕鸥，罗德蒙达福德”。他拆开一看，一块完整的骨骼滑到他的手上。

“他曾说要把这些骨头贴好标签放进展览柜，然后捐给地方高校。他老早就把展览柜做好了，柜门还是玻璃的，不过我怎么找也找不到了。我记得在这儿见过一次，但后来不知道放哪儿去了。”

埃伦迪尔把骨骼放回信封里。丹尼尔把刚刚翻到的另一个箱子又递给了埃伦迪尔。这个箱子里面装了很多更小的盒子，每个小盒子上都清清楚楚地贴着标签。想必老丹尼尔对这一收藏进行了相当系统的分类。

埃伦迪尔随手拿起一个小盒子，盒盖上贴着一个白色的标签，上面写着“斯内费瑟斯山脚，金斑鸻”。

埃伦迪尔又拿起几个小盒子，看了看，其中一个盒盖的标签上写着“哈德斯卡菲山，北坡”，旁边还潦草地画了一个问号。

字是用铅笔写的。而这个问号却让埃伦迪尔迟疑了一下。

他打开盒盖，一眼就认出了盒子里装的小骨头是人骨。要知道，他曾经挖出过一个四岁小女孩的骸骨。顿时，他觉得脊背一阵发凉。

“你发现了什么？”车库后面传来了小丹尼尔的声音。他注意到埃伦迪尔捧着他父亲的盒子，呆呆地站在那儿，犹如一块石头。

“你父亲有没有跟你提起过，有人在这附近的荒野上失踪了？”埃伦迪尔问道，同时眼睛仍盯着这些骨头。

“失踪？没有。”

“四十年前，一个来自埃斯基菲约泽的小孩，在这附近的荒野上失踪了。”

“没有。他从没提起过。至少我没有听说过。”

“你确定？”

“是的。我记得很清楚。但我真不知道有这事儿。”

埃伦迪尔盯着盒子上的问号。老丹尼尔大概也不知道他从哈德斯卡菲山的北坡捡回来的到底是什么骨头，但他还是把这些骨头揣进口袋里带回了家，因为他有收藏癖。或许老丹尼尔曾经也想弄清楚这些到底是什么骨头，可能甚至打算送去专家那里做鉴定，但怎么也腾不出时间来。因为如果他有时间的话，他绝对会弄清楚他捡来的是什么。接着，一些人将会知道他的这一发现，这样一来，就会把它和小男孩失踪一事联系起来。

他想找找盒子上有没有写日期，可是没有。

盒子里一共有两块骨头。他不敢碰这两块骨头，但他坚信自己不会认错的。这就是两块人骨：一块是下颌骨，另一块是颧骨。

而且，这是两块尚未发育完全的骨骼。

无疑，这两块小骸骨来自一个孩子。

54

埃伦迪尔一声不吭地跟在父亲后面，他们一路跋涉，越过山冈，爬上荒野。他不太关心他们将要到哪儿去。弟弟贝古尔落在后面，有时一阵慢跑才能赶上他们。但没过多久，距离又拉开了，贝古尔不得不再次小跑追上来；埃伦迪尔则一直努力跟在父亲身后，并试图踩着父亲的脚印前行，尽管这对他来说有点吃力，因为他和父亲隔得也挺远。有时，他也得加快步伐，否则就会像贝古尔一样落在后面。

这样坚持着走了好一会儿，父亲才决定停下来稍作休息。当然不是为了他自己，而是为了孩子们。他们越往高处爬，雪积得越厚，行走起来越艰难，特别是对两个孩子来说，更是不易。父亲拿起望远镜，环顾荒野四周，寻找走失的羊群的踪影。

“伦迪，等等我！”贝古尔焦急地喊道，可是埃伦迪尔却假装没有听见。

贝古尔总喜欢喊他“伦迪”或者“伦迪大哥”。母亲有时会叫他“木娃娃”，这让他很生气，虽然她只想用这一称呼逗一逗他。然而，父亲却只叫他的大名，比如，他会说“埃伦迪尔，把书递给我，好吗？”，或者“埃伦迪尔，时候不早了，该睡觉了。”

贝古尔终于赶上来了。他注意到贝古尔在一个劲儿地扯着手套，原来，他把他心爱的玩具汽车也一起带来了。弟弟扯下一只手套后，从口袋里掏出玩具汽车，查看它是否完好无损。然后，把它塞进这只手套里，再试着将手套戴上，这样，他就可以一直把小汽车握在手中。

“我还没看到我们的羊群。”父亲说道，“我们还得爬高点，看看能不能找到它们的踪迹。”

他们重新启程了，父亲打头，埃伦迪尔走在中间，贝古尔走在后头。贝古尔一边玩藏在手套里的小汽车，一边尽量跟上。父亲步伐均匀，时不时拿起望远镜，瞧一瞧这边，再瞧一瞧那边。就这样，他们走着走着就到达了荒野高处。在懵懵懂懂的孩子的眼中，一切都来得如此之快。一件件事情就像一系列简短的快照。父亲看了一眼天空。小贝古尔还落在后面。雪已经下了有一段时间了，但眼下越下越大，黑压压的暴风云以惊人的速度积聚起来，漂浮在山顶上空。天色逐渐暗下来。他们的腿陷进厚厚的雪里。埃伦迪尔一开始并没太在意天气，现在终于感觉到有一股寒风吹到脸上。在漫天飞雪中，他已无法看见山下的埃斯基菲约泽峡湾；贝古尔在他身后有些远的地方，埃伦迪尔大声呼喊弟弟的名字，但弟弟没听见。于是，埃伦迪尔往回走去找贝古尔，就在这时，突如其来的暴风雪袭来，父亲不见了，什么都看不见了。此时，身后的贝古尔已跌倒在了雪地里，埃伦迪尔再次朝弟弟大喊了一声，接着朝父亲大喊了一声，却没有人回应。

贝古尔的手套顷刻间被狂风卷走了，他挣扎着站起来，但又倒了下去。他再次站起来，在手套后面追着跑，埃伦迪尔也帮着他追。手套瞬间消失在茫茫大雪中，但他们并没有放弃追。埃伦迪尔差点儿就失去了贝古尔，弟弟一心追着他的手套，对其他事漠不关心。母亲教导他们要照看好自己的衣物，丢了心爱的手套，贝古尔心里当然不好受。埃伦迪尔伸手拽住贝古尔的上衣，让他慢下来。贝古尔正空手握着他心爱的小汽车，他停住脚步，把小汽车装回自己的口袋里。

“我要我的手套！”贝古尔哭着说道，哭声随即便被狂风卷走了。

“稍后我们会找到你的手套的。”埃伦迪尔安慰他说道。

他必须大声喊叫才能让贝古尔听见。他掉转头，朝着他觉得刚与父亲失散的方向走去。刚才追着手套一路狂跑让他的脑袋晕晕乎乎的，但他确信自己能找着路。迎着狂风在雪地里行走是异常艰难的事，雪粒打在脸上刺骨地疼。每前进一步，他都觉得异常吃力。寒风肆虐，吹得他几乎睁不开眼。此刻，他的眼前除了白茫茫一片，什么也看不见。而且他觉得自己仍在原地停留着。一切都发生得如此之快，他甚至无暇顾及怕不怕。唯一的安慰就是知道父亲就在不远处。他大声呼喊，贝古尔也跟着他呼喊，但是没有听到任何应答。

不一会儿，他便分不清东南西北了，不知道自己是在往高处走，还是在往山下走。他确定他们正爬向与父亲失散的那个地方，但或许回头去找父亲是个错误的决定？或许他不该返回去找父亲，而是集中精力于保护好弟弟和自己，并设法回到农场？

现在，埃伦迪尔开始感觉到有些害怕，贝古尔似乎觉察到了。他凑到哥哥的耳边大声问道：“我们会没事的，对吧，伦迪？”

埃伦迪尔安慰弟弟说：“嗯，我们很快就能回到家。”

他摘下自己的一只手套，打算把它递给弟弟，但在他笨手笨脚摘手套时，手套掉到了地上，也被大风刮走了。贝古尔紧紧牵着他的手。

接下来该往哪儿走，埃伦迪尔感到茫然不知所措。他想朝山下走，但是他迷失了方向，不确定朝哪儿走。他尽量安慰自己，只要他们往低处走，天气就会好转。贝古尔不停地在雪地里摔倒，他俩不得不放慢脚步，但埃伦迪尔从未想过松开牵着弟弟的手。即使他俩的小手冻得没了知觉，埃伦迪尔依然格外当心，不放开弟弟的手。

狂风暴雪从四面八方袭来，不断击打着他们弱小的身躯，把兄弟俩吹倒在雪地里，他俩想重新站起来，但感觉异常艰难。在如此大的暴风雪中，他俩甚至都无法看清自己的手就在眼前。很快，他俩都筋疲力尽，在冰天雪地里冻得瑟瑟发抖。埃伦迪尔依然希望他们将撞见走散的父亲，然而这一愿望并没有实现。他们既没有撞见父亲，也没有下山回到家。

接下来的事就这样发生了。他冻僵的手感觉不到贝古尔的手，就像他俩已经分开很久了，而他并没有发觉。他和贝古尔的手本来是十指紧扣的，可现在他手中抓着的不过是寒冷的空气。埃伦迪尔马上转过身，迅速跑回去找贝古尔，但被绊倒在雪堆里。他爬起来，一遍又一遍地呼唤着贝古尔的名字，但再一次被刮倒在雪地里。尽管如此，他仍然大声呼喊着弟弟的名字。此刻，他的眼泪哗哗地流下来，迅速结成了冰，凝在了脸上。

埃伦迪尔蹲坐在雪地里，完全不知所措，一股恐惧感涌上心头。他既担心自己，也担心父亲，更最主要的是担心贝古尔。他怪自己不应该让贝古尔跟来寻找羊群，如果不是他的提议，贝古尔现在一定平安无事地待在家里。

当埃伦迪尔手脚并用站起来时，暴风雪变得更猛烈了，他没法直立行走，只好跪在雪地里爬行，迷迷糊糊、漫无目的。他曾在书上看过，当人遇到极恶劣天气时，一个很重要的求生技巧就是在雪地里挖一个坑，让自己藏进去，等待情况好转。而且，你必须努力不让自己在雪地里睡着了，因为一旦睡着，你就有可能再也无法苏醒过来。但是，他无法放弃寻找贝古尔。他多么希望贝古尔已经成功地走出了荒野，走在回家的路上，或者说不定他现在正依偎在母亲温暖的怀抱里。等他回到巴卡塞尔的家，贝古尔肯定会和父亲一起跑出来迎接他。当母亲一把抱住他的时候，一切都会没事了。他担心母亲，他知道母亲现在一定会很焦急。

他也不知道现在是什么时辰了，只依稀记得几个小时前天就黑了。他渐渐觉得体力不支，但他知道不能就这么放弃。他在暴风雪中倔强地爬行着，爬累了就走，走累了就爬，心里怀着一丝的希望，希望自己没走错方向。寒风刺骨，牙齿已无力打颤，原本不自觉发抖的身体现在也已冻僵。他终于走不动了。

他一倒在雪地里就睡着了。

在他失去意识前一刻，他只记得贝古尔正在狂风暴雪中挣扎着，并把所有的信任都寄托在哥哥身上。

“不要丢下我！”贝古尔哭喊着，“千万不要丢下我一个人！”

“你不会有事的！”埃伦迪尔答复道。

一切都会没事的！

55

埃伦迪尔在巴卡塞尔的最后一晚睡得不是很好，早上醒来时，手脚冻得都失去了知觉。所以，他赶忙奔向汽车，打开空调。他随身带了保温杯和香烟，等身体暖和些了，他就在瓶盖里倒上一杯咖啡暖暖身，然后点根香烟。他坐在车内等着冰凉的手脚慢慢回暖。副驾驶座位上放着装有小孩子骨头的盒子，那是分别时小丹尼尔塞给他的，他真不知道该如何处置他父亲留下的那堆杂物，反复说他该放把火把那些杂物全烧了。埃伦迪尔谢过小丹尼尔，带上装有小骸骨的盒子回到了小农场。

从盒盖上贴的标签可以推断出，这几块人骨应该是老丹尼尔路过哈德斯卡菲山北坡时无意发现的。那个地方距离当时埃伦迪尔被冻僵的地方还有相当远的一段距离。可能谁也不会想到，当初贝古尔走丢后，居然向北走了那么远——这些应该是他弟弟的骸骨吧。可是仅凭这两块骨头还没法证明贝古尔是在山上冻死的，说不准是狐狸从什么地方叼来的。从赛第斯费约德一个车库的大箱子里翻出来的两根骨头残骸不能说明一切，却也足以证明某些事情。埃伦迪尔确信这是一个小孩子的下颌骨和颧骨，而且强烈的直觉告诉他，这就是他弟弟的遗骨。

埃伦迪尔一整晚都在考虑要不要把这两块骨头送去鉴定。只要做了鉴定，骨头发现时间就能确定，而且专家还能判断出具体的骨龄。只不过鉴定过程要花很长的时间，而且不能确保检测结果一定可靠。最终，他决定放弃鉴定。他相信自己一个人可以办到，而且他心里很清楚接下来该怎么做。

喝了杯咖啡并抽完两根烟后，埃伦迪尔发动车，缓缓驶离巴卡塞尔，开上了前往埃斯基菲约泽的公路，径直来到这一村庄。到了村口，埃伦迪尔熄了火，把车停在墓地大门口。上次他来到这里的时候，也是在车里待了一会儿，发动机没熄，车里的暖气也开着。他拿起盒子，打开它，然后检查了一下里面的两块骨头。如果那里远不止这么两块骨头，老丹尼尔会不会把它们统统捡回家？一整晚，埃伦迪尔都在思考这个问题。他认为，他应该亲自去一趟那座山的北坡，不一定是为了寻找更多的骨头，因为他也不知道这两块骨头是在什么地方发现的，或者它们怎么会恰巧落在那儿。没错！他到北坡去是有其他原因的。

埃伦迪尔双手捧着盒子，下了车，然后从后备厢里拿出铁锹。这次，他不用挖得太深，只在母亲的坟墓表层上刨了一个浅浅的坑。

他看着父母的坟伫立在荒野中，不禁回想起意外发生后的那几年，以及他们搬去东部后的这些年。自从搬去雷克雅未克后，母亲对大城市的忙碌和交通状况倒适应得挺快，而父亲却一直高兴不起来，他觉得大城市的生活节奏太快、太喧闹，而且人与人之间没有亲近感。那时，城郊新区几乎一夜之间出现。这些地方如今显得破旧落后，但是首都还在不断地建造新区，以便给来自全国各地的外来人口提供住房。这些人要完全适应新环境也不容易。时光飞转，岁月无情，世上没有任何一个人能站在过去预测未来。

和他父亲一样，埃伦迪尔也始终没有完全融入到这一新环境中去，也不清楚自己在那里做了些什么或是在哪些方面适应得很好。他唯一清楚的是，他在人生旅程中的某一地方停滞不前，甚至无论他怎么努力都无法改变现状。埃伦迪尔拿着骨头站在那儿，他感觉不到一丝兴奋；弟弟失踪后一直折磨他这么多年的困惑终于找到了答案，但他也没有感到如释重负。曾经期待的幸福早已被遗忘。

埃伦迪尔抬头看了看远处的高山。山坡上覆盖了一层厚厚的雪。

接着，他低头看着公墓，望着一排排墓碑和十字架。出生。死亡。埋葬。挚爱的妻子。愿你的荣耀长存。愿在天之灵安息。死亡无处不在。

死亡从一个小盒子里呈现出来。

再次看了看盒子里的骨头，他心里明白，自己终于找回了弟弟的两块小骸骨。这些年来，他一直想象着，如果有一天他找到了贝古尔，该有怎样的反应。现在答案已经有了。可他的心像麻痹了一般，空荡荡的。仅靠这两块小骸骨仍没有办法解答所有的疑惑。比如，弟弟当初命丧何处？他的尸骨为何会出现在哈德斯卡菲山的北坡？这些仍是谜。任何事情都已无法改变他的弟弟在八岁那年死于一场暴风雪的事实。骸骨的发现并没有让真相水落石出，只不过让埃伦迪尔更加确信他已经知道的一些事罢了。多年来，他或多或少理清了一点头绪，可是伴随而来的空虚感是他从来不曾体会过的。

他的视线在各个墓碑和十字架之间游走。在他的头脑中，有一个年代和日期似乎很熟悉，也很重要。他重新浏览了一遍碑文，试着找出触动他思绪的字眼。“一九四二年”几个字吸引了他的注意。

他朝那座坟墓走去。风化的墓碑在雪地里投射出了一米长的影子。原来，这座墓里埋葬的是一个叫托尔希尔杜·维拉姆斯多蒂尔的女人。她生于一八五〇年。埃伦迪尔很快算出她活了九十一岁。她是一八五〇年九月七日出生的，去世的时候是一九四二年一月十四日，当时二战还没结束。

他再次思考了一下墓碑上的日期。她是一九四二年一月十四日去世的，正好是马特希德尔失踪的那年。而且在她去世七天后，一队英军士兵在荒野上遭遇了恶劣天气，损失惨重。马特希德尔也在同一天失踪了。

他紧锁眉头，注视着这个女人的坟墓。不用说，这块墓碑应该是在她死后很长一段时间才立起来的。也许是几年后，甚至几十年后，这个很难判断出来。但可以肯定的是，从她去世到举办葬礼这段时间不会比七天多很多。一月二十一日的那场狂风暴雨也许让葬礼延迟了些，但托尔希尔杜也可能在那之前就下葬了。

埃伦迪尔伫立在那儿，陷入了沉思，全神贯注地思考着日期——一九四二年一月。他想起了那场猛烈的狂风暴雨，想起了马特希德尔的死亡，还想起了以斯拉。可他更关心的是，雅各布和他杀人后可选择的处理方式。他觉得有必要去翻看一下教区记事录，看能不能发现什么线索。

从加油站的员工那里打听到牧师家的地址后，埃伦迪尔没提前打声招呼，开车直接就来到了这位牧师的家门口。他按了下门铃，开门的是一位中年妇女。他告诉她，他是来见教区牧师的。这位妇女告诉他，牧师去雷克雅未克了，过几天才能回来。

“我想查一下二战时期的一些事，您能告诉我去哪儿可以找到教区记事录吗？”

“教区记事录？”这位妇女重复道，“这我恐怕不知道。你说的是那本旧的记事录吗？我猜，它应该被收藏在埃吉尔斯塔第尔的地区博物馆里。当然，这只是我的猜测。如果我丈夫鲁纳尔在家的话，他应该能帮你找到。”

埃伦迪尔谢过她之后，又开车回到了加油站。因为来的路上，他都没顾得上给手机充电，所以他借用加油站的电话给当地博物馆打了一个电话。那里的工作人员告诉他，埃斯基菲约泽的教区记事录确实在他们的博物馆档案室里保存着，还说如果他有任何需要，可以随时去查看。离开墓地前，埃伦迪尔记下了托尔希尔杜墓碑上的日期，于是他重新回到车上，再次踏上那条熟悉的道路，穿越法格里河谷到达埃吉尔斯塔第尔小镇。

他告诉博物馆馆长，他想查阅二战时期埃斯基菲约泽教堂的教区记事录。碰巧的是，馆长正是刚才接听电话的人，和蔼可亲且乐于助人。馆长指着不远处的一张桌子对他说，整本记事录都在那儿，他可以慢慢查阅。埃伦迪尔走过去将记事录拿了过来。

埃伦迪尔打开记事录，翻到一九四二年开始那一页，上面显示从新年初始到三月份那段期间只举行过一场葬礼。埃伦迪尔突然想起以斯拉曾说过他在墓地碰见雅各布的时候是三月份，也就是马特希德尔已经失踪两个月后，当时雅各布正忙着挖一墓穴。

记事录上显示，托尔希尔杜是在一月二十三日下葬的，也就是在狂风暴雨发生两天后。总之，她去世九天后才下葬。

牧师在旁边写了一句简短又含糊的备注，但这一点也没令埃伦迪尔感到惊讶。

Gr.d.by Jak.R.

掘墓人：雅各布·拉格纳松。

56

两小时后，埃伦迪尔又返回到墓地，站在了托尔希尔杜·维拉姆斯多蒂尔的墓旁。为了调查，不久前，他已经挖出来过一口棺材，这样的事他一点儿也不愿意再干一次，可是除此之外别无他法来帮他解答心中的疑惑。从埃吉尔斯塔第尔回来的路上，他一直反复思考着一个问题，并坚信自己的猜测是正确的。

不过，这一次，他觉得不需要挖地很深去寻找证据。他可能不必挖出托尔希尔杜的棺材，更不必挖到底。想必雅各布选择了最不费事的一种处理方式，特别是当他压根儿没有太多时间去挖好一整个墓穴的时候。不管怎样，挖一位九十多岁老太太的坟墓，重新检查她的尸体，这事将不会有什么风险。在坟前站得越久，埃伦迪尔越确信不出一米深，他就能找到他想要的答案。

夜色即将降临，于是他决定等天全黑了再动手。他回到车里，打开暖气，打开广播电台听了起来，电台正放着现代爵士乐，他不知道这音乐叫什么名字，但觉得这音乐让他非常放松。他努力使自己不去想以斯拉、马特希德尔和雅各布，不去想弟弟和那装骸骨的小盒子，也不去想这些天来他在东峡湾发现的一切。以前，他从来没有想家的感觉；这次，他全身心地投入到这一事件的调查中，也没有想家的感觉。这一事件一直压在他心头多年。不得不承认，刚开始调查马特希德尔失踪事件时，他抱的是随便应付的心态，可是与博厄斯在荒野中的偶遇激发了他必须要查清真相。于是，他想都没想就去拜访赫伦德。他想要找到了解更多蛛丝马迹，想要查出前因后果。有人曾跟他说，这件事没什么大不了了，毕竟事情都已经过去几十年了，该有的证据也被时间销毁。如今，跟这事能扯上关系的人也没几个，即使真相大白了也改变不了什么。说得的确在理！可是，查清真相也没什么害处：只有一个人的利益需要保护。但埃伦迪尔更是深有体会。失去一个挚亲挚爱的人的伤痛是不会随着时间的流逝而减弱的。不得不承认，时间能减缓伤痛，但同样地，它会让这一失去成为生者心中一辈子的惦念。活着的人悲之深、情之切已无法用言语描述。

接着，他想起和女儿最后一次见面时的场景，女儿说她已经原谅他和她母亲离婚后这些年来对她不管不问；想起他的儿子从没向他提出过任何要求；想起瓦格德说他只想过平平淡淡的生活；想起马里昂·布里姆最后孤老终生；还想起他的两个同事埃琳博格和西于聚尔·奥利，他们一起努力调查过的案件以及一起共事过的岁月。

夜幕很快降临，他觉得是时候了。他下了车，提着灯，带着铁锹向托尔希尔杜的墓地走去。他一边走，一边感叹自己有多幸运，因为在村子的这一带往来车辆特别少。他将气灯放在一边，开始用铁锹铲掉坟墓上覆着的雪，然后刨开一大块草地，打算从这里入手往下挖。

他干起来很有一套。这时，他的脑海里突然闪过一个问题：如果被人发现问起来，他该如何回答？他迟疑了一下，不过也没再多想。如果一切解释都不管用，他可以出示他的警察证件。他的上司也许不会轻易宽恕他这种自作主张、擅自行动的行为，但至少知道他的初衷是好的。他所做的一切努力都是为了使这个尘封数十年的案件真相大白。这就是为什么他之前要冒险挖掘雅各布的坟墓，现在又将冒险挖掘托尔希尔杜的坟墓。

他把气灯放在手边，小心翼翼地挖着，没有挖到较硬的障碍物。不一会儿，再拿起灯照照挖开的墓穴，没发现什么异样。他直起身，伸了伸腰。

村子里的街灯照亮了附近的海港和山坡上最高处的房子。和东峡湾的其他居民区一样，埃斯基菲约泽镇上仅在码头周围建有一片房屋区，中间一条主街道一直延伸到海滨。然而，这个小镇历史悠久，一代又一代的居民见证了这里翻天覆地的变化。如今，最剧烈的变化正在发生——高地处建起一座大型水坝，专为峡湾附近的一个电解铝厂提供电力。过去的历史将被现实所取代。

他继续挖着，时不时地瞥一眼周围，担心路过的人会问起。然而，一个人影也没有。

他将铁锹插进泥土里，此时，这个洞仅半米深。土一铲铲地被掷到一边堆着，他用铁锹继续往下铲，突然铲不动了，像是铲到了石头一样的东西。发出了咔嗒声。他把灯拿来，凑近一看，却什么也没看见。他决定再挖两下，下面一定埋了什么东西。他用铁锹尖刮走覆盖在上面的一层土，再拿灯来一照。

这次的确有所发现，但他看不清到底是什么东西。他用铁锹从侧边插进底部，把那个硬东西撬了起来，然后放下手中的工具，用手摸索着把它拿起来，凑到灯下。他擦了擦上面的泥土，一看原来是一把刀。生锈的刀片上有多个缺口，木柄几乎全烂了。埃伦迪尔突然想起以斯拉说过，雅各布把他的一个物件藏到了马特希德尔的尸体上，所以他猜测这把刀一定是以斯拉的。

他放下刀，拿起铁锹继续挖。铲了满满一铁锹土之后，他感觉又挖到了什么东西。

起先，他没看见任何东西，待他睁大眼睛去看，才看清埋在这土里的东西的轮廓，就像戏法一样慢慢呈现在观众眼前：如此熟悉的线条，这东西他认得。他俯下身，把手伸进墓穴里，把它上面的泥土擦去，只见那东西底部有点积水，但周围没有任何木屑或者棺材残片。

他拿起气灯，照进墓穴里，终于可以当面看清托尔希尔杜·维拉姆斯多蒂尔安息之地里埋藏的秘密了。托尔希尔杜老太太死后其实并不孤独。在夜色掩护下，一位“不速之客”被匆忙地埋在这里，一直陪伴着她。

他看清楚了浸在泥水里的东西是一排牙齿，接着漏出来的是一个人的部分头骨，带有完整的下颌和臼齿。埃伦迪尔知道他已经找到了马特希德尔的尸体。据称，一九四二年一月，马特希德尔在前往哈瓦斯科山口的途中不幸遇到了狂风暴雨，最终暴尸荒野。

57

他睁开了眼睛。又得面对这个难以回答的问题。

“我认得你。”他说道。

“是吗？”这位旅行者很惊讶。

“你曾来过我们家，还和贝古尔说过话。”

“原来你还记得我。”

“你说过，他不会和我们一起生活得太久。”

这位旅行者没有回答。

“因为他有美丽心灵。是你说的。我记得很清楚。你到底是谁？你为什么会在这儿？”

这个人还是没有回答。

“我们现在在哪儿？”

他还记得自己正躺在自家废弃的农舍里的床垫上，然后这个人来了。但这都不是真的，因为他想起来他离开了那间屋子，丢下了随身物品，车子也不要了，毫无负担地启程，穿越大山，朝着哈德斯卡菲山的北坡走去。虽然他的大脑曾在某一时刻有片刻时间丧失了意识，刺骨的寒冷也冻得他的头晕晕乎乎的，但至少对这件事他还是相当确定的。他在旧农场里没有和任何人说过话，因为屋里没有人，他自己也不在。

“你不认识这个地方？”这位旅行者问他。

“你从哪儿来的啊？”

这个人不说话。

“这是什么地方？”他再次问道。

他再次意识到，曾在巴卡塞尔的家里受到他父母热情款待的这位旅行者并非孤身一人。还有一个人跟着他，虽然看不清，但埃伦迪尔强烈地感觉到了那个人的存在。

“和你一起的那个人是谁？”他再次问道。

“哪个人？”

“和你一起的那个人，他是谁？”

“你不用怕他。”

两个人都沉默了。

“你觉得现在是时候见他吗？”

“他到底是谁？”

“你以一臂之遥的距离牵着他，你知道他是谁。实际上，你应该知道我和谁一起来看你。他说你胆子大，天不怕地不怕。你信他的话吗？你相不相信他说你什么都不怕？”

他默不作声。

“你肯定知道他是谁。”

“我不……”

“你一直不愿让他跟着你。”

这位旅行者消失后，他觉得他听到了一个孩子的声音。那声音微弱、缥缈。他听不清这个孩子说了些什么，但他知道这是谁的声音。现在他知道和这位旅行者一起来的是谁了。他已经很久都没有听到这个声音了，而且坚信自己再也不能听到这一声音了。

*

突然间，他神志清醒了，明显感觉到更冷了。

接着，他再次昏了过去。

58

埃伦迪尔总算找到了马特希德尔的尸体，但他没有一丝胜利的喜悦，也没有一丝查明真相的满足感。相反，他的内心充满了悲伤，并迫不及待地想告诉以斯拉他多年来一直牵挂的事终于水落石出了。他赶忙将土重新铲回墓里，将托尔希尔杜坟头上的草皮铺好，最后还铲了几铲雪盖在上面，希望没有人会发觉他挖了墓。他提起灯，捡起铁锹，快步奔向汽车。

以斯拉家里没有点灯。埃伦迪尔的汽车前灯照亮了这栋房子，接着他关掉车灯，下车，朝屋子走去。屋内漆黑一片，门廊处的灯泡也早就坏了。前几天来找以斯拉的时候，埃伦迪尔就注意到了这个，也提醒过以斯拉换个新灯泡。

埃伦迪尔敲了敲门，没人回应。于是，他试着扭了扭把手，门吱吱呀呀地开了，便走进了屋。

“以斯拉！你在家吗？”

屋里无人应答，于是他摸索着走到厨房门口，找到了一个电灯开关。他按下开关后，灯没亮。他反复按了好几次，但灯还是不亮。

“以斯拉！”他又大喊了一声。

他可能出去了。或是保险丝断了，他去买个新的了。埃伦迪尔走进厨房，眼睛一时还没适应黑暗，只隐约看到餐桌的轮廓，但记得他的身后有个水槽。

“以斯拉！”

他听见房间一角传来了嘎吱声。

瞪大双眼朝那把藤条椅看过去，他看到一个身影站了起来，一个黑黢黢的人影，看不清是谁。

“以斯拉，是你吗？”埃伦迪尔小声问道。

一个黑色的身影映照在厨房的灰色窗格上，只见这一身影向前挪了一步，又挪了一步。埃伦迪尔感到有一个冰凉的东西正慢慢贴近他的下巴下面。他没敢动，因为他嗅到了金属和火药的味儿。他猜，一猎枪的枪口正对着他，他非常缓慢地后退了几步。

“你是专程来抓我的吧？”黑影中，一个低沉的声音问道。

“不是的。”

“不是的话，就滚出去！”

“以斯拉？”埃伦迪尔不确定地问了一声。

“我再也不想见到你。趁我没做傻事之前赶紧滚蛋。”

“我来是因为……以斯拉，我找到她了。”

“你说什么？”

“我来是想告诉你，我找到她了。”

“你再说一遍，你找到什么了？”

“我找到她了。我找到马特希德尔了。我知道她在哪儿。”

“你说这话是什么意思？”

“以斯拉，雅各布对她做了什么，我都弄明白了。我找到她的尸骨了。”

枪口依然对着他，可他并看不清以斯拉的样子，只有一个黑影映在窗户上。

“你在拿我开玩笑吧？”以斯拉恶狠狠地问道。

“我可以证明。你能不能先开开灯？”

“证明？怎么证明？”

“我在她身上发现了一个东西，我觉得这个东西是你的。”

“什么？你发现了什么？”

“你得先开灯。”埃伦迪尔再一次要求以斯拉。

“灯亮不了了。”

“那你有没有手电筒？”

以斯拉没吭声。

“屋子里黑黢黢的，我怎么给你看？”

“桌上有个手电筒。”

“把手电筒拿到水槽那里去，我得把上面的泥土洗干净。”

当他们走到水槽边的时候，以斯拉仍然没有放松紧握着的猎枪。同时，他用另一只手拿起手电筒，打开后照在了埃伦迪尔的脸上，强光晃得他什么也看不见。

“以斯拉，千万不要做傻事，否则你会后悔的！”他好心提醒以斯拉，说道。

“谁叫你来惹我。”以斯拉咕哝了一句。

埃伦迪尔在车里找了个小塑料袋，并用它把刀包好。他小心翼翼地从口袋里掏出，剥开塑料袋，扭开水龙头冲洗刀上的泥，随后刀便被冲洗干净了。

“你认得这东西吗？”埃伦迪尔问他。

以斯拉没有立即回答。

“你认得这把刀吗？”

他仍没有吱声。

“这把刀是在马特希德尔的尸体上发现的。雅各布并没有撒谎。他把刀和尸体一起埋葬就是想诬陷你杀害了马特希德尔。也许他在马特希德尔死后，还补捅了她一两刀。这把刀是你的吧？”

“这是我的刀。”以斯拉空洞的声音从手电筒后方传来。

“我猜，当雅各布跑来告诉你马特希德尔在恶劣天气中失踪的时候，他顺手偷了这把刀。”

“她的尸体埋在哪儿？”

“在墓地。”埃伦迪尔说，“她的尸体埋在墓地。雅各布之前干过掘墓工，为一位老妇人挖过墓，老妇人的葬礼恰好在马特希德尔失踪前后举行。他必定先把马特希德尔的尸体藏在家里，等那位老妇人下了葬，墓穴没完全填埋好的情况下，偷偷溜回家，把马特希德尔的尸体搬去，放在老妇人的棺材上面，最后一并埋好。”

“埋在墓地？”

“没错。”

“你怎么知道？”

“我无意中看到了那位老妇人的死亡日期，它让我联想起了马特希德尔失踪的事。我去她坟上挖了个小洞，看看有什么新发现。结果，我发现了马特希德尔的尸骨。以斯拉，我真的找到了！所有的问题都可以解释清楚了。”

以斯拉举着枪的手没有动。

“她回不来了，以斯拉！她永远也回不来了！”埃伦迪尔继续说着，“她已经死了。我亲眼看到了她的尸骨。”

“你怎么知道那一定是她？”

“一定是她，没错的！”

“你怎么证明？”

“相信我，那就是马特希德尔。你的刀和她埋在一起，以斯拉。肯定是她！”

刚开始，以斯拉的反应让埃伦迪尔觉得不可思议，不过他能理解这种感受。就像在老丹尼尔的箱子里发现那两块小骨头时，他所感受到的震撼一样。他突然意识到，自己已经打破了某些不成文法的不变性。他摆脱了法律规定的束缚，给生活重新装上了“发条”。自然，以斯拉需要花一些时间来接受新的、变化了的现实。因为世事变化太快，快得让人窒息。

“我们不能开灯吗？”

“开不了。”以斯拉说。

“你拿枪干什么？”

“你真的找到她了？”以斯拉避开他的问题，问道。

“雅各布把她的尸体埋在墓地一座没定型的墓穴里。”埃伦迪尔试图再解释一遍，“这对他来说轻而易举。这个墓穴的挖成时间距两个月后你在墓地碰到他时他在挖的那个很近。那时，他开始引诱你上钩。可能他觉得自己很聪明——善于利用天时地利。他相信他把马特希德尔埋在那里绝对不会被任何人发现。或许他先挖好坟墓，再杀她，接着利用狂风暴雨天气编造出一个她在回娘家的途中失踪的故事，然后抓住机会把尸体拖到墓穴埋好。这法子除了他，没人能想得出来。不用挖得很深，就一把铁锹的深度。”

这时，对准埃伦迪尔下巴的枪口终于移开了些。

“这个心狠手辣的混蛋。”以斯拉诅咒着说道。

“雅各布当时很清楚自己在干什么。”

埃伦迪尔说着，敏捷地用手抓住了枪管，并把枪从以斯拉的手中夺了过来。以斯拉一个踉跄后退了两步，手电筒也摔在地上，熄灭了。埃伦迪尔把枪放倒在他的脚边。

“手电筒怎么不亮了？”

“没电了。”

“我没来之前，你一个人拿着枪坐在黑漆漆的屋里干什么？”

“你刚刚说的是不是在骗我？”

“句句真话，就像我真真切切地站在这儿一样。”

“你都看到了些什么？”

“足够多。她的墓该怎么处理，由你来决定。”

“他把她就那样草草地埋在露天坟场了？”以斯拉念叨着，“心狠手辣的掘墓人——我早该猜到这一招。如果我能早点想到的话，事情早就一清二楚了。没错，雅各布充分利用了墓地。我以前猜想，他可能会把她的尸体投进大海，或者扔进岩石裂缝里，但从没想过他会把她的尸体藏在墓地里。”

说完，他沉默了很久。

“把她的尸骨重新安葬还有意义吗？”以斯拉终于开口问道。

“你还害怕自己被曝光吗？”埃伦迪尔问道，“你还害怕让这个悲伤的故事重见天日吗？”

“我不是在想我自己会怎样。我应该好好感谢你所做的一切。我……我从来没有遇到过像你这样固执地做一件事的人。”

“我不会把我知道的这些事告诉其他人。这一点你可以放心！”埃伦迪尔向他保证道，“接下来该怎么做，全由你自己决定。如今，你已知道她的下落，也清楚她所有的遭遇，这么多年过去了，你该用你自己的方式好好地跟她道个别。”

“我该……我该好好谢谢你。”

“不用谢！”

“我刚才那么粗暴地对你，真的很抱歉！我只是——”

“我完全能够理解。”埃伦迪尔打断他，说道，“像我这样的人突然找上门来肯定没什么好事，我能理解你的心情。”

尽管厨房里黑漆漆的，但他能感觉到以斯拉正倚靠着桌子。

“你想去那儿吗？我可以开车送你过去。”埃伦迪尔问他，“天色不早了。”

“谢谢你，我想去。其实，我一直都明白她已经不在人世了。我也从未幻想过她还活着。但现在知道她的下落让我感到踏实。知道她埋在那样的地方就够了。”

59

埃伦迪尔开车载着以斯拉连夜赶往墓地。一路上，他们俩谁也没心情说话。以斯拉耷拉着双肩，坐在副驾驶座上，身体蜷缩成一团。埃伦迪尔还在琢磨为什么他会拿着猎枪坐在黑黢黢的厨房里，他到底想干什么？他也曾经问过以斯拉，要不要叫个朋友过来陪陪他，可是以斯拉拒绝了他的建议，还大声斥责他多管闲事，埃伦迪尔也只好作罢，不再提起这事。一想起马特希德尔悲惨的命运，以斯拉的内心就会感到悲痛万分，而且任何安慰都不怎么管用。最后，他清楚地知道了整个事情的前因后果，然而他内心的恐惧丝毫不减。

埃伦迪尔把车停在墓地，熄了火。两人仍没有说话，也没有下车，就那样在车里坐了几分钟后，埃伦迪尔忍不住开了口。

“喂，咱们下车吧？”

以斯拉似乎在沉思着什么。

“以斯拉？”

“啊，怎么了？”

“咱们进去吧？”

以斯拉这才转过来面向他。他发现，原来身边的这位老人正努力地强忍着泪水。

“我不知道我能否做好这件事……”他结结巴巴地说道。

“哦，没关系！如果你觉得现在不合适，我可以先送你回家。你可以明天再来，或者什么时候你感觉好些了再来也行。我说过，你可以把这件事藏在心里，也可以讲给愿意听你倾诉的人。一切都由你来决定！”

两人仍坐在自己的座位上，一动不动。夜空布满了厚厚的云层。有时，云层出现一条裂缝，皎洁的月光便趁机透过裂缝洒向墓地。看到这一场景，以斯拉仿佛受到了触动。他抬起头，向一排排石碑和十字架望去，埋葬在那里的很多人他都认识。他甚至来这儿参加过他们的葬礼，可他从没想过他会离自己钟爱的人这么近。

“进去吧！”他打开车门，最终说道。

下了车，埃伦迪尔陪他一同进入大门，来到了托尔希尔杜的墓前。

“马特希德尔就埋在这里，上面的新土是我弄的。”埃伦迪尔说。

借着月光，以斯拉眯起眼，以看清墓碑上刻着的名字和日期。然后他单膝跪在地上。

埃伦迪尔转过身去，想给以斯拉留点私人空间，接着他便朝父母的坟墓走去。天亮以前，他还有件事要做。透过眼角余光，他看见老人跪在他深爱这么多年的马特希德尔的墓前。虽然阴阳相隔，但他总算促成了他们再次相见。埃伦迪尔让以斯拉和马特希德尔的凄美故事画上了一个句号。

以斯拉站起身，在胸前划了个十字。埃伦迪尔走到他身边。

“能麻烦你送我回去吗？”以斯拉问他。

“没问题。我能感觉到这个告别有多难。”

以斯拉望着他，说：“我想这是我应受的报应，毕竟是我害死了雅各布。”

“你还记得托尔希尔杜老太太吗？”埃伦迪尔问以斯拉。

以斯拉点点头。“记得。我常在村里见到她——她岁数很大了。我跟她不太熟，只知道她是个慈祥善良的老人。所以，马特希德尔和她葬在一起应该能得到妥善的照顾。”

“这么说，你决定将她的尸骨仍葬在这里？”埃伦迪尔问道。

“你说我该怎么做？”

“如果她能得到妥善的照顾……”

“至少，我已经知道她葬在这里，并得以安息，这对我来说已是莫大的安慰。我想我不该再打扰她。现在这样挺好的！”

“好吧！”埃伦迪尔说，“可以。”

“我认为，还是让大家觉得她在狂风暴雨中失踪并葬身荒野了吧！”

*

随后，他们开车返回，依旧没人说话。此时，月亮又躲进了云层里，若隐若现。

“到家了。”埃伦迪尔把车停在以斯拉门前，说道。

“是啊，到家了！”

“你还好吧？”

“我没事，至少又活过来了。”以斯拉说着，伸出一只手，“非常感谢你所做的一切！”

两人握了握手。

“你当时拿着枪坐在黑暗处干什么？”

“你真的想知道？”

“如果你不想说的话，也没关系。我想，我以后不会再来打搅你了。”

“过去的事就让它过去吧！”

“好吧！”

“你知道我跪在她坟前都想了些什么吗？”以斯拉问埃伦迪尔，“当我终于找到了她，我脑子里突然产生一个念头，你知道是什么吗？”

埃伦迪尔摇摇头。

“我在想，我终于可以安心地走了。在这个世上再无牵挂。我终于可以随她而去了，再也不分开。”

埃伦迪尔仔细地回味了一下他说的话，并想起了那把枪还放在以斯拉家里的厨房地板上。他望着以斯拉，以斯拉也回望他，眼神里充满了恳求。

“那只猫怎么办？”

“它自有去处。”

埃伦迪尔把目光移开，望向夜空。

“很高兴认识你！”以斯拉最后说道。

“我也是！”

埃伦迪尔目送着以斯拉走进屋子。他点了根烟，然后发动车子，开着车缓缓驶离。

*

十二个小时后，埃伦迪尔第四次来到墓地。他拿出铁锹以及从丹尼尔车库里找到的小盒子，里面装有两块小骸骨。在发现托尔希尔杜墓碑上日期秘密的前一天，他就打算把这两块小骸骨给埋了，谁知计划被打乱了。这回，他不想再耽搁了。

他抓起铁锹，先铲掉母亲坟上的一层薄雪，再铲去杂草，再铲开一小块草坪，接着往下挖出一个一米深的小坑，然后放下铁锹，捧来小盒子，俯身跪在地上，端端正正地把小盒子放进坑里。

随后他把土填进坑里，双手把土压实，再在上面铺上一层草皮，这样就不会看出墓地被挖开过。这场小小的葬礼仪式结束了。

埃伦迪尔仰起头，看了看哈德斯卡菲山，然后转身朝巴卡塞尔村子望去，曾经的农场早已荒废多年，现在也一并消失在了黑漆漆的夜里。

他慢慢地朝着山坡走去。

60

他听见远处传来一个小孩的声音。

那位旅行者走了，一起带走的还有他心中泛起的各种情感，比如，恐惧、痛苦和不安，只留下这个孩子稚气的声音和其中包含的爱意。

这是一个晴朗的早晨，他们一起在河边散步。天空万里无云，一片湛蓝，太阳晒得他浑身发热。

贝古尔走在前面，不时将手伸到河里，掬起一捧水便喝了下去。他感受到了清凉的河水流过火辣辣的脸颊，并看着哥哥跪在河堤上，感觉特别开心。

“准备好了吗？”哥哥站起来，问道。

“准备好了。”

“不要害怕，我在你身边呢！”

“我知道。”

他们的身后是在太阳下闪闪发光的家。前面是好客的荒野，四处开满石楠花。

他抬头看了看耸立在乌达莱特的悬崖和哈瓦斯科山口，它们在阳光的照耀下温暖和煦，呈现出一片夏天的景色。

他紧紧牵着贝古尔的小手，沿着小河，走在清晨的霞光中……